新潮文庫

第四間氷期

安部公房著

新潮社版

1952

第四間氷期

カット　安部真知

序　曲

死にたえた、五〇〇〇メートルの深海で、退化した獣毛のようにけばだち、穴だらけになった厚い泥の平原が、とつぜんめくれあがった。と見るまに、くだけちって、暗い雲にかわり、わきたって、透明な黒い壁を群らがって流れるプランクトンの星々をかきけしていった。

ひびだらけの岩板がむきだしになった。それから、暗褐色《あんかっしょく》に光る飴《あめ》状のかたまりが、おびただしい気泡《きほう》をはきだしながらあふれだし、数キロメートルにわたって古松の根のような枝をひろげた。噴出物がさらに量をまし、その暗く輝くマグマも姿をけした。あとはただ、巨大な蒸気の柱が、海雪《マリンスノウ》をつらぬいて渦まきふくれあがり、くだけながら、音もなくのぼってゆく。だがその柱も、海面にとどくはるか手前でぼう大な水の分子のあいだに、いつかまぎれこんでしまっていた。

ちょうどそのころ、二カイリばかり先を、一隻《せき》の貨客船が横浜にむかって航行中だったが、船客も乗組員も、ときならぬ船体の振動ときしみに、一瞬わずかなとまどいを感じただけだった。また、ブリッジに立っていた二等航海士でさえ、あわただしくはねあがったイルカの群と、かすかではあったが急におこった海の色の変化に目をみはりはしたものの、べつだん日誌につけるほどのことだとは考えなかった。空には七月の太陽が、融《と》けた水銀のように輝いていた。

しかし、そのときすでに、目にはみえない海水の振動が、やがて大津波になろうとして、信じがたいほどの波長と時速七二〇キロの速度で、海中を陸地にむかって走りつづけていたのである……

プログラム・カード No・1

電子計算機とは、考える機械のことである。機械は考えることはできるが、しかし問題をつくりだすことはできない。機械に考えさせるためには、プログラム・カードという、機械の言葉で書かれた質問表をあたえてやらなければならないのである。

1

「どうでした、委員会は？」

私が入っていくと、監視器をのぞきながら、記憶装置の調整をしていた助手の頼木が、振向いてたずねた。私はよほど情ない顔をしていたらしく、彼は返事も待たずに、溜息《ためいき》をついて道具を投げだしてしまった。

「乱暴するなよ！」

頼木はしぶしぶ、身をこごめてドライバーをすくいあげると、腕をぶらぶらさせながら顎《あご》をつきだした。「でもいったい、何時《いつ》になったら、仕事にありつけるんです？」

「そんなこと、知るもんか」

私は自分が腹をたてていたから、他人が不機嫌《ふきげん》なのをみると、よけい苛々《いらいら》してくるのだ。上衣《うわぎ》をとると、手動制御装置《コンツール》の上にたたきつけてやった。そのはずみに、機械が勝手に動きだしたような気がした。むろんそんなはずはない、錯覚にきまっている。しかし、その瞬間、なにかすばらしい考えがちらりと浮んだように思った。あわてて思いだそうとしたが、もう忘れてしまっている。ちくしょう、なんて暑いんだろう
……

「なにか代案は出たんですか？」

「出るもんか」

しばらくして、頼木が小声で言った。

「ちょっと、下に行ってきます」

「いいよ、どうせ暇なんだ」

私は椅子《いす》にかけて目を閉じた。頼木のサンダルの音が遠のいていく。日本の若い研究所員というのは、どうしてああ必らずといっていいくらい木のサンダルをはきたがるのだろう？　まったく奇妙な風習だ。遠ざかるにつれて、しだいに足どりがせわし

くなっていく。……どうやら、だいぶ勢いこんでいるらしいな。

目を開けると、棚《たな》にならんだ四冊のスクラップが、ひどく意味ありげにうつって見えた。例のモスクワ1号の完成以来、ここ三年間の予言機械に関する記事の切り抜きである。あれが私の歩いてきた道だ。そしてその最後のページのおわるところで、私の道も消えかかっている。

2

その第一ページ目が、例の変節した科学評論家の文章ではじまっているというのは、なんとしても皮肉なことだ。

「専門家は目をひらけ！」と、まるで自分が予言機械の発明家になったみたいな書きだしではじまっている。「ウェルズのタイム・マシーンが幼稚だったのは、時間旅行などと言いながら、けっきょくは時間の推移を、空間的に翻訳してしか捉《とら》え得なかったところにある。人はバクテリアを、顕微鏡という間接的な手段をとおしてみる。しかしその場合、肉眼で見たわけではないからといって、見なかったといえば間違いだろう。同様に、予言機械《モスクワ1号》によって、人類はたしかに未来をこの目で見てしまったのだ。ついにタイム・マシーンは実現した！　いま、われわれは、文明史のあらたな曲り角に立っているのだ!」

なるほど、そう言って言えなくもないだろう。しかし、いかにも、大げさすぎる。私に言わせてもらえば、彼が見たのは、未来でもなんでもなく、ちょっとしたニュースの一場面にしかすぎなかったのだ。

その映画は、こんなふうにはじまっていた。——まず最初に、正午をさしている時計と、ひらいた大きな手。その横に、テレビがあって同じ場面がうつっている。時計が一時をさすと同時に、その手を握るように命令があたえられる。技師がコンソールのダイヤルをまわし、一時間後に合わせると、現実のほうはまだ三十秒とたっていないのに、テレビのほうではたちまち一時間後になって、ブラウン管の中の手だけがぎゅっと固くにぎりしめられるのだ。

それからまた、こんな実験もあった。驚かされたという信号で、ねむっていた映像の小鳥が急に飛びたち、手をはなすという信号で、映像のコップが床におちて粉々にくだけちる……

たしかに、びっくりしても、おかしくはない。私だって、最初は相当にどぎもをぬかれたものだ。だが問題はそんなことではなかったのだ。三年たって……スクラップでいえば、四冊目になって、この同じ男が、一体どんなことを言いだしたかということである。

「真の意味では、この世に予言などというものはありえないだろう」と文章までが、うってかわった不潔な感じになり、「たとえばある人間が、一時間後に、穴におちると予言されたとする。分っていながらおっこちるような馬鹿が、どこにいるものか。もしいたとしたら、よほど暗示にかかりやすいお人好しにちがいない。これはもう、予言などというものではなく、ただ暗示にかかったというだけのはなしだ。予言機械などという、体裁のいい嘘《うそ》はもう止《よ》しにして、正直に、人間の弱味につけこんだ暗示機械とでも改名したら如何《いかが》……?」

けっこうな話さ、なんとでも勝手に改名してくれたらいい。一事が万事、なにもこの男にかぎったことではなかったのである。誰もがたちまち、反対意見にくらがえしてしまった。以来私は、まるで危険人物あつかいだ。

3

一冊目の、二ページ目には、しかしまだ私の笑顔の写真がのっていた。下の記事は、モスクワ1号についての、私の談話である。

「むろん、トリックということは考えられない。理論的には、じゅうぶん可能性のあることだ。しかし、従来の電子計算機とくらべて、べつに本質的なちがいがあるとも思えない、と、中央計算技術研究所の勝見博士は、専門家らしく、きわめて冷静にこう語った……」

だが、そいつは嘘だ。私はただ、ひどく焼餅《やきもち》をやいてしまっていただけである。私があまり気のない返事をするので、腹をたてた記者の一人が、こんなことまで言いだした。

「じゃあ、先生にもすぐにつくれるというわけですね？」

「まあ、時間と金があればね……」これはある程度、本心でもあった。「大体電子計算機というものは、もともとある種の予報能力はもっているものなんだ。問題は、機械そのものよりも、それを使いこなす技術でね。プログラミング……つまり、機械に分る言葉で問題をつくってやる仕事だが、これがむつかしい。今までの機械では、どうしても人間がやらなけりゃならなかったんだ。しかし、モスクワ1号というやつは、このプログラミングを、どうやらかなりの段階まで自分でやれる機械らしいね」

「では、この機械で、将来どんな可能性が考えられるか、一つ夢みたいなものを語っていただけませんか」

「さあ……一般に予想というやつは、時間の大きさに逆比例して、加速度的に有効性をなくしていくものだからな。ニュースでも分るとおり、予言の範囲は、案外限られているんじゃないか。コップをおとせば割れるくらい、なにも予言機械に教えてもらわなくったって、小学生だって知っていることでしょう。教材程度のことには、いろいろ用途も考えられるだろうが、あまり空想的な期待は、やはりつつしむべきだと思いますね」

それどころか、腹のなかを打ち明けて言ってしまうと、私は焼けつくような嫉妬《しっと》で、じっとしていれば、それだけ後にとり残されてしまうのだ。なんとしても、自分の手でつくってみなければ気がすまない。私はすぐさま、所長や二、三の知人を説いてまわった。しかし誰も、好奇心以上のものは示してくれなかった。だから、私と同意見のものとして、ならんで載ったある小説家の言葉には、まったく迷惑させられたものである。(無知ほどもっともらしく見えるものはない……)

「すべてを必然の型にはめこんでしまおうとする共産主義者なら、機械に予言されてしまうくらいの未来しか、持てないのが当然かもしれない。しかし、未来を自由意志でつくりだすわれわれには、おそらくなんの役にもたたないだろう。むりに写そうとしても、ガラスのように透明にすきとおってしまうのではあるまいか。……私はなによりも、予言の信仰が道徳心を麻痺《まひ》させることを恐れている」
しかし、やがて、チャンスがおとずれた。スクラップの二冊目を開けてみよう。モスクワ1号は、私が懸念《けねん》していたとおりの性能を発揮しはじめたのである。夢どころか、おそろしく現実的で無味乾燥な予言を次から次へと矢つぎばやに送ってよこした。
はじめは、すばらしく正確な天気予報を、それから、産業経済面の予報を……。
あのときの困惑は、ちょっと一口では言えるものではない。いきなり、その年の米のとれ高が予告された。これはまあ、あと半年もたってみなければ分らないことだからと、たかをくっていると、つづいて――
上《かみ》四半期の全国銀行勘定
今後一ヵ月間に見込まれる不渡手形
ある百貨店の売上げ予想
名古屋市翌月の小売物価指数
東京港在庫見込高
とつづけさまに予告をうけ、しかもそれらが、但《ただ》し書きの誤差率をはるかに下まわる確度で的中しはじめたのだから、驚かざるをえないわけだ。さらに、この一連の予言を終えるにあたっての挨拶《あいさつ》というのが、まことに人をくったものだった。《モスクワ1号は、なお貴国の株価指数、ならびに生産在庫の比率予想なども可能である。しかし、経済不安をおこすおそれなしともしないので、それは遠慮したい。われわれが望んでいるのは、あくまでもフェアーな競争以外のなにものでもない……》

狼狽《ろうばい》があまりはげしかったので、新聞も必要以上の論評はさしひかえた。他の自由諸国でも、同様の予報をうけたらしいが、やはり黙りこんでいた。見苦しい沈黙がつづいた。と言っても、ただ黙ってじっとしていたと言うわけではない。政府も、財界の要請で、そろそろ腰をあげなければならなくなりはじめていたのである。

まず、中央計算技術研究所のなかに、分室という形で、予言機械の開発部が設置された。そして私が分室長に任命され――日本でプログラミングを専門にやっているのは私一人なのだから、これは至極当然のなりゆきだ――望みどおりに、予言機械の研究に没頭できることになったわけである。

スクラップ第三冊――

約束どおり、モスクワ1号は、沈黙を守ってくれている。頼木は、少々不作法なところがあるが、なかなか有能な助手だ。仕事は順調にすすみ、二年目の秋にはほとんど完成して、テレビの中の未来で、コップを割ってみせるくらいのことは出来るようになっていた。(自然現象の予言は、比較的容易なものである) 幾つかの簡単な実験をやってみせるたびに、私と機械の名声はあがり、期待も増した。しかし、憶《おぼ》えている人もいることと思うが、例の競馬の予想のときには、さすがに関係者も動揺して、どたんばになって取止《とりや》めを申し入れてきた。あのとき私は、機械の力のあらわれだぐらいに、単純に考えて得意がっていたものだが、今になって考えてみると、やがて私たちが除《の》け者にされてしまう、不吉なまえぶれだったのかもしれない。(世間が幾本の柱で支《ささ》えられているのかは知らないが、すくなくもその中の三本は、不明と無知と愚かさという柱らしい) だが当時は、すくなくも登り坂で、期待にあふれていた。とくに子供たちのあいだでの人気は大変なもので、私は三色刷の漫画本の中にまでしばしば登場の光栄に浴し、ケイギケン分室を根城に、ロボットたちをひきつれ (本物の機械はほぼ二十坪ほどの広さいっぱいに、ヨの字型に配置された、巨大な鉄の箱の列なのだが、漫画の中ではやはりどうしてもロボットにしないと具合がわるいらしい)、あらゆる未来に先まわりして、悪漢たちをやっつけてまわっていたものである。

やがて、機械の装備は充分だと思われたので、あとはもっぱら訓練と教育に専念することにした。人間だって、脳をもっているだけで、教育や経験がなければ役に立たないのと同じことだ。とくに経験は脳の栄養である。しかし機械は自分で出てまわることは出来ないから、われわれ人間が手足になって歩きまわり、データを集めてきてやらなければならない。金と人手をくうばかりの、退屈な根気仕事だ。

(データがとかく経済面に偏《かたよ》りがちだったのは、この研究所の性格や、モスクワ1号の予言の心理的影響などからして、やはり止むをえないことだった)

機械は、ほとんど無限の消化力をもっている。食べさせてやると、適当に自分で消化して、すっかりどこかに貯《たくわ》えてしまうのだ。そのうち、どこかの《系》が飽和してくると、飽和したところから、その合図が返ってくる。するとその部分は、それでプログラム設計の能力を与えられたことになる。

ある日、最初の合図があった。これで彼は、自然現象のなかの、曲線であらわしうるすべての函数《かんすう》関係を飲込んでしまったわけだ。さっそく力だめしをやってみる。水につけた豆粒の四日後の成長を、ブラウン管に結像させてみたところ、七センチばかりのモヤシになるまでを、見事に写しだしてみせてくれた。今後の成長は速いだろう。その日を記念して《KEIGI—1》という名前を正式に発表した。

しかしここで三冊目を閉じ、四冊目にうつらなければならない。事情が急転してしまうのである。

4

私たちは、予言機械の誕生を盛大に祝う計画をたてていた。最初になにを予言させたらいいか、各方面にアンケートを出して、問い合わせたりしていた。そのための委員会がつくられ、新聞社も手ぐすねひいて待っていた。そこに突然、モスクワ2号完成の報《しら》せが入ったのである。

ニュースは意地のわるい土産《みやげ》をもってやってきた。私はそのニュースを朝早く、新聞社からの電話で聞かされた。

「モスクワ2号の予言、お聞きになりましたか？　なんでも三十二年以内に、最初の共産主義社会が実現し、一九八四年頃に最後の資本主義社会が没落するだろうっていうんですが、先生、いかがでしょう……？」

私は、思わず笑いだしていた。しかし、考えてみれば、ちっともおかしいことなんかない。それどころか、こんなに消化不良をおこしそうな話は、あまり聞いたこともないくらいだ。

研究所でも、もっぱらこの話題でもちきりだった。私は、なにか嫌《いや》なことがおきそうな予感に、気が滅入《めい》ってならなかった。

若い研究員たちが話し合っている。

「機械のくせに、案外ふるいことを言うわねえ……」

「どうして？　本当かもしれないじゃないか」

「無理に言わせたのじゃないかしら？」

「ぼくもそう思うね。大体、未来がなにかの主義にならなきゃいけないなんて、おかしいよ」

「主義と考えるからおかしいんだろう。もっと単純に、生産手段が私有されている状態から、そうでない状態にだね……」

「でも、そうでない状態が、共産主義だけなんて断言できるかしら？」

「馬鹿だなあ、それを共産主義っていうんじゃないか」

「だから、古いっていうのよ」

「分らねえんだなあ……」

「だって、主義ってのは、認識の方法でしょ？　方法と現実とはちがうわよ」

「へえ？……そういう考えの、一体どこが新しいのか？」

それから、彼らは私のところへ集ってくる。そういう問題について、私たちの機械も、なにかを予言できるだろうか？

「なあに、いまに、フルシチョフの前歯の何本目がまっさきに抜けるかを予言して、鼻をあかせてやるさ」

残念ながら誰も、笑ってくれはしなかった。

翌日、アメリカでの反響が報道された。「予言と占いとは根本的にちがったものであり、道徳心を前提にしたものだけが、はじめて予言の名に値いするものだ。それを機械にまかせるなど、まさに人間性の否定というよりほかはない。わが国でも、すでに早くから予言機械を完成していたが、良心の声にしたがって、その政治的使用はさけてきた。このたびのソ連のやりかたは、平和共存の掛声を裏切って、国際友好ならびに、人間の自由をおびやかそうとするものである。われわれは、モスクワ2号の予言を、精神に対する暴力であると考え、そのすみやかなる破棄と撤回を勧告する。万一、容《い》れられない場合は、国連に提訴することも辞さないつもりだ。(ストローム長官談)」

友邦アメリカの、この強硬な態度が、私たちの仕事に影響をおよぼさぬはずがなかった。恐れていたことが、ついにやってきたのだ。三時ごろ、所長を通じて、プログラム委員会の再編と、新しいメンバーによる緊急会議の通知をうけた。まったく、統計局の、一方的なやりくちだ。私と所長をのぞく、技術関係者がほとんどいなくなり、顔ぶれも変って、人数も減っていた。

場所はいつものとおり、本館の二階だったが、新婚夫婦の離婚時期を予言したらどうなるかなどという、罪のない冗談をとばしあった、これまでの会議とはまるで雰囲《ふんい》気《き》がちがっていた。世話役をしていた友安という統計局の役人が、最初に立ってこうあいさつした。

「……本委員会は、従来からの名称を引継いではおりますが、実質的には、まったく別のものと考えていただきたい。つまり、一応研究期間はおわったものとみなし、プログラム編成の決定権をあらためて本委員会におくことに、関係閣僚の意見の一致をみたわけです。つまり本委員会の決定なしには、予言機を動かせないというわけですな。研究ということなら、自主性も尊重されねばなりませんが、実用段階に入りました以上、責任の所在がまず明確にされねばならんと、まあさようなわけです。なお、今後は、非公開のたてまえでやっていきますから、その点、くれぐれも注意してください」

次に、ひょろりとした新顔が立上る。なにやら長い肩書きを言ったが、よく分らなかった。要するに、大臣の秘書のようなものらしい。神経質に、細長い指を折りながら、

「このたびの、モスクワ2号のやりかたを見ておりますと、アメリカ当局の見解にもみられますように、多分に政治的な意図がうかがわれる……たとえばですね、まず1号でわれわれの好奇心をあおっておき、対抗上、こちらも予言機械をつくらざるを得ないような羽目に追いやる。その点は、現に、そのとおりになったわけですが……(なにも私の顔を見ることはないじゃないか!)……ところで、いよいよ、こちらが実用段階に入ったとみると、とたんにそれを政治的に利用するわけだ。そんなふうに出られると、ついこちらも、政治予言をしなければ悪いような気がしてくる。言ってみれば、まんまと、自分の手で予言機というスパイを呼びこんでしまったようなものですな。この点を、とくと考えていただきたい。うっかり、乗ぜられたりすることのないようにですね、その点を、しっかりわきまえていただきたいわけです……」

私は発言を求めた。所長が心配そうに私を眼の端でうかがっている。

「すると、これまでのメンバーで検討したプログラムの案はどういうことになります? むろん、あれはあれで、すすめていいわけでしょうね?」

「あれ……?」ひょろりとした奴《やつ》が、友安の書類をのぞきこむ。

「三つばかりありましたね……」と、友安があわてて書類をめくってみせる。

「三つじゃないよ、第一案は、はっきりきまっている。機械化の速度Kに対応する商品の価格と労賃の問題です。ただ、どこの工場をモデルに選ぶかということが……」

「待ってくださいよ、先生」友安がさえぎって、「決定権が委員会にうつったのは、この会議からなんです。これまでのことは、一応御破算にしていただかないと……」

「しかし、その方針で、ずっと準備してきたんですよ」

「そいつはまずかったですなあ」と、ひょろりとした奴が口をすぼめて笑い、「その案は、やはりまずいでしょうな。きわどいところで、政治問題にむすびつく。お分りでしょう?」

すると、それに合わせて、ほかの委員たちもどっと笑いだした。なにがおかしいのやら、私には分らない。じつに嫌な気持がした。

「分らんですね。それじゃまるで、モスクワ2号の勝をみとめたのと同じことじゃないですか」

「それそれ、そういう考えが、向うの思う壺《つぼ》なんだ。気をつけてくださいよ、本当に……」

そこでまた、一同、声をそろえて笑いだす。なんていう馬鹿らしい委員会だ。私はもう、反対する気もしなくなっていた。私だってべつに政治が好きなわけじゃない。しかし、第一案が駄目なら、はやく代案をたてなければ困るのだ。

「では、第二案でいきますか？　現在の率で金融引締めをつづけた場合の、五年後の雇用状況というんだが……」

「それも、まずかろうね」ひょろりとした奴が同意を求めるように、委員たちを見まわす。

「しかし、そんなことを言っていたら、政治に結びつかないものなんか、ありはしませんよ」

「さあ、それはどうだか？」

「たとえば？」

「それこそ、先生に考えていただかなけりゃ……ご専門じゃありませんか」

「第三案は、次期総選挙の誘導因子ということですが……」

「めっそうもない、これまでのなかで最高にまずいね」

「ときに」と、はじめての委員が、疑わしげに口をはさんで、「私には、どうも納得いかんのだが、人間は、予言を知っておる場合と知らん場合とでは、おのずとやることもちがうわけですな。すると、予言しても、それを発表してしまえば、ちがった結果になりやしませんか？」

「まえの委員の方たちには、もう何度も説明済みのことですが……」

よほど私の言い方が無愛想だったらしく、友安があわてて説明役を買って出て、

「つまり、その場合には、最初の予言を知ったうえで行動したという条件で、もう一度予言をくりかえすわけです。つまり、第二次の予言ですな……それがまた公表された場合は、第三次の予言……というふうにやっていきまして、まあ、無限大までもってゆく。これがいわゆる最大値予言でありまして、現実にはこれと第一次予言との中間値をとる、というふうにお考えいただければよろしいわけです」

「なるほど、なかなか、考えておられるんですなあ」と、その間抜けな委員は、さも感服したように、私にむかってうなずいてみせるのだ。

「なあ勝見君……」見かねた所長が、そっと小声で囁《ささや》いた。「何か自然現象なんかで、もっと適当な問題はないだろうか？」

「天気予報なら、気象台でやってもらいます。向うの計算機に、うちの機械をつないでやればいいんだから、簡単ですよ」

「だから、なにかもっと、複雑なもので……」

私は黙っていた。いくらなんでも、そこまで妥協するわけにはいかない。いったい、頼木たちに、なんと弁解したらいいだろう。半年がかりで集めたデータが、いまさら無駄になったなどと言えるものか。問題は、自然現象か社会現象かというようなこと

ではなく、これまでに育てあげた予言機の能力を、どう扱うかということなのだ……

次の委員会までに、今日の意見を参考にして、私が新しい案を考えてくるということで、ともかくその日は散会した。その後、委員会は一週間おきにもたれたが、一日ごとに委員たちの出席がわるくなり、四回目からは、友安と私と、例のひょろりとした奴の、三人きりになってしまった。当然のなりゆきであるこの退屈な、誘導尋問みたいな会合に、うんざりしないものがいたら、そのほうがよほど何《ど》うかしている。

頼木はこうした委員会のやりかたに、はじめからあからさまな反対の態度を示した。けっきょくすべてが彼等の事なかれ主義からくる逃げ口上にすぎないというのである。そんな苦情を言いながらも、そこが技術屋の泣き所で、けっして骨おしみはしなかった。私たちは委員会の気に入るようなプログラムをたてるため、知恵をかたむけ、奮闘した。委員会の前日には、いくどか徹夜したことさえある。

しかし、やればやるほど、政治と無関係なものなど、そうざらにはないことを思い知らされるばかりだった。たとえば、耕地面積の予想をしようとすれば、農村の階層分化という問題がからんでくる。何年後かの完全舗装道路の分布をしらべようとすれば、国家予算にひっかかってしまう。全部の例をあげるわけにはいかないが、あれから十二回、委員会ごとに出したのが、一つ残らずはねつけられてしまったのだ。私もいいかげん、うんざりしてしまった。政治というやつは、逃げようとすればするほどからみついてくる、蜘蛛《くも》の糸みたいなものだ。べつに頼木に同調するつもりはないが、ここらで一つ、ひらきなおってみるべきかもしれない。そう思って、今回はわざと案をもたずに行ったのだ。むろん頼木に一本釘《くぎ》をさしておくことも忘れなかった。

「断っておくが、私は、君みたいに政治に興味をもっているわけじゃないからね」

その結果が、ごらんのとおり、すごすご尻尾《しっぽ》をまいて引返してくるようなことになった次第である。

5

電話が鳴った。委員の友安からだった。

「先生ですか、さきほどはどうも……じつは、あれから、局長ともいろいろ相談をしたんですがね……（嘘《うそ》をつけ、まだ三十分と経《た》っていやしないじゃないか！）……なんとか、新プランを、明日の午後までに出していただかないと、面倒なことになりそうなんですが……」

「面倒？」

「明日の臨時閣議に報告せにゃならんのですよ」

「したらいいでしょう、さっき申しあげたとおり……」

「それがね、先生、御存知かどうか、一部からは閉鎖というような意見も出ておりましてねえ……」

事態はもうそこまで来てしまっていたのか……すなおに頭を下げて、役にも立たないプランを、一週ごとにひねりだしつづけるか……いや、そんなことをしても、いまさらもう間には合うまい。いっそ、予言機の記憶をぬぐいさって、もとの白痴にもどしてしまい、誰か他人にあとをゆずるか……

もう一度、棚《たな》のスクラップを眺《なが》め、立上って、機械を見まわす。スクラップはあとの余白をうめてもらいたがっているし、機械は力をもて余しているのだ。モスクワ2号は、その後、他国の予言で騒ぎをおこすようないたずらはしないが、しかし国内では着々と成果をあげているという。分らない……予言は自由にとって、はたしてそれほど危険なものなのか……それとも、こんな考え自体が、すでに心理作戦にひっかかっていることなのだろうか……

暑い……むしょうに暑い……私はじっとしていられなくなり、階下の、調査室をたずねてみた。入っていくと、それまでの熱中した話し声が、ぴたりとやむ。頼木の顔に、赤い狼狽《ろうばい》の斑点《はんてん》がうかんでいた。例によって、私の弾劾《だんがい》演説をやっていたにちがいない。

「いいよ、そのままで……」空《あ》いている椅子《いす》にかけ、なにもそんな言い方をするつもりではなかったのに、いきなり嚙《か》みつくように言ってしまった。「閉鎖だってさ……いま、電話があってね……」

「でも、そりゃ、どういうことなんです？……いったい、今日の委員会は、どういうふうだったんです？」

「べつに、どうってことはないがね……いつものとおり、話し合っただけさ」

「分らないなあ……けっきょく、政治予報に自信がないってことを認めちゃったんですか？」

「とんでもない。自信はたっぷりだったよ」

「じゃあ、機械を信用できないっていうのかな？」

「私も、そう言ってやったがね……すると、連中のいわくには、まだ使ってみないものを、信用するもしないもないじゃないか……」

「だから、使ってみたらいいんだ！」

「単純に考えれば、そうだろう……しかし、政治を予言できるもののように考える、その考え方が、そもそも政治的なんだ」

さすがの頼木も、びっくりしたように口をつぐんでしまう。なぜ黙っているのだ？　これは私の考えじゃない。だから、思いきって、言い返してほしかったのだ……相手が黙ったことで、私はかえって苛立《いらだ》ってしまい、

「だいたい、未来を予言するなんていうことは、はじめから意味のないことかもしれないからね……たとえば、人間はいずれ死ぬものだと知って、それがなんの役に立つ？」

「でも、自然死以外は、なるべくさけたいと思いますわ」

そう言ったのは、和田勝子だ。この娘はときどき、馬鹿に平凡になったり、ひどく魅力的になったりする。欠点は唇《くちびる》の上の黒子《ほくろ》だろう。光線の具合で、それが鼻くそに見えることがある……

「さけられないと知ったら、それでも、倖《しあわ》せかね？……いずれ閉鎖されると分っていながら、あんなに苦労して、予言機をつくることができたと思うかね？」

「でも、先生、まさか本心じゃないんでしょう？」

相変らず、頼木らしい言い方だ。

「かまわないから、どんどん予言をさせて、その結果をつきつけてやりゃいいんですよ」と、調子を合わせるのは、いつも相羽の役割である。

「そして、結果がソ連の発表と同じことになったら？」

「まさか！」と和田。

「そうだって、かまやしないじゃないか」と相羽。

「まあ、いいさ……まさか、君たちのあいだに、共産主義者がいるとは思っちゃいないからね……」

「先生、それは一体、どういう意味です？」

急に面倒くさくなってきた。

「……と、連中が言ったのさ。私がそんなことを考えるはずはない……」

「どうも、そんなことじゃないかと思ったよ」

「先生にかかっちゃ、かなわないわねえ」

そろって、ほっとしたように笑いだす。しかし私は自分が嫌《いや》になってきた。

「じゃあ、閉鎖ってのも、冗談だったんですね？」

あいまいに笑って、腰をあげた。頼木がマッチをすって差出したので、自分がタバ

コをくわえていたことを思いだす。頼木にだけ聞えるように、

「あとで、二階に来てくれないか……」

頼木はびっくりしたように、私の目を見返した。とっさに私の考えを、読みとったらしかった……

6

「そうなんだ……みんなと話しながら、急に気がついたんだよ……」

どうも扇風機がうっとうしい。

「そうだろうと思っていました。どういうわけかぼくも、ちょうどそんな気がしていたところです」

「じゃあ、手伝ってくれるね？　しかし、徹夜になっちゃうよ。ほかの連中には、まだあまり、知られたくない……」

「いいですとも」

私と頼木は、さっそく棚から例のスクラップをおろし、ばらばらにして、機械に分り易《やす》いように、整理する仕事にかかった。スクラップの中身を、予言機におぼえさせてやろうというわけだ。

「このアイディアはね、何度か、ちらとかすめてはとおったんだ……機械のやつが、何かしきりに喋《しゃべ》りたがっているような気がしたり……」

「機械の自意識……？」

「そういうわけだろうな。とにかく、機械自身に、自分の立場を理解させてやれば、この苦境を切り抜ける方法も、自分自身で思いついてくれるにちがいない……」

「でも、これだけのデータで、うまくそこまでいきますかねえ？」

「むろん補足説明の必要はある。あとで、テープに吹きこんでやろう……」

和田が夜食用のサンドイッチとビールをとどけてくれた。

「ほかになにか、御用は？」

「ありがとう、もういいよ」

仕事をしていると、時間がたつのが早い。またたくうちに九時になり、十時になった。ときどき冷蔵庫の氷で眼の上を冷した。

「このモスクワ2号の予言も、記憶させますか？」

「当然、記憶させなけりゃ……三冊目から四冊目にうつる、大事なきっかけだろう」

「どの番地に入れます」

「とにかく向うのニュースを、ぜんぶひっくるめて、中間読取をしてみようじゃないか……」

結果は、すこぶる暗示的なものだった。第一の共通項は、予言機がソ連で非常な活躍をしているということ——それは最初から分っていたが——おどろいたのは、未来は共産主義社会だというモスクワ2号の予言が、その項と特別に反応しあってみせたことである。

「妙だな……こいつ、共産主義社会を、なんだと思っているんだろう?」

「とにかく、なにかの概念はもっているようですね え」

「ほかに、反応する番地があるかどうか、さがしてみてごらん」

すると、機械はすでに基本概念として、共産主義社会をこんなふうに理解しているのだった。

《政治・予言・∞》

つまり、あらゆる予言を知りつくしたうえで現れる、政治の無限次予言、すなわち最大予言値が、共産主義だというわけだ。

どうも、尻尾をくわえた蛇《へび》のような、こじつけめいた感じがしないでもなかったが、しかし定義は価値判断とはちがうのだから、機械に文句を言ってみてもはじまらない。とにかく先に進むことにして、すっかり手持ちのデータを容《い》れおわったときには、もう三時をかなりまわっていた。差入れのサンドイッチを食べて、元気をつける。

「さてと……どういう角度から、プログラムを組ませてみますか？」

「どういう角度って……まだそこまではいかないだろう。それより、現状を理解するのに、どういうデータが不足しているかを、まず答えてもらうんだな……」

時間のかかる、面倒な仕事だった。一種の試行錯誤で、勘と手さぐりで根気よくすすめるしかない。やがてぼんやり窓に青味がさしてくる。疲労がもっとも深い時。じっとしていると、かえって睡《ねむ》くなるので、頼木と交代した。しばらくして、振向くと、頼木はもう居眠りをしていた。

そのうち、かすかな、応答があった。はじめ私は、その意味を理解できなかった。反応しあっている番地を分解してみると、一つは自分自身、いま一つは人間と出た。自分自身というのは、むろん予言機械自身のことだろう。予言機械と人間……？　いったい何を言いたがっているのか？　待てよ、この反応のあいまいさは、単なるデータの不足ではなく、矛盾するデータが互いに打消しあっているためではないだろうか？　そこで、応答点をそのままにしておいて、ほかを消してみる。消すと反応が高まる。そこを消した場合だけでなく、どこを消しても、同じように反応が高まるのだ……。しかし、やはり分らない。何を言いたがっているのだろう？

とつぜん私は、その反応のあいまいさ自身が、私の質問に対する答えなのかもしれないということに気づいた。私が知らずに出していた質問……そう、自分でも気づかずに出していた、プログラミングのテーマ……だとすると、いったい私はなにを聞こうとしていたのか？　分りきったことである。委員会の抵抗を打破る可能性があるかどうか……あるとすれば、どういうプランがいいのかという問題だ。

そしてこれは、その答えなのかもしれない。答えとしてみれば簡単だ。人間の予言……他の社会的データとは、互いに打ち消しあうようなデータでつくられた、すなわちごく私的な人間……その私的な未来の予言！

なるほど、そのとおりかもしれない。私は少々、機械をみくびっていたようだ。この予言機には、私が想像していた以上の能力があったらしい。親が子供におどろかされ、教師が生徒に鼻をあかされても、べつに不思議はないわけだ。

急いで頼木にも起きてもらう。はじめは半信半疑だったが、やがて、彼も納得した。

「たしかに、理屈にかなっている。政治予報と、私的な個人の運命とでは、あらゆる意味で対立しそうですからね。とにかく、こいつで、当ってみることにしましょうよ

「……」

「モデルは、誰がいいのかな？」

「聞いてみましょう……」

しかし機械は、モデルまでを指定するつもりはないらしかった。一般的に、誰かであればいいらしい。

「私たちで、さがさなけりゃならないようだな」

「第一次予言からはじめるためには、まず本人が探られていることを気づいていない必要がありますね」

「たのしい仕事じゃないか」

「まったくです……」

私もうきうきしていた。たしかに、数字やグラフの予言などよりは、生きた人間のほうが、どれだけ面白いか分りゃしない。——そのとき私たちが、その相手……自分でも気づかずに、やがて選ばれて、見られる側に立つ人間のことを、すこしも考えなかったとしても、それは止《や》むをえないことだったろう。

長椅子の上で五時間ばかり、うたた寝をした。

十二時すこしまえに、友安に電話を入れた。

三時に返事があった。

「好評ですよ。決定は、やはり、次の委員会まで待っていただかなければなりませんが、おかげさまで、こんどのプランには、局長もすこぶる好意的でしてねえ……」

私たちは、機械を信用していたし、それになぜか確信めいたものがあったので、べつに心配してはいなかったが、それでも友安の緊張がとけた声を聞くと、やはりほっとした。

7

四時に、私たちは、その男をさがしに出掛けた。――といっても、むろん、はじめから男ときまっていたわけではない。「男」「女」と裏表に書いた紙を、二回おとして、二回「男」と出たから、男にしたまでである。

「男は、ずいぶん沢山いますねえ。どれにしますか?」

「まさに、羊の群にはまりこんだ、狼《おおかみ》の心境だね」

「目うつりがするな。これが女だったらよかったのになあ」

「なあに、いずれ女も、からんでくるだろうさ」

はじめ私たちは、そんな冗談めかした気分で歩きまわっていたものだ。地下鉄に乗り、国電に乗り、新宿に来た。しかし、しだいに、苦痛になりはじめた。

「駄目だ……やはり何かの規準をもうけなけりゃ……」

「どういう規準です？　長生きしそうなやつですか？」

「外からでは、ちょっと予想がつきにくいようなやつ……」

「というと、見かけは平凡なやつということになりますね」

だが、見かけの平凡な人間は多すぎる。それだけ、当り外《はず》れも大きいわけだ。七時ごろ、ついに歩きくたびれて、小さなコーヒー店に入り、通りに面した窓ぎわに席をとった。

――こうして、私たちは、その男に出会ったのである。

男は、隣のテーブルでアイスクリームの皿をまえに、店の名前を金文字で書いたドア越しに目をすえたまま、じっと身じろぎもしなかった。アイスクリームは、融《と》けきって、容器の口まであふれそうになっている。食べたくもないのに注文して、融けるにまかせておいたのだろう。

振向くと、頼木も男に注意をむけていた。アイスクリームが融けるのに、どれくらい時間がかかるかは知らないが、いまの私たちにとって、すこぶる気になる光景だったのだ。見せかけは平凡で、しかもいわくありげな男……と言ってしまっては、あまりに手前勝手な解釈になりすぎるかもしれないが、こういう僅《わず》かな特徴こそ、私たちにはおあつらえむきの条件であるように思われた。

頼木が私の肘《ひじ》をついて、目くばせをした。私もうなずきかえした。給仕が注文をききに来た。頼木は何かのジュースをたのんだが、私がコーヒーにすると、彼もコーヒーに変更した。コーヒーがくるまで、私たちは互いに口をきかなかった。疲労のせいもあったが、それよりも、これからしなければならない決心の重さが、口まで重くしてしまっていたのである。とにかく、相手は誰だってかまわない。もっとも平均的な、しかも、特徴ある任意の誰かであればいい。しかし特徴的であるかどうかは、実際にためしてみなければ、なんとも言えないのだ。それにもう、歩きくたびれた。いくら念入りに、ためらってみたところで、いずれきりのないことである。……私たちの、どちらかが賛成すれば、実験動物に、このアイスクリームを融かしてしまった男をえらんでしまうだろうことは、もうほぼ確実なことだった。

男はこの暑さにもかかわらず、少々くたびれてはいるが、体にあったフラノの上衣《うわぎ》をきちんとつけ、上半身をまっすぐにしたまま、いぜんとして身じろぎもしない。ときおり、足の位置を変えるのが目立つくらいだ。しかし、テーブルの上にのせた手の中では、火のついていないタバコが、苛立《いらだ》たしげにもまれつづけていた。

突然乱暴な音楽が鳴りだした。私たちの席のすぐうしろのジューク・ボックスに、膝《ひざ》までの黒いスカートに赤いサンダルをひっかけた、十八、九の少女が十円玉を入れたのだ。男はぎょっとして振向き、初めてその顔をみることができた。黒い蝶《ちょう》ネクタイの上に、目のおちくぼんだ、いかにも堅苦しい神経質な顔が、ネジでとめたみたいにぴったりとくっついている。もう、五十はすぎているだろうに、変に子供っぽくみえるのは、あるいは髪を染めているせいかもしれない。

音楽は、私には、いかにも野卑に思われた。しかし、頼木はすこしも気にならないらしく、それどころか指先でリズムをとりはじめ、ほっとしたようにコーヒーを一口すると、急に身をのりだして話しかけてきた。

「ねえ先生、あの男、見れば見るほど、おあつらえ向きだな。決めてしまいましょうよ、あの男に……」

しかし私は、あいまいに首をかしげただけだった。べつに天邪鬼《あまのじゃく》をおこしたわけではない。ふいになにやら、たまらなく厭《いや》な気分に襲われたのだ。ある一人の個人の未来を予測するということも、頭で考えていたあいだは、いかにもすばらしい試みのように思われていたのだが、こうして実際にその実験材料になるかもしれない人間を目の前にしてみると、本当にそれほど意味のあることかどうか、すこぶる疑わしくなってくる。昨夜、私は疲れきっていた。もしかすると、予言機械の言葉を、読みちがえたのではなかろうか。あれは、機械の言葉でもなんでもなく、委員会であらゆる予言のテーマを封じられた、その持って行き場のない気持を、自分の都合のいいように翻訳しただけのことではなかったろうか……

「なんですって、いまさら……」頼木は驚き、それから疑わしげに目を細めた。「だって、それが機械の注文だったんでしょう……それに、このプランで、せっかく友安を承知させられたのに……」

「しかし、まだ内諾にすぎんからな。委員会がなんといい出すやら……」

「馬鹿な」と唇をとがらせて、「とにかく局長が好意的だという以上、もう問題があるはずはありませんよ」

「分るもんか、次の委員会までには、あっさり気が変ってしまうかもしれんさ。いくら政治に関係がないといったって、役にたたんものに金をかけるはずがない。委員会をとおるかとおらないかと言うことは、君、予算をとれるかとれないかと言うことなんだよ。気にいるかいらないかというような、単純な話じゃない」

「しかし、現に、機械が……」

「寝ぼけていて、読みちがえたのかもしれないじゃないか」

「そうは思いませんね」頼木はむきになったはずみに、コップの水をこぼしてしまった。ハンカチを出して、ズボンの膝をふきながら、「すみません。しかし、ぼくは機械を信じますよ。委員会も、ぼくらも、モスクワ2号の影響で、予言のプログラムをただ社会的なデータからばかり割り出そうとしてきた。そういうふうに、外側からだけせめていったんでは、機械の言うとおり、最終的な最大予言値は、けっきょく共産主義ということになるのかもしれない。言いかえれば、予言機をただ実用一点張りで使っていたのでは、そうなるしかないと言うことです。その意味で、共産主義とは最大予言値のことだという機械の判断は、じつに面白かったな。……しかし、人間にとって一番大事なのは、社会よりもやはり人間なんだ。人間にとって良くなければ、仕組みだけがいくら合理的でも、そんなもの、どうしようもないわけでしょう」

「それで……？」

「つまり、ある個人の私的な未来を予測しようという機械の考えは、じつに当を得ていると思うんです。そちらから押していけば、あんがい、モスクワ2号の結論とはまるでちがった結論が出てくるのかもしれない」

「機械はべつに、そんなことは言わなかったがな」

「そうじゃない。ぼくだってべつに、そんなことを信じているわけじゃありません。ただ、そう言えば、うまく委員会を納得させることが出来るだろうと言っているだけです。……それに、いろいろ、当面の具体的な利益だってあるわけでしょう。もし、この実験が成功して、人間の未来を予言する定式を機械が飲込んでしまえば……たとえば犯罪者の過去や未来を予見して、完全な判決をくだすこともできれば……さらには犯罪を未然に防止することだって出来るわけだ。また、結婚の相談にのるとか、就職をきめるとか、病状を診断するとか、そうした人生上の相談はもちろん、必要ならば死期を予言することだって……」

「そんなことが、なんの役に立つんだ？」

「そりゃ、保険会社なんか、大よろこびでしょうよ」頼木は勝誇ったように笑い、そしてその言葉にはこころもち棘《とげ》があった。「こんなふうに考えていけば、まだまだ、いくらだって使い道がありそうじゃないですか。とにかく、ぼくは、すごく有望なプランだと思いますがねえ……」

「おそらく、君の言うとおりだろう……私だって、べつに機械の判断を疑っているわけじゃない」

「じゃあ、どうして聞きちがいだなんておっしゃるのです？」

「言ってみたまでさ……ちょっと、言ってみたまでのことさ……しかし、そう言う君だって、自分が実験材料にされる場合のことを考えてみたら、あまりいい気持はしないんじゃないかな」

「そりゃ駄目だ。ぼくはもう、機械のことを知っちゃっているんだから、条件が純粋じゃない」

「知らない場合だよ。仮定で言っているんだよ」

「そんなら、かまわないと思うな。ぼくは平気ですよ」

「本当かな……?」

「平気ですとも……先生は、神経が疲れすぎているんだ……」

そう、疲れすぎているのかもしれない。私だけが、機械から取残され、頼木に追いこされてしまうなどということがあっていいものか……

8

私たちがコーヒーを飲みおえてから、二十分ほどして、男はやっと腰をあげた。けっきょく、待ち人は来なかったらしい。一足おくれて、私たちも店を出た。

町はそろそろ暮れかけている。せわしげで、小刻みな雑踏は、人工の光の粒をせっせと積みあげて壁をつくり、せまってくる夜をおし戻そうと努力しているように見えた。

男は、何事もなかったように店を出ると、狭い路地をきちょうめんな足取りで、まっすぐ電車道のほうへ歩いていく。いかにも歩きつけた足取りだ。両側は、軒並みにちっぽけな安酒場で、二、三軒おきに、頭から足の先まで奇妙な仮装をつけた男女が、声をからして客の呼び込みをやっている。こんな場所にはそぐわない風采《ふうさい》であるだけに、男の事務的な歩調は、いかにも印象的だった。

電車通りまで行くと、急にくるりと振向いた。私があわてて立停ると、頼木が肘を小突いてささやいた。

「駄目ですよ、かえって目立つじゃありませんか」

呼び込みの女が、叫び声をあげておそいかかってきた。やむなく私たちは、振向いて立っている男のほうへ、まっすぐ歩いて行かなければならなかった。しかし、男は、自分の中にめりこんでしまったように、こちらには注意をはらおうともしない。ちらと時計を見て、そのまま又、今来た方向へ、引返しはじめた。呼び声が、待っていたとばかりにはやしたて、私は両頰《りょうほお》が板のようにこわばる思いをした。

男はもう一度、さっきの店をのぞきに戻ったのだった。やはり、相手は来ていなかたらしい。すぐにまた、いまの路地をとおって、電車道に出る。今度はあまり声はかからなかった。私がとおりすぎた後に、唾《つば》をはきかけたものがいた。どうやら尾行者であることを見ぬかれてしまったらしい。他人の後をつけるなんていうことは、誰がみたって立派なことではないだろう。

「あの男も、これでとうとう檻《おり》の中につれこまれてしまったわけか……自分じゃ、気づかずにな……」

「そんなことを言えば、人間は誰だって、檻の中に閉じこめられているようなものですよ」

「どうして」

「だって、そうじゃないですか……」

男は電車道にそって、南の方へ、まっすぐ歩きだした。板塀《いたべい》でかこった、ビルの工事場があり、道は急に暗くなる。二丁ほどいって、道を横切り、そこからまた逆戻りして、さっきの路地の出口をそのまま通りすぎ、鈴蘭燈《すずらんとう》のならんだ明るい街を右に折れた。つきあたりには映画館が並んでいる。そこまで行くと、またくるりと向きをかえて、もう一度逆戻りをしはじめたのだ。

「なんだい、べつに、目的があるわけじゃなさそうだな」

「来るはずの相手が来ないんで、気が立っているのだろう」

「それにしちゃ、馬鹿にはっきりした歩き方をするじゃないですか……商売はなんだろう」

「うん……」そうだ、私もいま、それを考えているところだった。この男は、人から見られることに馴《な》れている。長年、一つところに勤めつづけ、しかもそこはたえず外見を重んじ、他人の目を気にしていなければならないような職場なのだろう。「しかし、どんなものかな……私らに、こんなことをする資格があるのだろうか？」

「資格……？」

頼木が笑ったように思ったので、振向いてみたが、べつに笑ったわけではなかったらしい。

「そう、資格さ……医者だって、むやみと人体実験を許されているというわけじゃない。下手をすると、君、こいつは生体解剖なみだよ」

「大げさです、先生。秘密さえ守っていれば、べつに相手を傷つけるわけじゃない」

「さあね……私があの男の立場に立たされているんだとしたら、やっぱり腹をたてているだろうと思うな」

頼木は黙りこんでしまった。しかしそれほど気にしている様子でもない。五年間、一緒に仕事をしてきた彼は、私の気持をすっかり見抜いてしまっているのだ。……そのとおり、べつに弁解しようとは思わない、口先でなんと言おうと、私は決してこの追跡をやめはしないだろう。たとえ機械の注文が殺人であっても、泣き泣き人殺しをやってしまうかもしれない。いま、私たちの前を行く、そのちょっとばかり秘密めかしいものを持った平凡な中年男は、やがて過去から未来にわたって、くるりと皮をむかれ、何からなにまでをむきだしにされてしまうのだ。それを思うと、私は自分の皮がはがされるような痛みを感じる。しかし、予言機械を見すてることは、さらにその数十倍も恐ろしいことなのだ。

9

ひと晩じゅう、私たちは、男につき合わされた。男は、まるで、事務所の廊下を書類をもって歩くような足取りで、狭いきまった区劃《くかく》のなかを、さいげんもなく往き来するのだった。途中一度、どこかに電話をかけ、二度、パチンコ屋により、一回は十五分、もう一回は二十分ばかりをついやした以外、あとはどこに立ちよるでもなく、ただむやみと歩きまわるだけなのだ。約束をたがえた相手は、たぶん女だったのだろうと、私たちは想像した。あの年になると……私自身もそろそろ同じような年ごろだが……ほとんど偶然に期待をかけたりはしなくなるものだ。世間に意外なものなどありはしない。あてもなく街をさまようなどという無駄な衝動のはけ口は、必要としなくなる。ただ、女だけが、その方程式のどこかにひびを入らせるのだ。こっけいで陳腐な、動物的混迷である。

やはり私たちの想像は当っていた。世間には、さほど意外なことなど、ありはしないのだ。十一時ちかくなって、店頭の公衆電話で、またどこかに短い電話をかけ(大胆にも頼木がその番号をのぞきこみ、手帳にひかえた)、それから都電に乗って、五つ目の停留所で降りた。坂になった路地を半丁ばかりあがった、商店街の裏手にある小さなアパートが、男の目指す場所だった。

男はアパートの門で、しばらく左右をうかがいながら、何事かためらっている。そのあいだ私たちは、角《かど》のタバコ屋でタバコを買っていた。(おかげで私は、もう十以上のタバコを買わされてしまった)やがて、男が入っていくと、すぐに頼木が後を追った。うまくいけば、部屋まで行って名札をたしかめるし、万一、管理人に見とがめられた場合には、金をわたして必要なことを聞きだす手はずになっていた。私は門のわきでアパート全体の様子を見張っていた。——階下の部屋は三つ、ぜんぶにカーテンが降り、灯がついている。二階は、玄関の上をいれた四部屋があり、一つおきに灯が消えている。

ややあって、一番奥の、暗かった窓に一瞬灯がともり、人影が大きくゆれて、すぐにまた暗くなった。頼木がはだしのまま、両手に靴をさげて駈出《かけだ》してきた。

「見てきましたよ、ドアの名刺……やっぱり、女の名前でね、近藤ちかこ……ちかこは平仮名です……」門のかげにうずくまって、息をはずませながら靴をはく。「スリルだったな、まったく、こんなことしたのは、はじめてですからねえ……」

「ちょっと、明りがつかなかったかい？」

「そうなんです。おまけに、ドタッと何かが倒れる音がしてね……」

「あの、奥の部屋だな」

「気がつきましたか？」

「どうもおかしい。あのままずっと、まっ暗なままなんだ」

「ちえっ、女と感激の対面かな……」

「そんなことならいいが……まさか、私らの尾行に気づいたりしたわけじゃあるまいな」

「まさか……それこそ、まさかですよ……それくらいなら、ここに来るまえに、ぼくらをまいてしまおうとしたはずじゃないですか」

それにしても、なんとなく居心地がわるくなってきた。はじめの目的は、むろん、男の氏名と住所をつきとめることだったが、このまま泊っていくつもりかもしれない男のことを、いつまでも見張っているわけにもいくまい。二人とも、昨日から、ほとんど寝ていないのだし、それにまだ、あの男をサンプルにすると確定したわけでもないのだから、都合によっては、この副産物の女のほうを主サンプルにして、男はその補助と考えてもかまわないわけだ。頼木もこの口実に、不賛成ではなかった。

「しかし、先生のおっしゃっていたとおり、ちゃんと女がからんできたじゃありませんか」

「ともかく、男と女は、同じ数だからな」

ひとまず、引揚げることにした。通りまで出て、頼木と別れ、疲労でうめき声をたてている頭をかかえて、家に戻った。子供が学校でけんかをしてどうしたとかいう、妻の話をうわの空で聞きながら、何度もはずみをつけては、やっと体がとおるくらいのせせこましい睡《ねむり》の穴に、おちこんでいった。

10

翌朝は、さすがに少々寝すごした。研究所に着いたのは十時すぎだった。

私ははじめ……自分でもうまく理由を説明はできないのだが……委員会を通すためのプランまでは、頼木と二人だけでつくって、所員たちに知らせるのは、委員会の承認を正式に得てからにしようと考えていた。だから昨夜の冒険のことも、誰にも言わず、二人だけでやってみたわけだ。それに、相手はたかだか一人の人間なのだから、これまでのような多角的調査など、必要ではあるまいと、たかをくくっていた面もある。しかし、実際に経験してみると、人間の私生活を包んでいる殻も、そう馬鹿にはできないものであることが分った。時間さえかければ、大まかなプランをたてるくらい、そう難《むずか》しいことではないかもしれないが、困ったことに、次の委員会まであと五日しかない。今度のプランがうまく通ってくれなければ、せっかくの事態がふたたび悪化して、すくなくも一時的な閉鎖を命ぜられることは、もうほとんど疑う余地のないことだった。

研究所に着くまでのあいだに、やり方を変え、計画のぜんぶを所員たちに公表して、協力態勢をしくことに決めていた。事情を話せば、秘密は守ってくれるだろう。女の身許《みもと》を洗うものと、男の線をたぐるものとの二班に分け、それぞれの分担を細《こま》かく決めて、機動的にやってしまうのだ。この二日間で、集められるだけのデータをそろえ、それをもとにして今後の方針や可能性や見とおしなどを、まとめあげよう。なにはともあれ、委員会を通過させることが先決だ。

部屋に行くまえに、階下の調査室をのぞいて、頼木をさがした。頼木はさっきから二階の計算室で私を待っているという。話したいことがあるから、みんなも二階に集ってくれと言い残して、すぐ頼木のとこに行ってみた。

頼木は手動制御装置のわきのデスクに両肘《りょうひじ》をついて、あいさつもせず、固い目つきで私を見上げた。なんとも妙な具合だった。

「どうします、先生？」と、姿勢も変えずに、いきなり話しかけてくる。

「どうするって……？」

「とんでもないことになったじゃありませんか……」膝《ひざ》の新聞をひろげるなり、くってかかるようにその指をつきたてるのだ。

「いったい、なんの話かな？」

頼木は呆《あき》れたように、顎《あご》をつきだして長い喉《のど》をさらした。「先生、まだ、新聞読んでいないんですか？」

ちょうどそのとき、調査室の連中がやかましく木のサンダルを鳴らしながら、階段をあがってきた。頼木は疑わしげに、横目で私をさぐりながら、腰をあげ、「なんです、ありゃあ……？」

「私が呼んだのさ。仕事を、分担してもらおうと思ってね」

「冗談じゃない、これを見てくださいよ！」新聞をつきつけるなり、乱暴にドアを開けて、すぐそこまで来ていた連中に大声で呼びかけた。「あと、あとにしてくれ！手が空いたら、すぐに呼びに行くから……」

かん高い、和田勝子の不平がましい冗談が聞えたが、なんと言ったのか、よくは聞きとれなかった。じっさい、それどころではない。私は、赤鉛筆でかこまれた、その片隅《かたすみ》の記事をにらんだまま、急にあたりの空気が飴《あめ》のように粘りはじめたような気がしていた。

情婦に締め殺された会計課長

十一日午前〇時ごろ、東京都新宿区××町六の緑アパートで、訪問中の同区吉葉商事会計課長土田進さん（五六）は同アパートの住人で土田さんの情婦近藤ちかこ（二六）に殴打のうえ絞殺された。同女はその足で近くの交番に自首し、帰りが遅かったと言って土田さんに乱暴されたための正当防衛であることを訴えた。同僚の話では、土田さんは三十年勤続の真面目《まじめ》な人柄で、まったく意外だったと口をそろえて語っている。


ゆっくりと、五、六遍もくりかえして読んでいるあいだ、頼木は辛抱づよく待っていてくれた。

「そういう訳なんですよ、先生……」

「で、ほかの新聞は……?」額の汗が、ぽとりと落ちて記事のうえにひろがった。

「五種類ばかり、買ってみましたが、これが一番くわしいようです」

「……いや、惜しいことをしたな。もう一と月も早ければ、うまく予言してやれたかもしれないのに……まあ、死んでしまったものは仕方がない……」

「そんなふうにいってくれれば、結構なんですが……」

「どういう意味? 死人の未来を予言してみたって、はじまらないじゃないか。探偵ごっこをしている暇はないんだよ」

「ぼくが、心配しているのは……」

「心配することなんかあるものか。こういう特殊すぎるケースは、どっちみち、サンプルとしちゃあ不適格だったんだ」

「ごまかさないでくださいよ。先生にだって分っているはずなんだ。ぼくらがこの土田って男を、尾行しているのを見ていた者が、何人かはいるはずなんです。とくに、最後にタバコを買った、あの角のタバコ屋のおやじなんかね……」

「べつに、何《ど》うってことはないだろう。すでに犯人が自首している以上……」

「そうでしょうか……」頼木は苛立《いらだ》たしげに唇《くちびる》をなめ、せきこむような早口で喋《しゃべ》りはじめた。「ぼくは、そうは思いません。この記事からだけでも、納得のいかないことがいっぱい出てくるのです。たとえば、殴打のうえさらに絞殺なんてのは、すこし念が入りすぎているように思いませんか。若い女が、それも、ただ帰宅がおそかったことをなじられたというだけで……」

「殴《なぐ》ったら、相手が本気になったので、恐ろしくなって殺したのだろう」

「まさか……本気になった男を、若い女が締め殺したりできるもんですか。でも、まあ、それはいいことにしておきましょう。先生もおぼえていらっしゃるはずですが、あの男が部屋に入るとすぐ、一瞬明りがつき、何かが倒れる音がして、それからまたすぐ暗くなった。ところが先生は、そのとき窓に人影がうつるのを見たとおっしゃっていましたね。じつを言うと、ぼくもあのとき、ドアのガラスに人影が動くのを見たんです。よく考えてみると、どうも矛盾している。一つの光源で、ちがった方角の窓に、同時に影がうつるなんてことがありうるでしょうか。考えられませんね……考えられないとすれば、そこには二人の人間がいたことになる」

「だから、男と女だろう」

「しかし、この記事だと、女は男よりも遅れて戻ったことになっていますね」

「そうでもないさ。もっとあいまいだよ。この書き方だと、どっちにでもとれる

……」

「でも、ぼくは、あの男が自分で鍵《かぎ》を開けているところをはっきり見たんですよ。それに、最後にかけていた電話番号、局に問い合わせてみたら、やはり、あのアパートの番号でした。女が戻っているかどうかを、問い合わせていたんですね。あの後の素振りからすれば、返事がノオだったことは疑う余地がない」

「しかし、電話の直後に戻ったとしたら？」

「じゃあ、なぜ、部屋が暗かったんです？……倒れた音はなんですか？……点《つ》いてすぐ消えた明りはなんの意味ですか？……」

「君が、何を言おうとしているのか、よくは分らんが、ともかく本人が自首して出て

いるんだから……」

「いや、警察だって、それほどのろまじゃないでしょう。下の部屋の者が、あの物音を聞いた時間をおぼえているかもしれない。隣の者が、ずっと明りが消えていたことを証言するかもしれない。あるいは、締められた首の跡から、それが女の仕業《しわざ》ではないことを割り出すかもしれない。そして一旦《いったん》疑いをもてば、とことんまで調べあげるでしょう。廊下についている、靴下の跡……ドアのわきの、壁の指紋……それから問題の、あやしい尾行者……」

「君は……そんなところに、指紋を残したりしたのか……」

「多分ね……こんなことになろうとは、夢にも思いませんでしたから」

「しかし……そうなったところで、調べてもらえばすぐに分ることだ……馬鹿々々しい。大体、動機がないじゃないか。疑おうたって、第一証拠がない」

「それはそうです。でも、やはり、疑うでしょうね。ぼくらの仕事の内容を、連中にはっきり納得させるまでは……」

「そりゃまずいよ！」

「そう、まずいんです。さっそく、新聞がかぎつけるでしょうしね。そして、殺人事件なんかはそっちのけで、ぼくらの仕事のことを書きたてるんだ。人間の尊厳を無視する、機械時代の悪夢……」

そこで、はっとしたように口をつぐんだ。私を二重に傷つけることになるのを恐れたのだろう。しかし、もう沢山だった。いまさら反省ごっこなんかをしている暇はない。

「まったくだ。こういう仕事は、とかく危険視されやすい……そんな風潮の気配でも見えてみろ、ただでさえ臆病《おくびょう》な委員会だ、いい口実が出来たとばかりに、さっそく、尻《しり》に帆をかけてしまうだろうさ……しかし、君も、ばかにうがったことを考えついたもんだな。探偵か、弁護士にだってなれそうじゃないか」

「なにも、はじめっから、そう筋道をたてて考えたわけじゃありませんよ。ただ、あのドアの前に立ったときの印象、なんだかすごく不気味で強烈でね、それで、この記事を読んだときにも、直感的に犯人は別にいると感じちゃったんだ。そうなれば、疑われるのは、まずぼくたちでしょう。仕事をつづけるつもりなら、もう後にはひけない」

「と言うと？」

「先手をうって、こちらから、逆に押し出していくよりほかに手がないわけです」

「押し出すか……なるほど……」

「押しかけてこられるまえに、話をつけるのです」

「友安を通じてたのめば、出来ないことはないだろう……しかし、逃げ腰じゃまずいな。これが、プランをつくるうえに、ぜひとも必要なんだというふうに、強腰でいかなければ……」

「さいわい、説明はいくらでもつきますからね。たとえば、現在まだ真新らしい死にたての屍体《したい》があるわけだし」

「屍体？」

「未来の結論の物質的表現ですよ。保存のしかたさえよければ、神経だけは死んでからも、三日ぐらいは生かしておけるって言うじゃないですか」

たちまち、私の頭の中にも朝が来て、家々の窓が開き、細胞たちが活発に活動しはじめる。またしても頼木にしてやられたわけだ。しかし腹は立たない。いずれは私の後をついでくれる男なのである。

「名案じゃないか。口実だけじゃなくて、実際にもやりがいのありそうな仕事だな。屍体からはじめるってのは、たしかに名案かもしれない」

「数学的帰納法の第一項というわけですね……第二項は女……偶然にしても、うまいサンプルがそろってくれたものじゃないですか」

「それから、うまく行けば、真犯人が第三項か……」

「いや、それはもう、実用段階でしょう。きっと委員会を釣りあげるための、いい餌《えさ》になってくれますよ……」

11

さあ、方針が立った以上、ぐずぐずしてはいられない。警察が、私たちのところまで手をのばしてくるには、まだ間があるにしても、屍体が遺族の手に返されるまえに、おさえる算段をしておかなければならないのだ。やはり、階下の連中をわずらわさないわけにはいかなかった。頼木は、彼等の指揮になら自信があるという。それぞれの得意に応じて、屍体の組と、女の組と、真犯人割出しの組の三班に分け、頼木自身は屍体を中心に、全体の調査を受持つことにした。私が統計局の友安に交渉に行っているあいだに、組分けをすませ、方針を与えて、いつでもすぐに動きだせるよう、待機していてくれることになった。私は友安の在室をたしかめてから、すぐに出掛けた。

友安はなかなか愛想《あいそ》がよかった。私が、個人の予言の実用化からうまれる、さまざまな可能性を論じているあいだ、彼は終始その微笑をやめなかった。要するに、局長とのあいだに立って、わずらわしい思いをしないですませられれば、それでいいのだろう。私も困ったような顔はすこしも見せず、いかに幸運にめぐまれたかを、大いに強調してやった。しかし、話がいよいよ例の殺人事件に触れたとたん、さすがに微笑は消えて、いつもの脱水装置にかけたような表情に戻ってしまう。私はしっかりとおしゃべりの舵《かじ》にしがみつく。警察に対する懸念《けねん》などは、つゆほども見せず、もっぱら、予言機械が犯罪防止にどれほど役立ちうるかに、集中攻撃をかけ、一時間以上も奮闘したあげくに、やっと決心させることに成功した。

と言っても、直接関係当局に交渉する決心をさせたわけでは、むろんない。彼にはそんな権限はないのである。ただ、局長に話をもっていく決心をさせたというだけのことだ。それからまた一時間、局長相手に、同じ熱弁をふるわなければならなかった。局長は、友安とちがって、終始無表情だった。無表情のまま、私たちを待たせて、どこかに行ってしまった。

私は、いまにも頼木から、警察に踏みこまれてしまったという電話がかかってきそうで、気が気でなかった。しかし友安は、すっかりもとの愛想のよさに戻っている。局長にバトンをわたしてしまったことで、ほっとしたのだろう。いかにも熱心に、予言機械の可能性を論じたりしてみせるのだが、馬鹿らしくて、返事をする気にもなれなかった。

さらに、一時間ほどして……もう、忘れられてしまったのではないかと、あきらめかけた頃……やっと局長が戻ってきて、事務的な調子でこう言った。

「よさそうですわ。なんとか話をつけときました。べつに文書じゃ出さないが、必要とあれば、私のところに問い合わせるようにしてください。肝心なところには、大体手を打ってあるはずだから……」

あまり無関心な調子だったので、それがよろこぶべき返事であることに、すぐには気づかなかったほどだった。外に出てから、やっと人心地を取り戻し、あわてて公衆電話にしがみつく。頼木の声は、受話器をとおしてでも、その緊張が読みとれた。中央保険病院の計算室(検査診断用の電子計算機をおいてある部屋)とも連絡がつき、屍体がとどき次第、始動できるように準備させてあるとのことだった。すぐに相羽を警察にやり、屍体を搬《はこ》ばせるように命じて、電話を切る。……とつぜん、汗がひき、全身がばらばらにくだけて、勝手な方向に駈《か》け出しとびちっていくような、はげしい痛み……いや、これは興奮なのだ……ながい絶望的な忍耐のあと、まるで忍耐がふつうのことのようになれきった今になって、やっと本当の仕事がはじまった……これが、あの、幸福感というやつなのだろうか……

12

準備はすっかりととのっていた。冷却装置がうなり声をあげ、部屋に入ると、冷い風が気持よく足もとからめくれあがってくる。中央保険病院の計算室とは、すでに特別電話で連絡され、三組に分れた所員たちはそれぞれ携帯用の無線電話を整備して、すぐにも出発できるように待機していた。(頼木というのは、つまり、こういう男なのだ)

やがて、私は、全員出はらってしまい、ただ単調な機械の呟《つぶや》きしか聞えない計算室の中で、三台の無線電話と一台のテレビを前に、じっと待っている。いま私は機械の一部品なのだ。送られてくる情報のぜんぶが、直接機械に接続され、自動的に分類記憶されるようになっていたから、私の役割といえば、ただ機械の合図に応じ、言われるままに簡単な手伝いをしてやればいいだけである。しかし私にはそれが誇らしい。機械にこの能力を与えてやったのは、ほかでもない、この私自身なのだから。私は満足して予言機械にこう呼びかけるのだ——おまえは、拡大された、私の部分なんだよ……

三時五十分。頼木たちが出掛けていってからちょうど二十五分め。犯人係の津田から最初の連絡が入った。その内容については、あらためてくりかえす必要もあるまい。頼木の予想があまり当りすぎていたので、気味がわるいくらいだった。女の帰宅が十二時直前であったことは、目撃者もいてまず確実だったし、また自分では傷つけられないような後頭部の傷などがあって、一種の格闘があったことも事実らしいが、しかし男の検屍《けんし》の結果や、その他の事情からおして、女の自供にはそのまま うなずけない節《ふし》があるというのだ。共犯者の線も濃厚だが、女が自供を変えようとしないところをみると、あるいは脅迫をうけているかもしれないということだった。だが当局では、いずれ解決は時間の問題だと考えているという。前科のない、まったく行きずりの人間の犯行は、なかなかつかみにくいものだが、逆に計画的であればあるほど、かえって尻尾《しっぽ》を出しやすいのだそうだ。（はじめ私は迷った。私たちが昨夜見たことを報告すべきかどうか、とっさには判断しかねたのだ。しかし、警察の言うとおりだとすると、まったく行きずりの私たちに、疑いがかかってくるチャンスは、少ないことになる。それに、こちらはこちらで独自に真犯人をあげてみせる自信があったから、一応黙って見送ることにした）

すぐに続いて、女の係の木村から、近藤ちかこについての、詳細な報告が送られてきた。年齢、原籍、職業から、略歴、性格、容貌《ようぼう》、身長、体重などにいたるまで、ともかく外から記号的にとらえられる、すべての特徴を網羅《もうら》したものだった。しかしここで、わざわざそれを紹介するのはやめにしよう。やがて屍体の分析がはじまってみると、けっきょくこうした表面的なデータが、人間をとらえるうえにいかに不充分なものであるかがはっきりし、まったく別な方法で、ほとんどはじめからやりなおさなければならなかったのだ。それに、必要とあれば、それくらいの記録は、警察に行けばいつでも見せてもらえるはずだし、警察がいやなら、自分の足で歩いたって、わけなく集めることができるはずである。

屍体の分析は、八時過ぎになってやっとはじまった。本当は、もっと準備がほしいところだったらしいが、再生不能になるおそれがあったので、少々の無理は覚悟でおしきることにした。その間に、犯人と女の係から、それぞれ三、四回の追加報告が入ったが、すべてはやがて屍体から明らかにされてしまうことばかりだから、これも省略することにした。分析のはじまる一時間前に、係の山本博士とテレビを通してしばらく話しあった。病院のほうの電子計算機では、大体の生理反応を再現し、分析することはできても、大脳皮質の反射を解読するまではいかないという。当然なことだ。自分でプログラミングができる私たちの機械だって、まだ経験したことのない世界である。ともかく、さまざまな刺戟《しげき》に応じた、皮質細胞の反射の組合わせを送ってもらい、予言機械に記憶、解読させてみよう。もしかすると、生きている人間の脳波も、サンプルとして一緒に飲みこませる必要があるかもしれない。ただし、これまでのような大雑把《おおざっぱ》な脳波ではなく、やはり屍体の場合のように、少なくとも皮質を八十以上の領域に分けた、精密地図が必要だろう。（生体の場合、屍体ほど明瞭《めいりょう》な波形は得られないにしても、近似的なものなら不可能ではなく、単純なサンプルでよければ保存用のものがあるから、よろこんで提供しようと博士は約束してくれた）

十分前に屍体が搬《はこ》びこまれてきた。屍体は、特殊なガスと一緒に大きなガラス箱に密封され、分析員はこれを、マジック・ハンドで遠隔操作するわけだ。山本博士が箱のそばに立って説明してくれた。（むろん私はテレビをとおして聞いているわけである）箱の左側から放射線が出されており、右側の壁にはそれをうけた屍体の解剖学的地図が現れている。この地図は目にこそ見えないが、見える以上の力をもって、マジック・ハンドの先端の髪の毛ほどの金属針を、正確に所定の神経繊維のある場所に導いていく。頭にかぶっている、毛髪がわりに銅線が束になって生えた金属製の厚い帽子は、切りとった頭蓋骨《ずがいこつ》のかわりで、直接脳に接して計器の役割をはたすのだそうである。

Machi

13

急に強い照明が当って、部屋の中が明るくなった。カメラが頭のほうに移動すると、すぐその向うに頼木がいて、カメラごしに微笑《ほほえ》んでみせる。すこし離れて、相羽と和田勝子の不安そうな顔が、じっと上眼づかいに屍体《したい》の顔をのぞきこんでいる。この角度だと、唇《くちびる》の上のほくろが目立たないので、和田もなかなか引立って見えた。カメラが旋回して、白く光る男のむきだしの屍体が、画面いっぱいに大写しになった。締められたあとらしい、褐色《かっしょく》の斑点《はんてん》の列を首のまわりにまいて、顎《あご》をつきだし、薄く唇を開け、眼はかたく閉じている。粉をふいたように皮膚から、ぷつぷつ髯《ひげ》が吹きだしていた。……これが、実直な家庭をもった会計係で、しかも情婦までもち、そのうえ殺されるほどまでにその情婦に深入りできた男なのか。フラノの服に身をかため、融《と》けかかったアイスクリームを前にして、コーヒー店の椅子《いす》に膝《ひざ》をそろえていた昨夜などよりも、はるかに生々と、危険な存在にさえ見える。ねたましくもあり、またこっけいでもあり、私はひどく落着かない気分にさせられてしまった。

いよいよ分析がはじまった。まず体重と身長が測られる。それぞれ五四キロに、一六一センチ。ついで、一瞬のうちに、体の各部の特徴が量と比量で示される。マジック・ハンドが動きだした。同時に数本の針が、体の各部に突きささり、壁にはめこめられた無数のランプの列が、縦横に組合せ(機械の言葉)を変えながら点滅していくと、それに応じて箱の中の屍体が、まるで生きているように自由な運動をしはじめるのだ。運動は、足先から上半身へとうつっていき、ついには唇をうごかし、目を開閉し、表情筋までをも自由にあやつった。和田が悲鳴のような溜息《ためいき》をつき、頼木までが唇をふるわせて、顔中を汗だらけにしてしまっている。

「これで、運動の函数《かんすう》が決まります」と山本博士が言った。「運動の函数は、単に生理的特徴だけでなく、背後にある生活史にも関係しています」

つづいて内臓の分析があり、それがすむと、いよいよ脳波の分析にうつった。マジック・ハンドの針の数が増し、七、八本が顔面に集中する。耳や目などの、感覚器を刺戟するのだ。さらに耳にはレシーバーが、目には大型の双眼鏡のような器具が降りてきて、音や影像を送りこみはじめる。すると、スクリーンのうえの八十もの微妙な波形が、いっせいに波うちはじめるのだ。

「最初は……」と山本博士の説明がつづき、「ごくありふれた、日常現象の刺戟からはじめてみます。私たちの教室でつくった、もっとも平均的な五千のケースです。単純な名詞と動詞と形容詞だけでできています。……次は、それらの組合わせで出来た、もうすこし複雑な五千のケースです。ふつうわれわれに解読でき、また必要な病理学的分析は、大体このへんまでで止りですが、今日はためしに、もっと先までやってみることにして、思いつきなんですが、最近一週間ばかりのニュース・フィルムや、新聞記事なんかはどんなものでしょう」

「思いつきどころか、申し分なしです」と、私が声をはずませるのに、頼木もテレビの向うで大きくうなずいてみせた。たしかに巧《うま》いねらいだ。なんでも大が小を兼ねるわけではない。たとえば魚の網なら、むしろ小が大を兼ねるわけだ。思考の網だって、細かいにこしたことはあるまい。

しかし、見た目には、いぜん変らない波形の列が、焼けた道路の上の空気のように、ぶるぶると震えつづけているだけである。

やがてスイッチが切りかえられ、出力装置の高速度タイプがうなりだすときが、待ちどおしくてならない。屍体はいったい、なにを喋《しゃべ》りだすつもりなのだろう?

14

山本博士が、脳波分析のスイッチを切り、スクリーンごしにうなずいた。

「これで一応、予定された分析はおわりますが……」

礼をいうなり、私は落着かない気持で、いきなりテレビを切った。小さく線になって消えていく画面の中で、頼木たちの不平がましい視線が私を見咎《みとが》めている。たしかに私のやりかたは、いささか唐突にすぎ、礼を失していたかもしれない。その土田進という死んだ会計課長が、機械をとおして何を語りだすか、誰もが強い好奇心と期待をもって待ちうけていたのだ。しかし私には私の考えがあった。問題が一般的なかたちに整理されてしまうまでは、この分析の結果を公表するわけにはいかない。センセイショナルな噂《うわさ》で、臆病《おくびょう》な委員会を刺戟することは、極力さけなければならないのだ。殺人事件などが変にからんできたりすると、委員会はそれだけで尻《しり》ごみしてしまうだろう。現在の私にとっては、機械の予言能力のテスト以上に、まずこの奇妙な殺人事件の究明が先決だったのである。(頼木には、彼が戻ってきてから話してやればよい)

スイッチを出力装置に切りかえようとした瞬間、電話のブザーが鳴った。受話器をとると、遠いかすれたような声が聞えてきた。

「もしもし、勝見先生ですね」

聞きおぼえがあるようにも思ったが、よくは分らない。うしろに町の騒音がたちこめているところをみると、どこかの公衆電話からでも掛けているのだろう。

声はつづけて――

「御忠告しときますがね、私らのことには、あまり深入りはせんほうがいいですよ」

「私ら？……誰です？」

「だから、知る必要はないって言ってるんだよ。警察じゃね、あの死んだ色男の後をつけていた、二人連れが怪しいとにらんでいるんだとさ」

「君は、誰なんだ！」

「先生のお友達でさ」

　電話がきれた。タバコに火をつけ、気のしずまるのを待ち、出力装置のまえに戻った。スイッチを切りかえて、信号を読む。死んだ男の分析を各番地から呼びだして、連結し、感応状態におく。男は死んでしまったが、いまこの機械の中に、生きていたときとまったく同じ反応係数をもって再現されているはずだ。むろん、あの男そのままというわけではあるまい。この投影体と、彼の実体とのあいだには、あきらかに差別があり、その差別について考えてみるのも、興味のないことではなかったが、いまの私にはそれどころでなかった。

「質問に答えられるかね？」意気込んだ気持を、おさえ、いきなり機械に呼びかけてみる。

　短い間があって、弱々しい、しかしはっきりした答えがあった。

「できるでしょう。質問が具体的なら……」

その、あまりにも生々しい調子に、さすがにまごつきながら、まるで機械の中に、本物の人間がかくれているようだと思う。しかし、これは単なる反応にすぎないのだ。意識も意志も、あるはずがない。

「君が、もう死んでしまっていることは、むろん分っているのだろうね？」

「死んだ？」機械の中の方程式が、あえぐような驚きの声をあげる。「私がですか？」真にせまりすぎている。たじろぎながら、「そう……もちろん……」

「そうか、やっぱり殺《や》られましたか……そうでしたか……」

「すると、心当りは、あるわけだね？」

急にけわしい、ざらざらした声になり、「しかしそういうあんたは、いったい誰なんだ？」

「私……？」

「いや、それよりも、ここは何んだ？　おかしいじゃないか、死んだのに、口をきいたり、考えたり……」神経質に声をひきつらせて、「ははあ、だましているんだな。分りましたよ、罠《わな》にかけようってんだろう……」

「そうじゃない、つまり、君は本当の人間じゃないんだ。つまり、予言機械に記憶された、土田進という人物の人格方程式で……」

「笑わせないでくださいよ。変なごまかしはよしてもらいたいね。ちくしょう、まるで体の感覚がなくなったみたいだ。それより、ちかこは、どこ？ ねえ、明りをつけたらどんなものです？」

「君は死んだんだ」

「沢山だってば。私は、もう、びくびくすることなんかやめにしたんだから……」

目尻に流れこんだ汗をぬぐい、気をとりなおして、「言いたまえ、君は誰に殺されたんだ？」

機械は嘲《あざ》けるような音をたてた。「それよりも、あんたの正体が知りたいね。殺されたんだとすりゃ、あんたからだろうさ。さあ、明りをつけて、ちかこを出しなさい。はっきり話をつけようじゃないか、え？」

どうやら私のことを犯人だと思い込んでいるらしい。ということは、彼の意識がまだ殺された直前にとどまっている証拠だ。

「私のことを、いったい誰だと思っているんです？」

「知るもんか！」機械の中の男は、声変りがしかけた子供のような叫び声をあげた。

「こう見えても、あんな馬鹿々々しいつくり話にだまされるほど低能じゃないよ」

「つくり話？……どういう？」

「もう結構だ！」

ぜいぜい荒い呼吸音が、私の顔にかぶさるようにせまってきた。機械なのだと思いながらも、薄気味悪い。私が期待していた、機械の単純な正確さとは、ひらきがありすぎる。やりかたがまずかったのかもしれない。こんなふうに、いきなり対決したりすべきではなかったのだろう。もっと客観的に、安全地帯をあいだにはさんで、向かいあうべきだったのだろう。

スイッチを切った。たちまち男は、電子の粒に分解してしまった。男の存在があまり生々しかったので、消してしまうと、良心にこだわりを感じた。急いで、フリーを指していた時間目盛を、二十二時間まえに逆行させる。男がまだ新宿のコーヒー店で女を待っていた、あの時刻である。テレビにつないで、もう一度スイッチを入れなおした。

電話が鳴った。犯人係の津田からだった。

「どうです、屍体の分析からなにか成果はありましたか？」

「いや、まだ……」何気なく言いかけ、じつはいましがたの機械とのやりとりから、重要な一つの証拠をつかんでいたことに気づいて、はっとした。私は頼木との話し合いから、一番悪い事態——つまり犯人がその近藤という女ではなく、真犯人は別にいるという場合——を予想していたわけだが、しかしそれはあくまでも予想であって、現実的な根拠はなかった。だが今の対話で、男が女以外の第三者……しかも利害の反する男の存在、ないしは介入……を予期していたことがはっきりしたわけだ。

「それより、君のほうはどうなんだ？　なにか新しい聞き込みでもあったのかい？」

「駄目です。どうやら、男をアパートまで尾行してきた二人連れがいるらしいんです。アパートの近くのタバコ屋の爺《じい》さんも証言しているんですけど、なにしろ女が自供書に拇《ぼ》印《いん》をおしちゃったでしょう。刑事連中のあいだでも、意見が割れちゃって、みんな、あまり熱がなさそうですよ」

「で、君の意見は？」

「そうですねえ……さっき、女のほうを洗っている木村君とも、連絡をとったんですが、とにかく二人の関係がもっとはっきりしてこないと……女以外に犯人を予想する根拠が、まるで稀《き》薄《はく》だし……それにしても、こんな事件の調査に、なにかそれほど大事な意味があるんですか？」

「やってみなけりゃ、分らんさ」つい腹立たしげな調子になって「結論はいいから、とにかくデータのほうを中心に、やれるだけやってみてほしい。女の部屋の正確な見取図なんかも、あったほうがいいだろうな」

「でも、分らないなあ、こんなことが一体、どういう予言プランに……」

「だから、やってみなけりゃ分らんと言っているじゃないか!」思わず怒鳴ってしまってから、すぐまた後悔して、「まあ、あとでみんなで、ゆっくり相談するとしよう。時間がないので、気がせいているんだ……しかし、新聞記者にはくれぐれも注意してくれよ。委員会に対する、これが、最後の追いこみなんだからね……」

たしかに、だんだん難《むずか》しくなってきていた。委員会を説得するプランをつくるどころか、弁明だけで、手いっぱいになりそうだ。もがけばもがくほど、深みに落ちこむ思いだった。

15

受話器をおいて振向くと、スクリーンのうえに、二十二時間まえのまだ生きている土田進の後ろ姿がうつっていた。機械の性能に、あらためて誇らしい気持を感じた。座標盤をまわすと、それにつれて、男が背景ごとぐるりと廻転する。しかしその背景は、要するに男の内部風景だから、現在彼の目にうつっている部分だけが鮮明で、あとは不規則にゆがんだりぼやけたりしていた。つまり私と頼木がいるはずのあたりは、何も存在していないようにまっ暗なままだ。テーブルの上のアイスクリームは、すっかり融《と》けてしまっている。

男が、その融けたアイスクリームに匙《さじ》をつっこみ、とがった唇《くちびる》の先ですすりあげた。そのあいだも視線はドアから離さない。そうだ、あの瞬間だったな、と私は記憶をさぐりながら思いだしていた。もうすぐ、ジューク・ボックスが鳴りだして、男がこちらを振向くはずだ。このまましばらく待っていてみよう。

やがて予期していたとおりに音楽が鳴り、男が振向いた。彼の目に、私たちがどんなふうに映っているかをたしかめるために、座標盤を一八〇度まわす。ジューク・ボックスと、例のショート・スカートの娘が、異常な鮮明さで浮びあがり、その手前で私たちは、影のようにぼんやりとしか見えなかった。(大丈夫だ、この分なら、屍体《したい》が私たちの告発者になったりするきづかいはない)

つづけて時間目盛を二時間先にすすめてみる。

男は街を歩いている。

さらに二時間すすめる。

男は公衆電話のまえに立っていた。

そのあとは、時間経過を1/10につづめてみた。微速度撮影の映画のように、男はたちまち都電にとび乗り、とび降り、路地をかけあがって、女のアパートの前にたどりつく。そこでまた普通速度に切り換える。

ここから先が、いよいよ私の知らない部分である。成功してくれれば、真犯人が発見されるばかりか、委員会に出す貴重なデータをそろえたことにもなるわけで、一挙に事情が好転してくれる。固唾《かたず》をのんで、男の動きを見守った。

男は暗い階段をあがり、立止って、二階の廊下のつき当りをじっと見詰める。首をかしげ、ためらいがちに歩きだす。こっそり、足音をしのばせながら、すでに約束された、死にむかって……画面にはうつっていないが、階段のかげからは、頼木がのぞきこんでいるはずだ……男は内ポケットから鍵《かぎ》をとりだし、手の甲で額の汗をぬぐってから、かがみこんでドアを開けた。鍵の開く音が、不自然なほど鋭く、男の心を暗示しているようだ。乱暴に把手《とって》をひいて、うしろ手に閉める。音の感じでは、うまく閉らなかったような気もした。真暗な部屋の向うに、灰色の窓と、どこか遠くの灯がみえている。男は靴をぬぎ、左手の壁ぞいに手をのばし、スイッチをひねる。(さあ、死がやってくるぞ!)

明るくなって、女の部屋らしい、小さな道具で角《かど》をかくした六畳間があらわれた。誰もいない。ただきびしい無言が部屋を埋めている。男の視線が、むなしく左右にふれた。……と、背後でかすかな音がした。方向のない、かすかなきしみが、ふくれあがり、視線が旋回すると同時に、ぐにゃりとゆがんだ。床が斜にもちあがってきて、顔をおしつけた。大きな、鉤形《かぎがた》に曲った影がのしかかり、明りを消しながら、彼の上にふわりと落ちた。スクリーンはそのまま、暗黒に閉ざされる。やはりあのとき、死んだのだ。

ふるえる暗い画面を、見つめながら、しばらく私は身じろぎもしなかった。彼は犯人を見ていない。見ていないばかりか、積極的に、悪い証人にだってなれるのだ。女は部屋にいなかった。それは証言どおりだとしても、帰りがおそかったと言ってなじられ、あげくに殺したというのは、もはや明白な嘘《うそ》である。そればかりではない、あの背後のきしみを、もし彼がドアのきしみだとでも判断したらどうなるか。そのときドアの外にいたのは、ほかでもない頼木だったのだ。屍体分析の結果は、ますますわれわれを不利にしてしまう。我とわが手で、首に縄《なわ》をかけるようなものである……。ながいあいだ、私は、ぼんやり考えにふけっていたらしい。ふと人の気配に、振向くと、ドアを背にして、いつの間にやら頼木が立っていた。(一瞬、いまの場面がそっくり再現され、私が殺された男の立場にたたされでもしたように錯覚して、ぞっとした)頼木は小さく何度もうなずきながら、髪のあいだに指をつっこんでかきまわしながら笑った。

「どうも、面倒なことになりましたね」

「見ていたのかい？」

「ええ、終りのほうだけ」

「ほかの連中は？」

「相羽と和田は向うに待たせてあります。分析の追加が必要になるかもしれないと思って……」

「君の電話を、待っていたんだがね」

頼木は汗ばんだシャツをつまんで、肌からひきはなし、ゆっくりと唇をなめた。私は椅子《いす》をまわして、頼木のほうへ向きなおり、自分でもびっくりしたくらい意地の悪い調子で言葉をつづけ、

「そのかわり、妙な男から、脅迫の電話をもらったよ」

「なんですって？」頼木は掛けようとしていた椅子の背をつかんで、体をこわばらせた。

「あまり、深入りするなっていうんだ。警察はもう、二人の尾行者がいることをかぎつけているって言うのさ。本当かもしれないよ。津田からの報告でも、そんな話だっ

たからな」

「それで……?」

「だから、その電話をよこしたやつは、尾行者が私らだってことを知ってるわけだ」

「なるほど……」頼木は、乾《かわ》いた音をたてて、細長い指を一本々々折りながら、「すると、あそこに、やはりほかの誰かが居合わせたってことになりますね」

「ただし、信じてもらえればの話だがね」

「分ります……」頼木は下唇をかんで、私の胸のあたりに視線をすべらせながら、「たぶん、その電話の主が、真犯人にちがいない……しかし電話を聞いたのは先生一人で、しかもその先生はぼくの共犯者ときている。警察が本気で、二人の尾行者を追跡しはじめたら、ぼくなんかもう袋の鼠《ねずみ》も同様だな」

「私は部屋の構造と、窓の影との位置関係なんかのことも、考えてみはしたよ。あの影は、たしかに土田って男が倒れたときの影に間違いない。しかし、もう一つの、君が見たほうの影は、なにしろ君しか見たものがいないんだから……」

「ぼく自身の影だったと言われても、抗弁のしようがない」苦笑をうかべ、舌をならして、「まったく、われわれのサンプルが犯人を見なかったというのは、致命的でした。せっかくの屍体の分析が、かえって仇《あだ》になったわけだ。万一ぼくに動機の可能性の一とかけらでもあったら、先生から疑われたって文句の返しようがないくらいだ」

「その動機がまた大変さ。彼の口を割らせるのは、容易なことじゃないからね」……そこで、男が、機械の反応にしかすぎないくせに、頑固《がんこ》に自分が死人であることを認めようとはせず、いかにあつかいにくいかを、説明してやった。頼木は黙って聞いていた。それから、ぼそりとこう言った。

「じゃあ、だまし討ちにかけるよりほかないな」

「と言うと？」

「ですから、まだ生きているんだと、思いこませておいてやるわけですよ……」

16

一応、成功だったと言えるかもしれない。男に——いや、機械に——現在病院のベッドに寝ているのだと思いこませ、なにも見えず、体の感覚がないのは、ショックのせいだが、それも間もなくよくなるはずだと言いきかせ、復讐心《ふくしゅうしん》をあおってやると、意外にもすらすら喋《しゃべ》りだした。うまく喋らせたという点では、たしかに成功だったろう。しかしそれが、事情の好転にどれだけ役立ったかは、また別問題である。

（まだ六時前だというのに、急に暗くなって、雨が降りだした。大粒の雨が、窓ガラスにしぶきをあげている。二本脚の椅子にかけているような落着かない気持で、機械の告白を聞いた。以下、そのままの報告である)

——なあに、いっそ死んだほうがましでしたよ。はずかしい……分りますか……いい年をして、みっともない女狂いだ……女房のやつは、なんと言っていますね？……いや、もう勘弁しちゃくれまいなあ……私はね、女房のやつに、これっぱかりも不服なんぞもっていなかったんですよ、本当のはなし（中略）……その、近藤ちかこって娘は、キャバレーの歌うたいでね、ところがどうして、そんな女とは思えないほど気のいい、大人《おとな》しいやつでしてね……体は、ちょっとごつごつ、骨ばっていましたが……私だって、誰に聞いてもらってもいいが、そりゃもう堅物《かたぶつ》で、そんな場所にはめったによりつくことはなかったんだが、その晩は社長のお供とかで、つい……（中略）……でもまったく、わけが分りません。ああいう派手な生活をしている娘が、私のような頭が薄くなりかけた、まるでみばえのしない五十男に……そうでしょう、私がのぼせあがったのも、無理はないさ。すべすべした、小さな指先で、私の髯面《ひげづら》をさすったりしてくれるんですからなあ……ただもう、ありがたくってねえ……とても、言葉なんかで、言えるもんじゃない、要するに、馬鹿になったみたいなもんですわ……うれしくって……でも、そんなことは、皆さん方には用のないことですな……しかし、あれがただ金を目当にしていたのではないことだけは、分っていただきたい。信じられないでしょうが、本当なんだ。もちろん、月々わずかの手当てはやっておりました。それで満足だと言うんですな。体はごつごつしていたが、気持はじつに素直な女でしたよ。惚《ほ》れちゃいないが、好きだなんて、そんなことまで隠そうともせずに言うんですからね。いまどき、まったく、珍しい女じゃありませんか……（中略）
……しかし、そのうち、だんだんと、疑いが首をもたげてきた。三十年も会計の仕事なんかをやっていると、どうしても物の見方がみみっちくなっちまってね……金をせびられはしまいかと、びくびくしているくせに、せびられなければ、せびられないで、物足りないんだ。彼女があまり変らなすぎるんで……こちらは自信がないものだから、頼りなくなっちまって……そうこうしているうちに、ちょっとした事件がありました。いや、事件というほどじゃないんだが、ある日、彼女の部屋に行ってみると、えらく金のかかった敷物を買いこんでいる。あれ、ごらんになりましたかな？……彼女の財政状態からいえば、ありゃぜいたく品ですわ。私は会計係ですから、すぐにぴんとくる。ところが、わけを聞いて二度びっくりでしたな。彼女は妊娠したって言うんでさあ。なるほど、その記念というわけだったのかと、こんどは年がいもなく胸がどきどきしはじめて、いまにも泣けてきそうなくらいでしたよ。女房には子供がなかったんで、珍らしかったんですな。いや、珍らしいなんて言っちゃいけませんかな。なんせもうロマンチックで、世間には知られていないこのもう一人の私を、あっちこっち自慢してまわりたいような気持でしたわ。なんにも知らない女房にまで、打明けたらよろこんでもらえるだろうなどと、思いこんだほどのていたらくで……はははあ、雨ですか？　分りますよ……まあ、待ってください、これでけっこう話の本筋に入っているんだから（咳込《せきこ》んで）……ところがその先がさっぱりだった。孕《はら》んだというのは本当だが、呆《あき》れるじゃありませんか、今日堕《お》ろしてきたところだと言うんです。まあ、堕ろすのはいい。言われてみりゃ、私にだって、それほど生活に自信があるわけじゃありませんからな。しかし、一言の相談もなかったというのは、少々人を馬鹿にしたやりくちじゃないか。つい、かあっと来ちゃいましてね、ありったけの文句をならべたててやりましたよ。誰の子供か分らないんで、私に生めと言われるのがこわかったんだろう……そうか、分ったぞ、金のありそうな奴《やつ》の子を孕んで、それをネタにゆすったんだな……さもなきゃ、こんな敷物を買う金がどこから出る……なるほど、すると、私は要するにゆすりのためのひもだったというわけか……彼女は首をふって泣きだしましてね……いや、昨夜のことなんかじゃありません、昨夜はとうとう顔を合わさずでしたよ。もうかれこれ、二た月もまえのことでしたかな……

それで、ええと、問いつめたところまでお話したんでしたっけな。彼女は泣きましたよ。私にも、あれが、そんなゆすりを働くような女でないことは、よく分っていましたが、しかしどうにも、他に説明のつけようがないじゃないですか。あれは必死になって弁解しましてね。……ところがその弁解というのが、またどうにも馬鹿々々しいんだ……妊娠してから三週間以内だと、手術をしたうえに、向うから七千円くれる病院があるって言うんですわ。おかしいとは思ったが、ためしにその病院にかけつけてみると、ちょうど三週間目だと言われたので、その場で堕ろしてきたというんでさあ。こんなこと、いったい誰に信じられますか？ 馬鹿々々しいにもほどがある。じゃあ、その病院を教えろと聞いてやった。すると、それは言えない、言わない約束になっている、もし言ったらひどい目にあうかもしれない……いいかげんにしろ！ と言うんで、ひっぱたいてやった。話では読んだことがあるが、本当に女をひっぱたいたのは、これがはじめてでしたな。じつに厭《いや》なもんです。すっかり気がくじけてしまって、その日はまあ、黙ってひきあげることにしました。

しかし、なんとしても釈然としない。その日からもう、猜疑《さいぎ》の鬼になってしまいましてね、なんとかあいつを、言いのがれの出来ないところに追い詰めてやろう……幸いあれは、当座預金の通帳をもっていましたよ。それも、おかしな趣味で、役に立たなくなった古通帳まで、ちゃんと保存してあるんだ。こいつは大した獲物でしたよ。お分りでしょう、私は会計係ですからな。留守中、上りこんでは、そいつをたんねんにしらべてやった。数字というやつも、読みかたによっちゃ、なかなか面白いもんですからな。いや、おかげで、いろいろと分りました。多くて週に二度、すくなくて月に二、三度、どうにも説明のつかない臨時収入があるんです。私の目をごまかそうたって駄目さ。証拠をかためて、つきつけてやった。これがつい、三日まえのことです。あれはまた泣きだしましたが、もういくら泣いたって無駄。なんたって、動かせない証拠ですからな。ところが、またおかしな弁解をはじめるんでさ。またぞろ例の馬鹿気た病院の話をもちだしてきて、三週間以内の妊婦の世話をすると、二千円ずつ手数料をもらえるっていうんだ。その病院は、なんでも三週間以内の胎児を買いたがっていて、彼女はそのブローカーを内職にしているっていうんですな。気味のわるい話だ。私も、疑うっていうより、心配になってきちゃった。頭がおかしくなったんじゃないか……そう考えてみると、たしかに思い当る点がないでもない。女として、どうも、色気がなさすぎる……そこで、一歩もゆずらず、問いつめていくと、私に話をしたことが病院に知られたら、どんなめにあうか分らない、殺されるかもしれないなどと、本気でおびえながら、こんなことまで言いだす始末なんですわ。その買いとられた胎児たちは、死んではいない。病院の中で、特別の仕掛けで育てられ、女の腹の中で育った以上に、理想的な人間になるのだ。私たちの子供も、ちゃんと生きております……ねえ、いかがです、ぞっとするじゃありませんか……本当だったら大事件だし、嘘なら嘘で、こいつはとんだ嘘っ八《ぱち》だ。私も負けずに言ってやりましたよ、じゃあ、その病院に案内しろってね。ところが、これで降参かと思っていたら、なんとそれなら病院側に相談してみようと、本気で言い出す始末なんですわ。

さて、その返事があったのが、昨日の昼すぎ。会社のほうに電話があって、今夜、病院のものが一緒に会って説明するから、新宿のRというコーヒー店に、七時すぎに来てくれ……まさかと思っていたので、こいつには驚かされましたな。罠《わな》だなどとは、考えてもみなかったから、てっきり気が変になったのだと思いこみましてね。コーヒー店で、待ちぼうけをくわされて、じりじりしながらも、明日はどこの精神病院につれていこうかなどとまだ呑気《のんき》なことを考えていました。……そう、その後のことはもう御存知でしたな。いや、まんまとやられましたよ。いやいや、病院の人間だなどとは思っちゃいません。要するに、オトコだったんでしょう。彼女は、気が弱いので言いだせず、私をもてあましてしまったんでしょうな。それにしても、ごまかすのにこと欠いて、胎児を買う病院とは、よくも思いついたもんだ。それほど嫌《きら》いだったのなら、なぜ一言そういってくれなかったのか……私だって、いまさら、分別のない人間だなどとは言われたくありませんからねえ。なにも、わざわざおびきよせて、オトコになぐらせるなんていう乱暴までしなくたって……いや、まったくのはなしが、えらい恥をかかされたものですよ……

17

「女ですね、やはり問題は……」

面倒だけど……という文句を口に含んで唇をかむ。

「しかし、女は、犯行を認めて、自供をひるがえさないらしいじゃないか」

「だから、おかしいんです。もっとも、殺された男の言うとおりだとすれば、多少ノイローゼ気味だったのかもしれませんが」

「何かにおびえていたのかな？」

「ただ自分の影におびえているだけかもしれないし、あるいは真犯人をかばおうとしているのかもしれない。もちろん、実際に脅迫をうけていた場合だってありうるでしょう」

「常識的に考えれば、はじめの二つの場合のほうが自然なんだが、さっきの脅迫の電話のことなどを考え合せると、どうも後のほうの可能性が強まってくる……」

「そうそう、その電話ねえ……」頼木は考えをしぼり出そうとでもするように、力いっぱい顔をしかめた。「だとすると、到底、情夫なんかじゃありませんね。……そうなんだ……ぼくは始めから、情夫説には反対だったんですよ。単に女のことで、あんな善良でケチな男を、謀殺するほどのことはない。動機として薄弱すぎます」

「じゃあ、胎児ブローカー説をとろうとでもいうの」

私の唇がゆがみかけるのを、頼木は軽く、うなずいておさえ、

「なにも、言葉どおりにとる必要はないと思います。しかし情夫説をとらないとなれば、やはり被害者の行動なり知識なりのなかに、加害者にとって都合のわるいことが隠されていたと考えるよりほかはない。それも、身ぐるみ抹殺《まっさつ》してしまわなければならないほど、ひどく具合のわるいことがね……そして、その行動なり知識なりは、一応さっきの告白の中にふくまれていたはずだ。そう考えていけば、妊娠三週間以内の

胎児売買説も、それがとっぴなだけに、かえって考慮にあたいするんじゃないですか」

「話としてだけならね」

「もちろん、話としてだけですよ。三週間以内という枠《わく》だって、胎児だって、なにかの特殊な隠語かもしれませんし……とにかく、なんとかして、女を機械にかけてみませんか。それが先決だと思うな」

「やれやれ、とんだ巻きぞえをくってしまったもんだよ」思わず溜息《ためいき》がついて出る。

「でも、いまさら後にはひけませんからねえ……現状を強行突破する以外に、手はないんだ」

「しかし、大丈夫だろうか……女に手をだしたと分ったとたんに、連中は警察に密告するんじゃないかな……とにかく、人殺しだってやりかねない連中なんだから……」

「じっとしていたって、いずれ嫌疑《けんぎ》の手はのびてきますよ。要するに時間の問題です。先手をうつ以外に、勝目はない……それに、なにも直接女のまえに顔を出す必要はないんだ。委員会のほうからでも車を出してもらって、警察の裏口からこっそり病院に搬《はこ》んでしまえばいいんだ。面白いですよ、ああいう女の未来を占ってみるのも……」

支点を失い、見とおしもなくして、なんとも心細い限りだったが、しかし下手《へた》な自転車乗りのように、ともかく走りつづけていないと安心できず、とりあえず委員会の友安に電話をかけてみた。おえら方が関心をもっているというので、すっかり気をよくした友安は、屍体の分析さえ許可されたのだから、拡大解釈すれば女の容疑者くらいなんでもあるまいと、あっさり引受け、事実その場ですぐに局長の許可をとってくれた。どんな調子かという質問には、まあ面白い結果が出ている、といい加減に答えておき、計技研分室の名前は出さずに、女を警察から中央保険病院の山本博士のところまで、搬んでもらうことにした。順調にはこんでくれるのは有難かったが、しかしこれがそのまま、深みにおちこんでいく速度のようにも思われ、かえって不安なくらいだった。

山本博士のところに、女がとどくまでのあいだ、機械に命じて、死んだ男の分析結果を、さらに解析し、一般係数と特殊係数——すなわちすべての人間に共通した部分と、この男だけに固有な部分——とに分ける仕事をやらせてみた。これができると、はなはだ便利である。今後は、その人間の特殊係数だけを分析して、それを一般係数に結びつけてやれば、それだけで全人格を再現できることになるわけだ。なにしろ、まだデータも不充分なことだからと、あまり期待もしていなかったのだが、これも意外に簡単に答えを得た。人間の固有部分……人格方程式の変数部分は、思ったよりも単純なものらしいのだ。ほとんどが、いくつかの身体的特徴に、確率的に還元されてしまうし、脳波も二十領域、千のモデル刺戟《しげき》の反応をしらべるだけで、じゅうぶんだということが分った。委員会に提出するには、もってこいの材料だ。特殊係数の分析に必要な項目をタイプに打たせてみる。こまかく、一枚のタイプ用紙におさまった、平凡な医学用語と、日本語の入門書のような言葉の羅列《られつ》……これがつまり、人間の個性とよばれるものであるらしい。

「ねえ、頼木君、いよいよとなれば、この紙きれに、応用の一例もつけて、次の委員会くらい、うまくごまかしてしまえそうじゃないか」

「そうですとも。委員会なんか、大して問題じゃありませんよ。人間の予言というアイディア自体が、とにかくパスしてしまっているんですからね」

「パスしたわけじゃない、まだ内諾だよ」

「同じことでしょう、これまでの態度にくらべれば……」

「それもそうだが……」

山本博士を電話に呼びだす。まだ女は着いていないらしい。特殊係数の項目の作成を告げると、さすがに興奮をかくしきれない様子だった。和田勝子にかわってもらって、向うの電子計算機にその内容を記憶させることにした。頼木がコーヒーをいれてくれた。タバコの吸いすぎでひりつく喉《のど》を、砂糖をたっぷりいれたコーヒーでしめしながら、近々建設をつたえられているマンモス予言機モスクワ3号の噂《うわさ》などで、しばらく時間つぶしをした。それは、世界の半分を覆《おお》う共産圏と中立圏全体の、経済総合予報を受けもつことになるらしい。そのことを思うと、私はみじめな気持になってしまう。あちらでは、予言機械は時代の大記念碑としてそそり立っているのに、こちらでは、殺人犯人を追いかけるみじめな鼠《ねずみ》とりにしかすぎず、おまけにその技師自身が、片足を鼠にくわえられてもがいているという始末なのだから……。

しかし、そろそろ不安になってきた。いつまでたっても、女が着いたという連絡が入らないのだ。友安を通じて、たしかめてもらうことにする。

「でも、先生、ぼくはその鼠とりに、けっこう期待をかけているんですがねえ。なんと言ったたって機械自身の選択でしょう？　とにもかくにも、機械は論理なんだからな」

「私だって、べつに、投げているわけじゃないさ」

友安から、女はすでに警察を出ているという情報が入った。しかも病院にはまだ着いていないとすると……どうもひどく気がかりなことである。

頼木も落着かないらしく、あちこち機械の調整窓をのぞきこんだりしながら、おしやべりをつづけている。

「問題は、プログラムのたてかたですね……社会的データがいけないというのなら、いけないでもよろしい……その点、われわれにも盲点があったと思うんです……もっと巨視的な方法をもてば、自然現象のデータからでも、けっこうモスクワ2号に負けない指導的予言ができたにちがいないんだ。……要は、根気と、ねばりですからね……」

電話が鳴った。頼木がひったくって耳におしつけた。顎《あご》をつきだし、目をすえる。どうやらよくないニュースのようである。

「どうした？」

小さく首を横にふり、「死にました……」

「死んだ？……なぜ？」

「分りません、自殺らしいです」

「確かかい？」

「服毒自殺だということですがね……」

「すぐに山本さんのところに機械をつないでくれ。さっきの男と同じ要領で分析してやれば、自殺の動機や薬の入手経路なんかも、すぐに分るはずだ……」

「それが、駄目らしいんですよ」と、置いた受話器に手をかけたまま、「ひどい神経毒にやられたらしく、神経がめちゃめちゃになって、とてももう正常な反応は望めないらしい」

「ひどいことになってしまったな……」指をこがしたタバコの火を、つまんで消したが、さほど熱いとも感じない。気分は平静なつもりなのに、膝頭《ひざがしら》が、おかしなぐらいにふるえだした。

「とにかく、山本さんと話してみよう」

しかし、結果は、ただ失望を確認しただけのことだった。これほど神経を徹底的に破壊された屍体《したい》は珍らしいくらいだという。服毒自殺にも、定量というものがあって、それをこえると、毒がまわるまえに吐いてしまうから、かえって吸収される量はすくなくなるのだそうだ。ところがこの女の体には注射でもしなければとてもまわりそうにもないほど大量の毒が、完全にしみわたっており、しかも注射のあとはどこにも見当らない。じっさい、留置場からずっと護衛つきだったのだから、注射をする隙《すき》などなかったわけである。ただ一つ考えられることは、あらかじめクロールプロマジン系統の薬でも飲んでおき、嘔吐中枢《おうとちゆうすう》を麻痺《まひ》させておいてから、耐量以上の毒を飲みくだした場合だ。しかし、あまりに手がこみすぎている。

納得のいく理由をさがそうとすれば、しぜん他殺の線がうかんでくるわけだ。山本博士が、話題をそっちのほうにさそいこもうとしていることは分ったが、私は逃げた。他人が知っている以上のことを知っているような顔をしてはいけないのだ。相手の正体がつかめるまでは、伏せの姿勢をとっていなければならない。

受話器をおくと同時に、またベルが鳴った。固いおし殺した声が、いきなり耳をうつ。

「勝見先生？　せっかく御忠告しておいたのに、まずいじゃないですか。あんまり、無理をなさるもんだから、また一人……」

しまいまで聞かずに、頼木にわたしてやった。「そら、例の脅迫者だよ」

「おい、誰だ、名前を言え！」頼木が叫んだが、電話はすぐに切れてしまったらしい。

「なんて言った？」

「警察が本格的に動きだしたそうです」

「いまの声に、聞きおぼえがあるような気がしないかね」

「さあ……？」

「いや、声じゃない、アクセントだな」ちらと記憶をかすめたが、そのまますぐに消えてしまう。

「もう一度かかれば、思いだすかもしれない……」

「たしかに、ぜんぜん未知の人間じゃないのかもしれませんね。どうもニュースが早すぎるよ。どこかで、内部事情をつかんでいる奴なんだな」

「どうする？」

頼木は指を折り、帽子掛けでもさがすように、きょろきょろあたりを見まわして、

「どうやら、だいぶ包囲網がせばめられてきたようだ……どこかに、突破口をみつけなくちゃ……」

「思いきって、警察にありのままをぶちまけてしまったらどんなものかな？」

「ぶちまける？」頼木は唇をゆがめて、肩をゆすった。「しかし、どうやったら、それがありのままであることを証明できるんです？」

「女が殺されたのは、すくなくとも私ら以外に犯人がいることのいい証拠じゃないか」

「そうはいきませんよ。仮に、女が殺されたのだとしてもですね、津田にしても木村にしても、自由に警察に出入りしていたんだから、どこかで女に近づく機会があったはずだ。いまのところは、おえら方のお墨つきだというので、一応容疑者からは除外されているものの、会計課長殺しの容疑がぼくたちにかかってきたら、あの二人だっ

て、たちまち怪しまれてしまう……まるで殺人研究所じゃないですか。いいキャッチフレーズだ。われわれの殺人的学問熱は、さっそくにも世界中に鳴りひびいてくれるでしょうよ」

「しかし、臆測《おくそく》にすぎん。君の言っていることはぜんぶ……」

「そうです、臆測です」

「いまの警察は、もっと物的証拠を大事にするさ。たとえば女の飲んだ薬の出所だとかなんとかね……」

「先生……委員会が協力的なのは、ぼくらの機械がこの事件の解決に、役立つと思っているからじゃないんですか？……ぼくらもそのつもりでしたね。機械の能力はじゅうぶんに期待できたはずです。しかし、相手は想像以上に手強《てごわ》かった。それとも、機械にさえ始末できなかった敵を、警察が簡単にこなせるとでも思っていらっしゃるんですか？」

「敵……？」

「そう、明らかに敵ですよ」

私は目をふせ、息をつめた。感情的になるのはよそう。頼木の言い分を聞いていけないという法はないのだ。もし、すべてが単にこんがらがった偶然などではなく、本当に敵が存在しているのだとしたら……

津田から連絡があった。容疑者が一人逮捕されたが、タバコ屋の面通《めんどお》しで人違いであることが分り、すぐに釈放されたという。犯人の一人は、一見紳士風の小男で、目が小さく冷酷な光をたたえているのだそうだ。苦笑をおさえることができず、頼木に伝えるのはやめにした。

「君は、じゃあ、その敵を、どんなふうに想像しているんだい？」

「次第に、個人ではなく、組織だという考えに傾いてきましたね」

「なぜ？」

「はっきりは言えません。ただ感じなんです」

雨はあがったが、いつかそのまま夜になってしまった。

「七時すぎだ。みんなも、もう帰したほうがよくはないかな」

「連絡しましょう」

ふと窓をのぞくと、表門のわきで、誰か男がタバコをふかしているのがみえた。暗くて人相は分らない。ふと顔をあげ、私に気づくと、あわてて立去っていった。

「すると君は、その組織が、三週間以内の胎児を買う組織だというの？」

「そりゃどうか……」電話のダイヤルをまわしながら、頼木はまごついたように、

「しかし、そういえば、哺乳《ほにゅう》動物の母胎外発生の研究は、世界中でさかんなんだそうですねえ……」

「胎外発生？」

「ええ……」

「なるほど……君は、それをいま思いついたの？　それとも言いだすチャンスを待っていたのかな？」

「いや、頭にはあったんですが、つい言いそびれて……」

「そうだろう。君の考え方をおしすすめれば、そうなるはずだ。しかし私は断言するね。それは君の妄想《もうそう》だよ。そんな考えは忘れてしまったほうがいい」

「なぜです？」

「かえって事実を隠してしまうからさ」

「そうでしょうか……」

「いいから、電話をすませてしまいなさい」

しかし頼木は、電話には振向こうともせず、「でも、ぼくは、エラをもった水棲《すいせい》のネズミを見たことがあります。正真正銘の水棲動物で、しかも哺乳類なんです」

「ばかな！」

「本当ですよ。胎外発生で、計画的に、個体発生を系統発生の枠《わく》から外《はず》してしまうんだそうですね。まだ見たことはありませんが、水棲の犬なんかも、現にいるらしいですよ。むつかしいのは草食動物で、肉食や雑食の哺乳類は比較的……」

「どこに、そんなものがいるんだ？」

「東京の近くです。先生も知っていらっしゃる方の兄さんの研究室なんですけどね……」

「だれ……？」

「中央保険病院の山本先生の兄さんですよ。ご存知ありませんでしたか？……今日はもう、おそいですけど、明日は先生を、そこにおさそいしようかと思って……もちろん、人間の胎児の研究まではしてないと思います。でも、何かの手がかりにはなるんじゃないですか。まわり道のようだけど、直接的な手掛りを断たれてしまった今となっては……」

「沢山だ。探偵ごっこはおことわりだよ。表には変なやつが見張っている。刑事でなけりゃ、暗殺者だろう」

「本当ですか？」

「自分で見たらいい」

「守衛に電話をかけて、しらべさせましょう」

「ついでに警察にもかけたらいい」

「暗殺者が待っているって、言うんですか?」

「なんとでも……」私は席をたって、靴をはきかえ、鞄《かばん》をつかんだ。

「私は帰るよ。君もみんなに連絡したら、帰りなさい」

18

むしょうに腹立たしい。しかし、相手のはっきりしない腹立ちなので、事態を整理しようと思っても、どこから手をつけていいのやら、見当もつかないのだ。糸口がないのではなく、糸口が多すぎるのだ。それらが互いに、矛盾した方角から切れ端をのぞかせ、どれをたどっていったらいいのかさえも分らない始末なのである。

途中、尾行された様子はなかった。乱暴に開けた木戸の音を聞きつけて、すぐに妻が玄関を開けてくれた。なぜか私の帰りを待ちうけていたらしい。靴をぬぐのも待たずに、低い乾いた声でいきなり話かけてくる。

「今日の病院、あれ、なんなの?」

ちょうど外から戻ってきたところなのか、それともこれから出掛けようとしているのか、外出着のままである。そのくせ、逆光線の中で髪の毛だけがささくれ立ち、なにやらひどく勢いこんでいる。だが私にはなんのことやら飲込めない。私の念頭にある病院といえば、事件の舞台になった、中央保険病院の電子診断室のことだけだ。……しかしそれが妻にどうして分ったのか、また分ったとしても、なぜ関心の対象になりえたのか。

「なんなのって、なにが……？」

「まあ……」

妻は、すくむような声をたて、その痛々しい非難のこもった調子に、私は思わず足をとめる。奥の部屋ではテレビの音楽に合わせて、長男の芳男が面倒臭そうな切れぎれな声で笑っていた。私は妻の次の言葉を待った。信じてはいなかったが、あの山本氏の電子診断室についての、私の知らない落度かなにかに、妻が気づいているのかもしれないという、ありえない期待さえもって……。しかし妻も、私の言葉を待っているらしかった。

短い、不自然な沈黙のあとで、やっと妻が口をきいた。

「言われたとおりにしたわ。でも、ずいぶん無責任じゃない、電話したことさえ忘れるなんて。本当だったら、あとで迎えにこなかっただけだって、大変なことよ」

「電話?」

妻はびっくりして顔をあげた。

「でも、電話はしたんでしょう?」

「だから、なんの電話かって聞いているんじゃないか」

みるみる細い喉がふくらんだ。「だって、あなたから電話があったって、向うでそう言うものだから……ねえ、そうなんでしょう?」

妻はすっかり混乱してしまっていた。彼女はもっと別なことで意気込み、腹をたてていたのに、その興奮をささえていた土台が、ほかの、まるで思いもかけなかったところから突きくずされたのだから、当然なことだ。妻の、勢いこんだ、切れぎれの言葉をつなぎ合わせてみると、だいたい次のようなことになる。

三時頃、芳男が学校から戻ってくると間もなく、妻のかかりつけの産婦人科の医者から電話があった。バスで五分ばかりの、ちょっとした総合病院で、そこの院長が私の友人である。(そう言われて思いだした。つい数日前、妻がその病院で妊娠の診断をうけ——いちど子宮外妊娠を経験してから妊娠には極度に神経質になっている——産もうか堕《お》ろそうか、どうしようかと相談をうけたことがあった。しかし、私は、ろくすっぽ返事もしてやらなかったようだ。なにしろ予言機械のことで、どたんばに追いつめられている最中のことだった）電話の内容というのは、私からの伝言で、今日これからすぐに搔爬《そうは》の手術をしにくるようにというのである。妻はためらった。反撥《はんぱつ》さえ感じたらしい。すぐに私のところに電話で問い合せたが、私は居なかった。（三時すぎと言えば、たぶんプログラム委員会の友安のところに、屍体《したい》引取の交渉にいっていた頃だろう。誰もが、夢中になっていたから、電話を受けた者もあとで私に伝えることを忘れてしまったのにちがいない）ためらいながらも、出掛けるしかなかった。

「で、結局、堕ろしてしまったわけか？」思わず咎《とが》めるような調子になったのは、内心の不安にたいする、言いのがれのつもりだったのだろう。

「そうよ、だって、仕方がないじゃないの……」二階の書斎に上る私のあとを、ついて来ながら、妻はさからうように言いつづけた。おかえり！と廊下の角から、芳男の気のなさそうな声が追ってくる。「でも、とにかく、先生に相談してみるつもりだったわ……そしたら、いないのよ、自分から呼びだしておいたくせに、どこかに出掛けちゃって。しゃくにさわったから、すぐ帰ろうとしたのよ……そして、玄関から出ようとしているところに、右の顎に大きな黒子《ほくろ》のある看護婦さんみたいな人が追いかけてきて、先生はすぐ戻られるから、この薬を飲んで、しばらく待合室で待っていてくれって……赤い紙に包んだ、苦い粉薬なのよ……赤い紙に包むのは、劇薬なんでしょう？……とにかく、そんなふうな、きつい薬だったと思うわ……しばらくすると、目と耳だけをのこして、全身睡《ねむ》ってしまったような、変な気分になってしまったのよ……それから……おぼえてはいるんだけど、自分の目で見たことじゃないみたいで、はっきりしなくって……でも、たしか、両側から支えられて、自動車にのせられて、べつな病院に行ったんだと思うわ……暗い、長い、廊下のある病院で……先生は、べつの先生だったけど、了解ずみだからって、手術はすぐにすんじゃったわ。考える暇なんかありゃしないじゃないの……おまけに、どういう意味か知らないけど、帰りに沢山お釣りまでくれて……」

「お釣り……？」

「そうよ、あなたが、あずけておいたんじゃないの？」

「いくらだ？」思わず私は立ち上っていた。

「七千円……どういう計算なのか知らないけど……」

「おまえ、たしか、三週間以内だったな？」私はタバコをつかもうとして、昨夜からそのままになっていた飲みさしのコップの水を、つきこぼしてしまった。

「そうよ……ちょうど、そのくらいだったらしいわ……」

こぼれた水が、つみ上げた本の下に流れこんでいく。「拭《ふ》きなさい」……七千円……三週間以内……五十キロの荷物をしょって山登りでもしたように、首筋から背中いっぱいに重いしこりがひろがっていく。古新聞を、こぼれた水にあてがいながら、疑わしげに見上げる妻の視線をさけて、「それで、その病院は、なんていう病院だった？」

「知らないわ。呼んでくれた車に乗って、まっすぐ帰ってきたんだもの」

「しかし、場所くらいはおぼえているだろう？」

「さあ……なんだか、ずいぶん遠いところだったわ……ずっと、南の、ほとんど海に近い方じゃないかしら。途中で、居眠りしちゃったくらい……」それから、さぐりだすように、「でも、あなたは、もちろん、心当りはあるんでしょう？」

私はべつに、肯定もしなければ、否定もしなかった。妻の言うような意味ではないにしても、べつな心当りはあるわけだ。いずれにしても、ここで何か言うことは、さらに妻の質問をうながし、それに対して答えつづけなければならないことになるだろう。動揺が過ぎさると、完全に事態が飲込めているわけではなかったが……というより、ますます混迷の中にひきずりこまれて、訳が分らなくなってはいたのだが……とつぜん私がひきずりこまれた罠《わな》の中に、いつか妻までが一緒にまきこまれていたという、この許しがたい侮蔑《ぶべつ》に、私は視野が黒くせばまってみえるほど腹をたてていた。

19

階下におりて、電話をかける。妻が芳男にテレビをやめさせようとしたが、私はわざとそのままにさせておいた。私でさえ、雲をつかむようなこの事件に、妻をまきぞえにしてみたところで、どうなるものか。

私はまず、友人の病院に電話をして、妻のかかりつけの婦人科の医者の居場所をしらべてもらった。電話番号を教えてくれた。医者は家にいた。私の詰問《きつもん》に、すっかり面くらった様子で、むろん、私からの伝言など知らないし、また私の妻を呼び出したこともないと言う。第一、その時間は、昨日からちゃんと往診の予定になっていたのだそうだ。念のために妻に薬をあたえたという、看護婦風の女の心当りをたずねてみる。やはり、そんな顎《あご》に黒子のある看護婦などはいないという返事。どうやら、内心予測していた、最悪の事態にたちいたっているらしい。

つづいて研究所の電話のダイヤルをまわしながら、私は心臓が胃袋の中に落ちこんではねまわっているような、胸のわるさを感じていた。その胸のわるさの理由を、一口にいえば、とつぜん私のまわりにひきおこされた一連の事件が、事物はつねに確率のより大なる方向にむかって展開するという一般法則を、まったく無視しているように思われたことである。七千円……三週間以内の胎児……母胎外発生……エラをもったネズミ……水棲哺乳動物……。

連続ラジオドラマのすれ違いならいざしらず、偶然はつねに単独であらわれてこそ偶然なのだ。男の死……嫌疑《けんぎ》……女の死……怪電話……胎児の売買……妻にかけられた罠……まったくの偶然からスタートしたはずの連鎖反応が、次から次へと結びつき、有無を言わせぬ一本の鎖になって、私の首にまきついてくる。動機も、目的もつかめず、これではまるで、狂人に追いかけられているようなものだ。私の合理精神にとっては、まったく我慢のならないことだった。

当番の守衛が電話に出た。計算室にまだ明りが点《つ》いているかどうか、たずねてみる。守衛は喉《のど》をならし、咳《せき》ばらいしてから、明りは消えて、もう誰もいないようだと、かすれた声で答えた。食パンにチーズをまるめて、ビールで流しこみ、すぐにまた出掛ける仕度《したく》をする。

妻は、顎の下に握った右手の甲を、左手の爪先《つまさき》で掻《か》きながら、まごついていた。彼女は私が、単に病院の手違いについて腹をたてているのだと思うしかないのだから、はじめの意気込みの反動で、こんどは逆に後ろめたいような気持になっているのだろう。

「いいじゃないの、もう、疲れているんでしょう……」

「その七千円は、なにか封筒にでも入れてあったのかい？」

「いえ、はだかのままだったわ」

とりに行こうとするのをおしとどめて、靴をはく。

「いつになったら、暇になるの？　芳男のことで、相談したいことがあるのよ。学校に行っても、授業に出なかったりすることがあるんだって。先生に、注意されちゃって……」

「いいさ、まだ子供なんだから……」

「明後日《あさって》の日曜日、海に行ける？」

「明日《あす》の委員会で、話がきまればね」

「芳男がたのしみにしているのよ」

心の中で、薄い卵の殻のようなものを握りつぶす。次から次に、つぶしながら、黙って外に出る。いずれそんなものは、ただの薄い殻なのだ。私がつぶさなくても、誰かがつぶしてしまうにちがいない。いつつぶれるかと、はらはらしているよりは、いっそ自分でつぶしてしまった方が気も楽だ。

外に出ると、足音が、門の前から道路を横切って、向いの路地に逃げこんだ。いつもの道を、電車道のほうに歩きだすと、足音も路地を出て、なにくわぬ顔でつけてくる。さっき、研究所の前で、うろうろしていたやつにちがいない。いきなり振返って、いま来た道を逆に、まっすぐ尾行者に向って歩きだしてやった。尾行者はうろたえ路地に向って逃げ出していく。私が小説などから想像していた尾行者とくらべると、おそろしく不手際《ふてぎわ》なやつだ。まるで経験のない、ずぶの素人《しろうと》か、さもなければ自分の存在をわざと目立たせようとしているのだろう。私もすぐ後を追ってかけだしていた。

私のほうがいくらか早かった。長いあいだ走ったことなどないのだが、学生時代の訓練がものをいったかもしれない。それに次のわかれ道で、相手がどちらに行こうかと一瞬ためらってくれたのが、さらに差をちぢめた。百メートルばかり走った砂利《じやり》のうえで、私は尾行者に追いつき、右手を男の左腕にさしこんで引いた。男はのがれようとして、足もとが狂い、片膝《かたひざ》をついた。私も倒れそうになったが、手は離さず、やっともちこたえた。二人とも、破れるような息で、無言のまま、姿勢を有利にみちびこうとして争った。走るだけなら、私のほうに歩があったが、体の機敏さの点では、さすがに勝負にならなかった。男は体をねじって、急に力をぬき、よろめいた私の腹の上に、その油くさい頭をつっこんできた。息がとまり、鉛の板に吸いとられるように、私は倒れた。

気がつくと、遠くを男の駈《か》けていく足音がした。気を失っていたのは、ほんの一瞬のことだったらしい。しかし、後を追う気力はさすがになく、むかつくようなポマードのにおいが、私の体にこびりついていた。腰をあげると、肋骨《ろっこつ》の下あたりが折れるように痛んだ。しゃがみこんで吐いた。酸味のまじったビールが吹きだしてきた。泥をはらい、電車通りに出て、車をひろった。高田馬場の頼木のアパートの前で、車を待たせ、管理人にたずねてみたが不在だった。出掛けたのではなく、まだもどっていないということだった。そのまま、まっすぐ、研究所まで行ってもらう。

守衛は私を見ると、上半身すっぱだかの首に巻いた手拭《てぬぐい》を、ぐるぐるまわしながら、ひどく狼狽《ろうばい》していた。

「どうした、明りはついているじゃないか」

「そうですな……ええ、ちょっと、電話してみましょう。きっと、さっき、私が裏で行水をつかっているひまに……ええ、ちょっとお待ちください……」

かまわず、私は建物の中へ入っていった。油煙をぬった錫箔《すずはく》のように、一足ごとにうちふるえ、べっとりと暗さがまといつく、しんと静まりかえってはいるが、やがて、ドアからもれる光が人の気配を告げていた。鍵をもっているのは、私と頼木と、それに予備の分が一つ守衛のところにあるだけだ。頼木があのまま居残っていたのか（その場合は、なにかの事情で、守衛が私に嘘《うそ》をついたことになる）さもなければ、忘れものでもとりに引返してきたのか……いずれにしても、私はまたまた、一つの偶然にぶっつかったというわけだ。しかし、私には、なぜか、ここに来ればかならず頼木をつかまえられるにちがいないという、確信めいた期待をもっていた。はっきり説明はできないのだが、とにかくそんな予感がしていたのだ。そして、私を迎えた頼木も、ここに来れば先生におあいできると思って……というようなことを言うにちがいない。本心か、つくり話かは分からないが、ともかく、そんなふうに言って、うれしそうな笑顔をみせたりすることだろう。……だが私にはとうてい笑顔でこたえる勇気はあるまいと思う。そんなふうには考えたくないのだが、どうも頼木を今までのようには、素直に受入れられないような気がしてくる。敵とぐるだと考えるのは、無理だとしても……殺された会計課長を、予言テストのサンプルにしようと決めたのは、たしかにまったくの偶然だった……としても、この下手なつくり話のような偶然の連続を、はじめからいかにも現実らしく受取ったりしていたところが、どうも腑《ふ》におちないのだ。すくなくも私よりは、なにかしらよけいに知っていて、一歩先を見とおしていたらしい。（水棲哺乳類《すいせいほにゅうるい》だなどという、とっぴょうしもないものを持出してきて、人の好い会計係の妄想《もうそう》としか思えなかった胎児ブローカー説の背景を暗示したのも、彼である）あのとき、彼はまだ何か話したがっている様子だったが、あまり馬鹿々々しく思われたし、意地も手つだって、聞かずに帰ってしまったが……しかしもう意地をはっているときではない、なんでもいいから、手掛りになるものがほしかった。

20

鍵《かぎ》はかかっていなかった。痛むあばらをおさえて、把手《とって》をまわし、一気にドアを引き開けた。冷い空気が頰《ほお》をうった。しかしそれよりも、機械の前の椅子《いす》に手をかけ、こちらを向いて固い微笑をうかべていた人物に驚かされた。和田勝子だったのだ。和田は微笑《ほほえ》んでいた。しかしすぐにおどろきの表情に変った。どうやら、私ではない誰かを予期していたらしい。

「なんだ、君か……」

「びっくりしちゃった！」

「おどろいたのは、こちらだよ。何をしていたんだい、いまごろ……？」

和田は肩で大きく息をしながら、くるりと踵《かかと》でまわって、身軽に椅子にかけた。本人もそれを意識しているのだろうか、さりげないようでいて、実に表情の豊かな娘だと思う。

「すみません、頼木さんと会う約束だったんです」

「すまないことはないが、ここで会うように約束していたの？」

「変なふうに行きちがいになってしまったんです」そらせた頭を小さく左右にふりながら、「私たち、本当は、もっと早く先生にお話しようと思っていたんですけど……」

現実的だ。おそろしく現実的だ。思わず苦笑が湧《わ》いて出る。

「いいよ、いいよ、そんなことは……じゃあ彼は、ここに来ることになっているんだね？」

「いえ、頼木さんはここで待っていることになっていたんです。でも来てみたら、もう誰もいないでしょう。いっぺん家に戻って、それから彼の部屋に行ってみたんだけど、やはりそっちにも居ないものだから……」

とつぜん私は、ぞっとするような恐怖をおぼえ、

「しかし、いま、守衛から電話があったんだろう？」

「ええ、でも……」と私の語調の変化の意味を理解できないのか、はにかむような微笑をうかべ、「ただ、先生がみえたと言うものだから、てっきり頼木さんだと思って……」

そうだ、守衛からみればたしかに頼木も先生だ。「……しかし、この部屋は馬鹿に

冷房がきいているな。まるで、いましがたまで機械を動かしていたみたいじゃないか」

和田はまぶしそうな目つきをして、首をすくめた。「だから私も、すぐに戻るつもりなんだと思って、待ってみることにしたんです」

筋は通っている。なにも怪しむことなんかない。私はすこし神経過敏になりすぎていたのだ。守衛の狼狽だって、二人の逢引《あいびき》に、こっそり加勢したためだと思えば説明がつく。恋愛……ほっとするくらい平凡なはなしじゃないか。まったくすばらしい確かさだ、現実の日常的な連続感ぐらい、確実なものはない……

「しかし、君たちのあいだが、それほど進行しているとは気がつかなかったな」

「だって、私、ここをやめたくなかったんですもの」

「けっこうじゃないか、共稼《ともかせ》ぎにすりゃ……」

「でも、複雑でしょう、いろいろと……」

「なるほどね……」

何がなるほどかわからないが、とにかく私は気がほぐれて、笑いだしたいような気分だった。

「ついでに、私、サンプルになって未来を予言してもらおうかしら」

「面白いね」まったく、そうでもなっていてくれれば、こんな面倒はみないですませたのに……

「本気なんです」のびきった指先を機械の縁にそって、ゆっくりすべらせながら、「私、人間がどうしても生きていかなければならない、訳が分らない」

「なあに、一緒になってみれば平凡なものさ」

「一緒って、結婚のこと？」

「まあ、何んでもね。なにも説明がつくから生きるわけじゃないよ、生きているから、そんなことも考えてみたくなったりするのさ」

「誰でもそんなふうに言うわ。でも、本当に自分の未来を知ってしまってからでも、やはり生きたいと思えるかしら……」

「それを実験したいために、わざわざ予言を知りたいって言うの？　どうも、ぶっそうな話だね」

「じゃあ、先生はいかが？」

「何が？」

「無知のせいで、我慢していられるのじゃなくて？　生きることがそれほど大事なことなら、生まれるはずの子供を堕《お》ろすなんてことが、どうして出来るのかしら？」

私は息をのみ、体をすくめた。耳の後ろで、なにかが切れるような音がした。しかし和田はそれを、ひどく無邪気な調子で言ってのけたのだ。むろん偶然の一致にきまっている。

「まだ意識のないものを、人間と同格にあつかうわけにはいかないさ」

「法律的にはね」他愛《たわい》のない、明るい調子で言葉をつづけ、「でも、妊娠九カ月でまだお腹《なか》の中にいる子供は殺してもかまわないけど、早産で生まれた子供は殺しちゃいけないなんて、ずいぶん便宜的だわ。そんな説明で我慢できるなんて、想像力が弱いせいじゃないかしら」

「そんなふうに考えていちゃ、きりがなくなる……その論法でいけば、受胎するチャンスがあって、それを受けつけなかった女、受胎させるチャンスをもちながら、実行しなかった男は、やはり間接的に殺人をおかしたことになるわけだ……」無理に声をおしだして笑いながら、「いまも、こんな無駄口をききながら、ぼくらは人殺しをしているのかもしれないぞ」

「そうかもしれませんわ」和田は坐りなおしてまっすぐに私を見上げた。

「ぼくらには、その子供を助けだす義務があるかもしれないね」

「ええ、そうかもしれませんわ」と、やはり笑おうともしないのだ。

私はまごつき、タバコを口におしこみながら、窓のほうに歩いていった。熱っぽい、関節に油がきれたような、妙な気分だった。

「君は、どうも、危険な女性だね……」

和田が立上る気配がした。私は何かをじっと待っていた。沈黙に耐えられなくなって、振り向いてみると、彼女は見たこともない固い表情でまっすぐ立っている、なんでもいいから、言おうとして、言葉をさがしていると、彼女のほうから先に口を切った。

「はっきり答えていただきたいわ。私、先生を裁判しようと思っているんです」

私は笑った。意味もなく笑いだした。すると彼女もかすかに微笑んだ。

「君は本当に妙な娘だよ」

「でも、裁判なんです」と真面目《まじめ》な顔にもどって、「それでは、先生は、胎児殺しを罪だとはお考えにならないのですね？」

「そんなこと、考えていたら、きりがないさ」

「じゃあ、先生は、自分の未来を予言機にかけてみる勇気なんて、とてもおありにはならないわね」

「どういう意味だい？」

「いえ、もういいんです」

急ブレーキをかけられ、はずみで心が身体《からだ》からはみだした。和田は、いくぶんとび出し気味の目を天井にむけて見開き、もっともらしくうなずいている。その表情が、もしそれほどあどけなくなかったら、きっと私は怒鳴りだしていたにちがいない。

彼女はしかし、何事もなかったように、時計を見て、溜息《ためいき》をついた。つられて私も見ると、九時五分すぎだった。

「おそいわね……私、やっぱり帰ってみます」

上眼づかいに微笑《ほほえ》むと、急に空中から何かすくいあげるような動作で体をまわし、そのままはずみをつけて、いきなり部屋から出ていってしまった。私は不意をつかれ、なすすべもなく、和田が、守衛に声をかけ、門から出て行くのを、じっと窓ぎわから見送るばかりだった。

両足に強く力をいれて、ふんばってみた。もうこれ以上翻弄《ほんろう》されまいという気持の表現である。和田が、べつにふくむところがあって、あんな奇妙な態度をとったのだとは思えない。ありのままに受けとれば、おそらくなんでもないことだったのだろう。それを奇妙だと思い、変に惑乱されたりしたのは、むしろこちらの方に問題があったのではあるまいか。気を静めて、ありのままを見ることだ。大事なことと、大事でないことを、はっきりと見極《みきわ》めて、さしあたり何をしなければならないのかを、順序立ててみることだ……。

仕事机に、紙をひろげ、大きな円をかいてみる。その中に、もう一つ、小さな円をかきくわえようとしたが、途中で鉛筆の芯《しん》が折れて、うまく円を閉じることができなかった。

21

いくども引き揚げようとしては、そのたびに思いかえして、じっと待った。私がここにいることを知れば、いずれ頼木もやってくるにちがいない。当然そろそろ来ていい頃だ。それとも、承知のうえで、じらしているのだろうか。いや、無駄な臆測《おくそく》で神経を疲らせるのはやめにしよう。

二十分……四十五分……五十分……。十時十分になって、やっと電話がかかってきた。

「先生ですか、いま和田君に会いましてね……」その声は少しも悪びれていないどころか、むしろ明るくはずんでさえいる。「……ええ、先生に、ぜひお目にかけたいものがあるんです。でも、なんでしたらお宅のほうへ？……そうですか、じゃすぐ、五分以内にそこに参りますから……」

私は窓の外を眺《なが》め、心の準備をしながら待っていた。頼木に遇《あ》ったら、最初に言おうと考えている言葉の端を、いくども反芻《はんすう》しながら、じっと遠い夜景を眺めていた。空と屋根々々とのあいだに、薄く白い膜がはっているように見える。その下あたりが、国電の駅なのだろう。そこでは無数の経験や生活が、互いにぶつかりあいながら波立っているのだ。海だって、山の上からみれば平らに見えるのと同じことである。遠景にはいつも秩序がある。どんな奇妙な出来事だって、遠景のもつ秩序や枠からはみだすことなど、できはしない……

タクシーがとまって、頼木が降りてきた。窓を見上げ、手をふった。きっかり五分たっていた。

「すっかり、行きちがってしまって……」

「まあ掛けなさい」和田が掛けていた椅子に掛けさせて、私は明りが背になる位置に、立ったまま、「ずいぶん待ったよ。君は、和田君と、入れちがいだったの？」

「いいえ。実をいうと、ずっと出掛けっぱなしだったんです。行った先で、待たされちゃって……」

「ま、いいさ……」高ぶってくる気持を声に出さないように自制しながら、「それはそうと、どうだろう。これからの二人の話を、機械に記録させておきたいと思うのだが……」

「と言うと……？」頼木は腑《ふ》におちないように首をかしげたが、べつに狼狽《ろうばい》した様子はない。

「今朝からの出来事を、もう一度、くわしく検討してみたいんだ」

「そいつは、いい考えです……」小刻みにうなずきながら、熱心に坐りなおして、

「ちょうど、自分でも、なんとか整理してみようと考えていた矢先なんですよ。むしろ、先生があまり気がすすまないんじゃないかと思って、それを心配していたくらいなんだ。ほら、帰りぎわに、だいぶ腹を立てていらっしゃったでしょう」

「そうだったな……あのときは、何の話をしていたんだったっけ？」

「探偵ごっこは、もう沢山だって……」

「そうそう……それじゃ早速、そのつづきをやろうじゃないか。入力のスイッチをたのむよ」

頼木は入力装置に上半身をねじまげ、それから驚きの声をあげ、

「つけっぱなしですよ！　入力のランプが切れていたんだ。それで気がつかなかったんですね。やれやれ、呆《あき》れたもんだ……」

「で、連結のほうは？」

「精密マイクです」

「じゃあ、ずっと記録されていたわけか？」

「そうらしいですね……」そなえつけのドライバーで、手際《てぎわ》よく機械の腹を開け、力いっぱいからみあった銅の神経繊維の瘤《こぶ》やつぎ目をたどっていきながら、「なるほど……いや、和田君がね、すこし前までぼくがここにいたにちがいないと言い張って、きかないんですよ。その証拠に、冷房がきいていたって言うんだな。妙だと思っていたら、これじゃそう思うのも無理ないわけだ」

私はがっかりした。これも計画かもしれないという、疑いよりも、あっさり肩すかしを食ってしまった落胆のほうが、やはり大きかったようだ。彼が、ずっと出たきりだったと答えたとき、私はその矛盾——冷房の事実——を、衝《つ》いてやれると思って、内心小おどりしていた。しかしこう先手を打たれてしまっては、手も足も出ない。僥《ぎょう》倖《こう》が当てにならなかったといって、ぐちをこぼすにはあたるまい。

「それでは、まず、事件の輪郭からたどってみることにしようか……」

「どうぞ……」

「まずわれわれは、プログラム委員会に提出するためのサンプルとして、一人の男をえらび出した。これはまったく無作為で、かつ偶然だったはずだ……ところがこの男が、突然何者かによって殺された……そこで、近くに居合わせたわれわれには、当然嫌疑がかかる可能性が生じてきた……」

「直接的には、とくに、ぼくに対してですね」

「一応、男の情婦が、犯人としてあげられた。しかし、警察はかならずしも満足してはいないらしい。もっとも私は、本当に警察が満足しなかったのか、それとも、誰か——つまり犯人の一味が——われわれに不安をあたえる目的で、そんな入智恵をしたのか、その点、すこぶる怪しいものだと考えているがね……」

「同感です」

「いずれにしても、われわれは追いつめられた。ほうっておけば、いつかは手がのびてくる。思いきって、真犯人に挑戦するために、男の屍体《したい》の分析をこころみた。成功していれば、第一回の実験としても、すばらしい成果を上げてくれていたはずだ。しかし分析は、ただ女以外に犯人がいること、胎児ブローカーという奇妙なお伽話《とぎばなし》を聞かせてくれただけだった。さらに、脅迫者からの電話という、附録までついてきた……」

「その電話の情報キャッチの早さには、とくに注意しておく必要がありますね」

「そう、おまけに、その声に、なんとなく聞きおぼえがあること……」

「まだ思い出せませんか？」

「駄目だね、喉《のど》のところまで出かかってきているんだが……しかし、いずれにしても、われわれの周辺の、どこかでつながっている人物にはちがいない」

「それも、ぼくの考えじゃ、多分この予言機のことを、ある程度知っている人物だと思いますね。だからこそ、次に容疑者の女を分析しようとしたとき、危険を感じて、ぼくらの手にとどく前に殺してしまわなければならなかったんだ。……それにしても、分らないのは、まったく任意にえらんだ男の死が、こんなふうに、内部につながりのある事件にまで発展して来たということです」

「むろん、まったくの、偶然だったとも言えなくはない。その場合は、われわれに仕掛けられた罠《わな》は、要するに犯人の自衛だけが目的だったことになる。しかし、まだわれわれには気づいていない、思わぬ鎖の環《わ》がどこかにかくされているのだとしたら、その場合は、罠の持つ意味はもっと重大かもしれない」

「どういう意味です？」

「予言機そのものの、失脚をねらっているのかもしれないということさ」

「よく分りませんが……」

「まあいい、先にすすもう……ともかくこうして、われわれは一切の手掛りを失った」

「表面的にはそうでした」

「しかし彼らは、それでも、まだ気を許そうとはしなかった。……脅迫の電話がくりかえされ、見張りの男が配置された。そのとき君は、水棲哺乳類《すいせいほにゅうるい》などという珍らしい話を思いついていたりしたようだが、私のほうは、もうほとんど匙《さじ》をなげたような気持になっていた」

「実は、そのことなんですが……」

「まあ、先をつづけさせてくれ……ところが、家に戻って、おどろくべき事態に出っくわしたのだ。留守のあいだに、妻が、どこかの産院につれこまれ、誰の同意もなしに、むりやり掻爬《そうは》手術をうけさせられていた」

「本当ですか！」

「妻は、妊娠三週間以内だった。おまけに、帰るとき、向うから七千円支払ってもらった……まあ、待ってくれ……むろん、だからといって、そのまま胎児売買説を認めようだなんて思っているわけじゃない。あるいは、電話の脅迫だけでは安心できないので、もっと効果的な威嚇《いかく》手段として、誰かが考え出しただけのことかもしれない。

利口な悪党は、大きな一つの嘘《うそ》をかくすために、小さな沢山の嘘をばらまくというからな。かんぐって言えば、その七千円だって、私の注意を、あの死んだ男の分析にあらわれた、一番無意味な部分にそらせようとして……いいから、終りまで言わせてくれ……つまりだ、私を、心理的に萎縮《いしゅく》させるだけが目的で……いや、目的なんかどうでもいい。この場合、大事なことは、このいやらしいことを仕組んだやつが、死んだ男の分析内容を知っていたということさ。そうだろう？……われわれが、屍体の告白から、胎児ブローカーの話を聞き出していなかったら、七千円だって、三週間以内だって、なんのおどしにもならないわけだからな。奴《やっ》らは、それを知っていたんだよ。そういうわけだろう？……ところが、屍体の分析内容を知っていた人間は、この世界中に、たった二人しかいなかったはずだ……つまり、君と私の、二人だけだ……この点だけは、否定できまい？」

「ええ、認めます」頼木は心もち蒼《あお》ざめ、目をふせたまま、しばらくはじっと身じろぎもしなかった。

「むろん、認めないわけにはいかないさ。とにかくこいつは事実なんだからな」

「なにが事実ですって？」

私は、ゆっくりと頼木のほうに向きなおり、のばした指先を、彼の額におしつける

ように して、一言々々、出しおしむように区切りをつけては、叩《たた》きつけてやった。

「君が……犯人だと……いうことさ！」

が、予期に反して、相手は崩《くず》れ去りもしなければ、いきり立ちもしなかった。緊張はかくせなかったが、意外と冷静に、まっすぐ私の目を見返したまま、「しかし、動機がありますか？」

「君が犯人だったと仮定すれば、動機くらい、簡単に説明がつく。つまり、あの殺された男は、私には偶然であっても、君には始めから予定の人物だったのさ。あの日、私たちはべつに目的はなかったし、それにもう、かなり疲れ切っていた。私をあのコーヒー店まで誘導し、近藤という女をつうじてあらかじめさそい出しておいた、あの男に、注意を向けさせるようにするのは、さほどむつかしいことではなかったはずだ。君はうまくやってのけたよ。まんまと私を罠にかけ、警察をおそれるように仕組み、すすんで犯人追求に協力するようにみせかけて、自分には疑いがかかって来ないようにした。いろいろ小道具なんかも、よく出来ていたよ。しかし、さぞかし口惜《くや》しかっただろうなあ、思いがけないところからぼろを出しちゃってさ……動機がありえないというところに、あぐらをかきすぎていたんだよ……」

「もし、そのぼろを出さずにすんでいたとしたら、どうなっていたとおっしゃるんです？」

「きまっているじゃないか。追いつめられた私の口から、犯人はやはりあの自殺した女だったと、にせの予言を発表する機会を待ち受けていたのさ」

「面白い推理です……で、その推理のうえにたって、これから先生はどうなさるおつもりです？」

「出るところに、出てもらうよりほかはあるまい」

「動機の説明は、なくてもよろしいんですか？」

「動機？」

「動機の説明は、まだされていないように思いますが」

「勝手に、弁護士とでも相談したらいいだろうさ。いずれ、法的手続をふんで、この機械に掛かってもらうことにはなるだろうがね……しかし、それにしても、とんでもないことをしてくれたものだなあ……」急に、力がぬけ、冷い蒸気に鼻までつかったような、虚脱感におそわれ、「じっさい、君が、こんなことをしでかすなんて……君がねえ……君には、かねがね、期待をかけていたのにさ……分らんものだ……ひどいものだよ……」

「ここで和田君は、どんな話をしていきました？」

「和田？……いや、べつに、どうと言うこともなかったが……君と……君のことを……かなり気にしていたようだったな……そうだ、君は、彼女までも不幸におとしいれてしまったんだぞ……もう、とりかえしがつきやしない……」

頼木も溜息《ためいき》をついて、大きく左右に首をふった。「いかにも先生らしい、筋のとおった、面白い推理でしたよ。ただ一点、これもいかにも先生らしい欠陥をべつにすればですね……」

「欠陥？」

「欠陥といって悪ければ盲点と言ったほうがいいかな……」

「言いのがれは無駄だよ。ちゃんと機械が記録してしまってくれているんだ」

「まったくです。それでは一つ、その機械に判定を下してもらってみましょうか……」頼木は機械に向って、坐りなおすなり、ボタンを操作しながら、マイクの中に呼びかけた。

「判定準備」

青ランプ――準備完了の合図である。

「ただいまの推理中の、欠陥の有無」

赤ランプ――欠陥ありの合図である。

頼木は出力装置をスピーカーにつないで、さらに質問を重ねた。

「欠陥の指摘をして下さい」

間髪《かんはつ》をいれず、スピーカーをとおして機械が答えた。

「最初の仮説の立てかたに飛躍がある。胎児売買の知識の所有者であれば、屍体分析の結果にその問題がふくまれていることは、予知できるはずだ……」

「これだよ、君、あの電話の声は！」私は思わず、頼木の腕をつかんで、叫びだしていた。

「でも、これは、先生の声ですよ」

そうか……そうだった……機械に音声をあたえるとき、私の声をそのまま利用したのだった。あれはまぎれもなく、この声だ。自分の声に聞きおぼえがあるのは、当然の話である。誰かがこれをつかって、テープにでも吹込んだのだろう。私は勝ち誇って、つかんだ頼木の腕をふりまわしながらわめき立てていた。とうとう化けの皮をはがしてしまったじゃないか！　君はずるい男だ。本当にずるい男だ。だが、術を弄《ろう》して成功したためしはない。罪はかならず、そのおかした罪で罰されるものなのだ！

頼木はさからおうともせずに、視線をさけたまま、身じろぎもしなかった。息を切らして、私が黙るのを待ち、詫《わ》びるような小声でぽつりと言う。

「でも、証拠にはなりませんね。声には、顔ほどの個性もない……」

息がつまって、涙が出てきた。それを拭《ふ》くために、手をはなすと、頼木は二、三歩椅子《いす》の向う側にまわりこんで、私をさけながら、「ですから、いま機械も言ったとおり、先生はすべての考えを一つの盲点の上にきずきあげてしまっているんです。胎児売買が、あの死んだ男の妄想《もうそう》にすぎないという固定観念の上にね。せっかくの先生のあざやかな推論も、この盲点に疑問符をさしはさめば、たちまち跡形もなくくずれさってしまう……もちろんぼくだって、その内容がどういうものだか、本当に知っているわけじゃありませんよ。しかし、警察の手前、事件の中心附近で手掛りをさがすことができない以上、少々のまわり道でも、このヒントを手掛りにして進む以外にはないじゃないですか？……もちろん、仮説にしかすぎません……しかし、仮に胎児売買が本当に行なわれているとしてみた場合、ぼくを犯人だと仮定したときと同じくらい、いろいろ面白い結果が展開できるんじゃないですか……たとえば、最近の厚生省の発表でも、中絶胎児の数は出生児とほぼ同数で、年に二百万以上にもなっているらしい。ということは、胎児売買がありうるとして、それが相当大規模な組織で普及しているということも、じゅうぶんに考えられるわけだ。そうなると、われわれのえらんだサンプルが、こちらでは単なる偶然のつもりでも、けっこうその組織にむすびついている場合が、かなりの確率で期待可能です」

「馬鹿らしい。ひま人が考えるには、面白い話だろうさ」

頼木は唇をかみ、自分に向ってうなずくように顎《あご》をひき、ポケットから一枚の手札判の写真をぬきとって、静かに椅子の上においた。

「これを見てください。水棲犬の写真です……実は、さっきまで、例の山本先生の兄さんの研究所にいっていたんです。見学の許可をたのみに行ったのですが、ついでに参考資料としてもらってきてみました」

本当に、水の中を泳いでいる犬の写真だった。前脚をこごめ、後脚をのばして、頭を下にもぐっていく姿勢である。首から背筋にかけて、小さな気泡《きほう》が列をつくって流れていた。

「雑犬でしょうね……この、顎の太くなっているところ、黒く割れ目がみえているでしょう。こいつがエラらしい……耳が変なのは、写真のせいです。生れてから、ちょっと細工をしてやる必要はあるらしいけれど、形は普通のと変りないらしい。眼のほうは、たしかに変形してしまっていますね。肺と一緒に、各種の腺《せん》にも変化がおこり、ついにどうしても涙腺が退化してしまうので、眼の変形はやむをえないんだそうです」

「どうせ、手術なんかで、合成した化物なんだろう」

「とんでもない。実際にこういう形のエラをもった動物といえば、まあ鱶《ふか》くらいなものでしょう。鱶と犬の接《つ》ぎ木なんてことが、お考えになれますか。これは、胎外発生による計画進化という、最近の技術によるものなんです。一度、実際にごらんになってみさえすれば……」

「分ったよ。君は胎児売買が水中人間の飼育のためだとでも言いたいのかい？」

「三週間の胎児といえば、体長三センチにも足らないんですよ。そんなものに七千円も出して、食肉なんかにしたんじゃ、とても商売にはならないでしょうからね」

私は、その悪夢のような写真をつまみあげ、ながめているうちに、この現実が現実でないような気がしてきた。この部屋の外には街があり、その街には人間たちが住んでいるなどということが、まるで嘘のような気さえした。

「……で、見学させてくれるって言うのかい？」

「ええ、苦労しちゃいましたよ」と乗出さんばかりにして、「ただし、絶対に口外しないという条件ですがね」

「しかし、やはりつじつまが合わないな……仮に、胎児売買が事実だとしても、あの会計課長が殺されたのは、その秘密をさぐりだそうとしたからなんだろう。そういうおそろしい秘密結社が、そう簡単にわれわれの接近を許したりするものかね」

「案外、それなりの理由があるのかもしれませんよ」

「理由？……まあけっこうな理由だろうさ……だが、私の率直な意見を言わせてもらえばだね、もしそこで、なにかのヒントがつかめるくらいなら、まず許可などしてくれまい。許可してくれたということは、つまり、行っても無駄だろうということじゃないか」

「先生……」と唾《つば》を飲みこみ、弱々しく、「これがたぶん、最後のチャンスだと思いますよ」

「閉鎖になるってのかい？」

「見学のことなんかじゃありません。先生自身のチャンスのことです」

「なんだって？」

「いや、どうしても気がすすまないと仰言《おつしや》るのなら、あきらめますが……」

なんだろう？　これとそっくりの会話を、前にどこかで聞いた記憶がある。そうだ、つい今しがたの、和田勝子の言いぐさだったっけ……

「この犬……魚をつかまえられるのかな？」

頼木の目が輝いた。「ええ、いろいろ、訓練もしているらしいです。向うに行けば、その模様なんかも見せてもらえるらしいですよ」

「おかしいな。敵地に乗込もうというのに、君はなんだってそう浮々しているんだい？」

「ぼくがですか？……そりゃ、うまくいけば、それで嫌疑がはれるかもしれないじゃないですか」

「君は、私たちがそこに行ったきり、二度と戻ってこられなくなるかもしれないということを、考えてみたことはないの？」

頼木は笑った。

「なるほど、それじゃ一つ、しっかり書置を残しておくことにしましょうよ」

22

「とにかく今夜は、これでおひらきとしよう……さすがに疲れたよ……」われながら元気のない声で、机に支《ささ》えていた二本の指をひきはなすと、指の腹が白くのびきって、しばらくもとには戻らない。

「でも……」と、頼木は例の調子で、なおも粘りを見せ、「くどいようですが、どうせのことなら、今夜のうちにすませてしまったほうがいいんじゃないでしょうか？」

「何を？」

「むろん、水棲《すいせい》動物の見学です」

「冗談じゃない、もう十一時ちかいんだ」

「分っています。でも、この際、時間のことなんか言っていられないんじゃないですか。プログラム委員会まで、あと三日しかないんですよ、あらかじめ友安さんに議題を提出しておくとすれば、動けるのはせいぜい、明日一日と……」

「そんなこと言ったって、こんな時間に、相手方にだって迷惑じゃないか。それに、もう、誰もいやしまい」

「いるんです。所長の山本先生が、わざわざ宿直を今夜にくりあげて……」

「所長が、宿直？」

「病院と同じことです。生き物が相手ですからね……それに、行ってごらんになれば分りますけれど、むしろ夜の仕事の方が多いらしい」

「ねえ、君……」私は吸いたくもないタバコに火をつけて、回転椅子に片膝《かたひざ》をのっけた。そんなふうに姿勢をくずすことで、頼木にも、また自分自身に対しても、心のゆとりを見せようというつもりだったのかもしれない。「はっきり言って、どうも君には率直さが欠けているように思うな」

頼木は上唇をつきだすようにして、顎をひいた。いかにも何か言いたそうだったが、べつに何も言いはしなかった。私は言葉をつづけ、

「言いたいことはいろいろある。理屈のうえで釈然としないだけでなく、気持のうえでもだな。乱暴な言い方を許してもらえば、不愉快なんだよ」

「ええ、分るような気がします」

「それなら、ためすような言い方はよして、知っていることをはっきり言ってしまったらどうなんだ。このとおり私たちは追いつめられている。何んだかわけの分らないもののために、がんじがらめになっている。相手のねらいが分らないから、反撃のしようもないわけだ。私をこういう状態に追いこんで、いったい誰に、どういう利益があると言うのだろう……」

「むろん、連中が、予言機械を恐れているからでしょう」

「まさか……現に何んにも、分りはしなかったじゃないか。奴等《やつら》は女も殺しちゃったし、もうなんの手掛りも残っちゃいない。このうえ恐《こわ》がることなんか、ありはしないよ」

「かと言って、ひっこんでもいられない。第一、真犯人の摘発を期待している委員会が、承知しっこないでしょう」

「その点だけなら、例の死んだ会計課長の人格係数の分析でも見せてやれば、なんとかごまかせるさ」

「さあね……警察もごく上層部では、私たちが動いていることを知っていますよ。期待をかけているからこそ、一応静観もしているのだろうし、また、あれだけ協力もしてくれたわけだ。真犯人の検出が出来なかったとなれば、万一われわれに嫌疑がかかってきた場合、立場はいっそうひどいことになってしまう……まずいですよ、絶対にまずい……」

「よかろう、君の言うとおりだとしてみよう。しかし、その上で、こういうことも考えられるのじゃないかな。連中――そういうものがあると仮定して――の、われわれに対する恐喝《きようかつ》手段のきめ手は、どうやら目撃者をあぶり出して、警察の目をこちらに向けさせることにあるらしい。とすればだ、連中さえその気になれば、嫌疑がこちらにかかってくる気づかいはないという……」

「冗談じゃありません。そんなふうに考えることこそ、連中の思う壺《つぼ》です。臆病《おくびよう》な人間はいつでもその手にひっかかってしまうんだ。表に狼《おおかみ》がいると聞くと、じっとしていたんじゃ飢え死にすると知りながらも、けっきょくは洞穴《ほらあな》の中でのたれ死にしてしまう……いや、すみません、こうした事態全体に、腹が立ってしようがないんです」

「かまわんさ。私が臆病なことは自分でもよく知っている。しかし、そう言ってもらったおかげで、ちょっとしたことを思いついたよ……やはり、こっちから警察に出掛けていって、一切合切ぶちまけてしまったほうが、よほどすっきりするんじゃないかな」

頼木は上眼づかいに、私を見据え、呆《あき》れたのか、非難しているのか、唇をかんで一瞬口ごもり、「さぞかし誰かがよろこぶことでしょうよ。ぼくらをここから追い出して、ここを専門電子頭脳の、単なる下請センターにしたがっている連中が、たんとるんだ。それに、そうです、先生は胎児売買の事実を認めようとなさらないから、奥さんが罠《わな》にかけられたことだって、お伽話《とぎばなし》から目をそらさせるための、煙幕だろうなんて思っていらっしゃる。だが、現実には、連中は自分の存在を隠すどころか、むしろ、先生に対してその実在を誇示しているんですよ」指先で機械の端を軽くたたきながら、急に声をおとして、「ということは、いつでも先生に対して実力をふるう用意があることの、警告だとも受取れる……現に男も殺されたし、女も死んだ……」

「だから、どうしろって言うんだ?」いつの間にやら、自分でも気づかずに、私は狭い機械のあいだを歩きまわっていた。

「けっきょく、罠の正体をつきとめる以外にはないのです」私が答えずにいると、さらにたたみかけるようにして、「なんでしたら、事態の整理を、機械にたのんでみましょうか？」

「沢山だよ！」思わずぎくりとしながら、そのぎくりとしたことに腹を立てている。考えてみると、私は前々から、その言葉を予期していたようでもある。予期しながら、しかも恐れていたらしいのだ。

「なぜです？　まさか、機械を信用なさらないわけじゃないんでしょう？」

「機械は論理だ、信用するもしないもない……」

「と、仰言《おつしや》ると……？」

「わざわざ機械の手を借りるほどのこともないということさ」

「変ですね……すると、つまり、ぼくの考えを認めていらっしゃるわけですか？」

「なにも変なことはないじゃないか」

「でも先生はためらっていらっしゃる。機械は信用しても、論理は信用なさらないわけですか？」

「なんとでも勝手に思いたまえ」

「それはいけない。先生は、ただ機械の性能に執着しているだけで、予言内容には関心がないことを公然と認めたことになる」

「誰がそんなことを言った！」

「そうじゃないですか。先生が決心なさらないのは、信じられないからではなくて、信じたくないからです。けっきょくは予言機械の反対者の言い分を認めてしまったことになるんですよ。それでは先生は、未来の予知には耐えられないタイプの人間で、ここの責任者としても、不適格だということになってしまう……」

急に私はぐったりと、腹立ちが悔恨にかわり、疲労で顔の裏側がまっ赤に充血してしまう。

「そう……君の言うとおりかもしれない……それにしても、君たちの年代の人間は、そんな残酷なことを、よくも平気で口にできるものだな……」

「妙なことは仰言らないで下さいよ」手の裏を返したように、人なつっこい調子にかわり、「ぼくの口のききようが悪いのは、先生だってよく御存知のことじゃないですか。いやだなあ、そうでしょう……」

「私はここを離れたくない。私のような人間は、自分のつくり上げた仕事をはなれては、どうしようもないんだ。そのくせ、いよいよ手に負えなくなれば、あっさり何処《どこ》かにすっこんでしまうことになるだろう……だって、そうするより外、仕方がないじゃないか……まったく、予言技師が自分の予言を知るのを嫌《いや》がるだなんて、こっけいな話だね。しかし私は、自分の身のふり方を、機械に相談なんかしたくない……」

「疲れていらっしゃるんですよ」

「まったく、君はずるいよ」

「なぜです？」

「だから、率直じゃないと言っているんだ」

頼木は不平らしく、「でも、具体的に、どういう点かを言っていただかないと……」

「罠の正体の発見に、全力をあげなければならないというのは、一応そのとおりかもしれない。しかし、水棲哺乳《すいせいほにゅう》動物の見学が、そのためにそれほどさしせまった必要事なのかね……いや、君がそう考えているだろうことは、聞かなくても分るよ……そのために、君は半日をついやしたのだし、こんな時間になってまで、なんとか私をひっぱり出そうと、やっきになっている……それは分るさ……しかし君は、なぜかその理由については、一向に説明をこころみようとはしない。胎児売買が事実なら、胎外発生の研究所は、なにかヒントをつかまえるきっかけになりはしないかと君は言うが、そんな漠然とした理由だけで、君がそれほどやっきになるとはとても考えられない。君の言うとおり、委員会まではあと三日しかないんだ。よほどの確信がなければ、この貴重な時間を、水中犬や水中ネズミの見物についやそうだなんて思うはずがないじゃないか。たしかに君はまだ、何か隠しているにちがいないんだ」

「思いすごしですよ」私の口調がおだやかだったせいか、頼木もはにかんだような微笑をうかべ、「はっきりした作戦をたてるためには、どうしても胎児売買の実在を認めたうえで、そこから出発しなければならないというのが、ぼくの考えなんです。しかし、それを先生に強制する勇気はぼくにもない。いかに突飛なものであるかは、よく分っているんです。想像力を超《こ》えたものを、むりに空想するのは、誰だっていやなものですからね。でも、水棲哺乳動物の生態を一度実際に見ていただいたら、すくなくも胎児売買の可能性だけは、信じていただけるようになるにちがいない。現にぼくはそれを知っているから、胎児売買も、ほとんど事実として認めることができるのです」

「しかし、それだけのことだったら、なにもわざわざ見に行くほどのこともあるまい。その仮説を使えば、実際的な作戦がたてられると言うなら、そのとおりにやってみようじゃないか」

「でも、信じてもいないのに、本気になったりできるかなあ?」

「信じたことにするよ」

「いや、先生はまだ信じちゃいない。そんなに簡単に信じられるはずがないんだ」私が思わず苦笑したのをとらえ、「ほら、笑った、信じていない証拠だ」

「馬鹿な……」

「ちょっとでも信じたら、とても笑ったりはしていられないはずです。だって、考えてもごらんなさいよ、年々数百万もの水中人間がつくられて……」

「君の話は、どうも飛躍が多すぎるね」

「先生は信じていないから、どんな可能性も飛躍にしか感じられないんだ。そんなじゃ、作戦だって、立てられっこありませんよ」

「分った、分った。じゃあ、そういうことにしておこう……毎年、数百万の水中人間がつくられて……」

「そして、その中には、先生のお子さんもまじっている……」

私は笑いだしていた。どんなにひからびた声でも、とにかく笑い声だった。まったく、笑う以外に、どんな返事ができただろう……心の深いところから、ほとんど気にもかけていなかった数日前の妻とのやりとりが、記憶の上にはいあがろうとして、手足をばたばたやっている。あれはたしか、このまえの委員会があった夜のことだと思う。私が枕《まくら》のうえにあぐらをかき、ウイスキーを水で割っているそのすぐわきで、妻がしきりに私の注意をひこうとして、何やら言っていた。わけもなく私は不愉快だった。委員会の難航のことだけでなく、そんなふうに注意をひかれなければ妻を振向こうとはしない、私の疲れた状態に腹をたてていたのだ。妻の存在自体が、まるで私を責めているように、重っくるしい。「買ったらいいじゃないか……」妻が指先で折目をのばしている電気機具のカタログを、横目で見やりながら、急いでコップに唇をあてる。「買うって、何を？」「その、ルームクーラーのことなんだろう？」「まあ、呆れた……」私はろくすっぽ妻の話を聞いてはいなかったのだ。妻の額にたれた細い毛が、光線の具合で目立って白く、それがひどく暗示的に思われた。さっきから彼女は、子供のことを話していたのだった。

それは昨夜からの続き話題だった。妻が妊娠の診断をうけ、堕《お》ろそうか堕ろすまいかという、例の相談だったのである。そうでなくても女というやつは、こういう話題が好きなものらしい。ついさっきも、和田勝子と、偶然同じようなことを話しあったばかりだった。もっとも、今となってみると、はたして単なる偶然だったのかどうか、すこぶる疑わしくはなるのだが……いずれにしても、私の答えに変りがあるはずはなかった。問題は子宮外妊娠の素質をもつ妻の体なのであり、そのことは医者にまかせるよりほかはなく、いまさらここで議論してみてもはじまらないことだ。しかし、はじまらないことは分っていても、彼女はやはり議論がしたいのだった。その気持は私にも分らなくはなかったが、かと言って調子を合わせるのも馬鹿らしい。私は子供をほしいとも思わないし、またほしくないとも思わない。子供は生むものではなく、結果として生れてくるだけのものである。

……医者の話では、こんどは正常妊娠の可能性もあるが、もし搔爬《そうは》の決心がつけば、そのほうが安全ということだった。決心もなにもない、こんなところに道徳的判断などを持込んだりするのは、想像過剰というものだろう。堕胎《だたい》と、子供殺しのけじめはつけにくいにしても、それでは堕胎と避妊のけじめはつけやすいとでも言うのか。人間が未来的な存在であり、殺人が悪であるのは、その未来を奪いとるためだというのは確かだとしても、未来はあくまでも現在の時間的投影なのである。その現在さえもっていないものの未来に、誰が責任などもちえよう。それではまるで、責任に名をかりて、現実からのがれようとするようなものではないか。

「じゃあ、堕ろせって言うのね」「誰もそんなことは言ってやしないよ。君の判断にまかせるって言っているんじゃないか」「あなたの意見を聞いているのよ」「べつにないね、私はどうでもいい」言い合いが愚劣なら、こうして言い合いを避けるのも、むろん同じくらい浅薄な欺瞞《ぎまん》である。親しい者とは、結局こうして互いに、無意味に傷つけあう者同士のことなのだろうか。ただ私は自分の論理を信じ、どっちに転んだところで意表をつくような結果にはなりえないと、多寡《たか》をくくっていたから、妻のように、いきなりカタログを握りつぶして席を立つというようなことをせず、ゆっくりと二杯目のウイスキーを飲みほして、次の瞬間にはもうすっかり忘れてしまうようなことも、出来たのである。

だが、私の子供が水中人間になっているかもしれないという、その頼木の一言は、たちまち私の確信を、根底からくつがえしてしまうことになったのだ。暗い水の中からじっとこちらを見つめている、生れるはずのなかった私の子供……この顎《あご》のふくらみの黒い割れ目、これがエラです……耳殻はふつうですが、眼瞼《がんけん》にはどうしても変形を生じます……黒い水の中でおどっている、白い手足……生れるはずのなかった私の子供……枕の上にあぐらをかいて、妻とのつまらぬ傷つけ合いに、心理的満足感を味わいながら生んでしまった、私の子供……その夜の怠惰な自己欺瞞と、愚鈍なうぬぼれ自体が、今や復讐《ふくしゅう》となってあらわれたのだ……これで傷つけ合いは、完全に一方的なものになってしまうことだろう。妻はそのむりやり生かされたわが子の化物で、さんざん私を鞭打《むちう》とうとし、防ごうとすればするほど、私は傷つき、しかも逃《のが》れようとすればその向うには、じっと見開かれた水中の眼が待っている。

私は不器用に笑いやんだ。

「駄目ですね……」私の表情をうかがいながら、頼木が結論をくだすように言った。

「やはり、本物を一度見ていただかなければ……」

「分ったよ。おかげで、何をしなければならないのか、一応の見当はついたようだ……」

「何をするんですって？」

「まあ、そこに行って見てからの話にしようじゃないか……」

頼木はほっとしたように、シャツの胸にさした鉛筆をまさぐりながら、手早く機械の後始末にとりかかった。

「なんだ、ずっと録音をつづけていたのかい……」

「先生が、消せとおっしゃらなかったものだから」……ふざけた調子で、運転時間の総量を示すメーターの窓を開けてみせ、「それに、もし万一のことがあった場合、これがきっといい遺言代りになってくれますよ」

かすかな静寂のつぶやきが湧上《わきあが》って、部屋中にたちこめる。しんと何時《いつ》ものとおり、そこにある機械が、なぜか何時ものようには見えなかった。未来への通路が、すぐその向うに、ぽっかりと大きな口を開けて待ちかまえているようだった。ふと未来が、今までのように単なる青写真ではなく、現在から独立した意志をもつ、狂暴な生きもののように思われた。

プログラム カード No・2

プログラミングとは、要するに、質的な現実を、量的な現実に還元してやる操作のことである。

23

外はひっそりと暑かった。虫干ししたばかりの手袋をはめたように、指の股《また》から汗がにじむ。星はなく、赤味を帯びた月が、ときおり雲のほころびから腹をのぞかせる。途中、守衛室によって、頼木がどこかに電話をかけた。待ちうけていたように守衛が、いそいそとジュースの罐詰《かんづめ》をはこんできたりする。いかにもとりつくろおうとしているようなところが、面白くなかった。

「連絡はとれたの？」あてずっぽうに聞いてみる。

「とれました」小さく顔のまん中で笑って、さっさと歩き出す。

それっきり私たちは口をつぐみ、尾行者の気配もなかった。都電の通りまで出て、やっと車をひろえた。ハンカチを出したが間に合わず、汗が鼻の先からしたたった。

「築地《つきじ》から晴海《はるみ》をぬけて、十二号埋立地に入る橋……分るね……ヨロイ橋って言ったっけ……あれを渡って、すぐのところ……」

制帽の下に、汗よけの手拭《てぬぐ》いをまいた中年の運転手は、うさん臭そうにちらりと振向いたが、べつだん何も言わずにアクセルを踏みつけた。暑さによどみ、がっくり肩を落した木造の家並が、ことものなげに窓の外を流れていく。町は次第に硬質の熱気を帯び、一時間ほど走って晴海をすぎると、こんどはさらにだだっ広い道とコンクリートの塀《へい》ばかりの、残酷なほど荒れはてた風景に変っていった。そのあいだ私たちは、もう何度もくりかえされたここ数年来の、天候異変や、原因不明の高潮や、地盤沈下や、頻発《ひんぱつ》する小地震などについて、とりとめもない意見やぐちをこぼし合っていた。

十分か十五分、うとうととしていたような気もする。

やがてべたつく潮風の中に、ヨロイ橋が緑色に輝いて見えた。圧《お》しつぶされた風景の中で、このきわだった照明には、なにやらひどく不安をそそるものがあった。橋を渡りきった瞬間に、どこかで低く短い汽笛の音がした。午前零時を告げる合図らしかった。

道端に、箱型の車が一台停っていた。懐中電燈をもった男が、エンジンの故障をしらべるような格好でかがみこんでいる。頼木がタクシーをとめて、金を払った。「あれです」と、頼木が道端の自動車のほうに行って、声をかけると、懐中電燈の男は、しゃんと身をおこして丁重に頭を下げた。

その迎えの車に乗りかえて、さらに二十分ほど走った。どの道もただ広いばかりで、いかにも単純だったが、走り方はあまり単純ではなかった。やがて方向が分らなくなり、大きな橋を三つほど渡ったから、あるいはもう十二号埋立地ではなかったのかもしれない。こんな手の込んだことをする以上、聞いてもまともには答えてくれまいし、もし答えてくれるつもりがあるなら、あとで地図で説明してもらえばいいと思ったから、無理に聞こうとはしなかった。

とつぜん目的地についた。あたりはがらんとした、大きな倉庫ばかりの町。道が海に向って切り落されるすぐ手前の、ありふれたコンクリート塀にかこまれた、小さな木造の平屋だった。《山本研究所》という木札が、玄関のわきに、こっそりかくれるように下っている。庭にはいくつも、空《から》のドラム罐が雨ざらしになっていた。急いで空を見上げたが、あいにく月は雲の後ろにかくれていた。仮に見えたとしても、場所を知る上では、あまり役立たなかっただろう。このあたりの海岸は、北以外のすべての方向にむかって開かれているのである。

山本氏が自分で迎えに出てくれていた。蒼《あお》いよごれた顔の、大男だ。「弟がいつもお世話になっています」と、切れのいいはずんだ声で言いながら、差出された名刺が、爪《つめ》がめりこんだ肉づきのいい指のあいだで、小さかった。そう言われて、相手の弟が、中央保険病院の電子診断室の責任者だったことを思い出し、この結びつきもまた、妙に脅迫的な暗合のように思われてならなかった。記憶喪失にかかって、他人には当然な世間の仕組からはじき出されると、多分こんなふうに、何からなにまでが謎《なぞ》めいて見えはじめるのだろう。気にしまいとして、あてずっぽうのあいさつを返していた。

「そういえば、よく似ていらっしゃる」

「いや、兄弟といっても、義理の弟なんですがね……」

山本氏が陽気に笑い、先に立って歩きだす。ここでも同じく、白衣とサンダルだが、ここの白衣は生き物相手だけに、いかにも油じみている。だらりと下げた大きな手が、いかにも重そうだった。私たちのように、抽象的な見えないものをあつかうのとはちがって、繊細な生物をあつかうのには、こういう指のほうがいいのだろうか。案外こういう指先のほうが、本当は器用なのかもしれない。

建物の内部はおそろしく殺風景で、寿命がきた小学校の校舎のように傷《いた》んでいた。そのくせ廊下のつきあたりを左に折れた、くぼみの中には、エレベーターがあった。

私たちが乗りこみ、山本氏がスイッチを押すと、いきなりエレベーターは下に向かって動きだした。考えてみれば、平屋なのだから、動くとすれば下にきまっていたのだが、惰性で上昇の加速度を予期していた私は、思わず声をあげるほど驚いてしまった。山本氏が、待ちうけていたように大声で笑いだす。午前一時という時間や、特殊な事情などを、つい忘れさせるほど無邪気な笑い方だった。陰謀めいたものとはおおよそ縁遠い人柄だ。正体をあばいてやろうという、はじめの勢い込んだ悪意は、背をこごめ、何かを期待する気持に変っていた。

エレベーターの動きは遅かったが、それでも普通の建物の三階分くらいは降りたように思う。横に長い廊下があって、ドアがいくつも並んでいる。ひんやりとした独特のしめっぽさをのぞけば、これは普通の研究所風景と大差なかった。右に折れて、突き当りのドアの中に案内された。

驚くべき光景が前にひらけた。まるで立体的な水族館、よごれた氷塊の積木細工のようだった。大小の水槽《すいそう》が複雑に組合わされ、そのあいだを、パイプやバルブやメーターの類が埋めている。人間が通ったり仕事をするための鉄のブリッジが、多いところは三重にもなってはりめぐらされ、ちょうど船のエンジンルームを思わせる。汗をかいている緑色のペンキの壁、ピチピチとねばっこくはぜる、怪しいざわめき、半乾《はんかわ》きになった遠浅の海岸の臭《にお》い……風邪《かぜ》をひく前にはよくこういう夢を見る。

すぐ上のブリッジを、白衣の男が次々にメーターを読み、メモをつけては、サンダルをひびかせながら歩いていた。私たちが入っていっても、振向こうともしなかったが、山本氏が「原田君」と声をかけると、深くにじむようなその声の反響の中で、びっくりするほど愛想《あいそ》のいい笑顔を見せた。

「原田君、あとで三番の発生室を開けておいてくれないか……」

「もう用意してあります」

山本氏はうなずいて、振向き、「では、まいりましょう。とりあえず私の部屋で……」と中央のブリッジを歩きだす。

「ごらんなさい」頼木が私の肘《ひじ》を小突いて、両側の水槽に注意をうながす。言われなくても私はさっきから、見呆《みほう》けてしまっていたのである。

最初の水槽は、大きな水棲《すいせい》ネズミの夫婦だった。首のつけ根の粗《あら》い毛のあいだから、薄桃色の割目が開閉していることと、胸が小さく、中太《なかぶと》の樽《たる》のような体形のほかは、ふつうの野ネズミとほとんど変ったところはない。水中の動きはおどろくほどしなやかで、陸棲動物から想像されるような犬掻《いぬか》き式の泳ぎ方だけではなく、全身をつかってバネのように屈伸し、エビのように激しく敏捷《びんしょう》に走りまわっていた。しかしケッ歯類の性質はなくしていないらしく、一匹が水面におどり上って、浮んでいた木片をかかえこむと、嚙《か》みくだきながら腹を上にして、ゆっくり底に沈んでいった。もう一匹は、いきなり私をめがけてとびかかってこようとしたが、水槽のガラスに衝突するすぐ手前であざやかに身をひるがえし、大きな丸い目でまたたきもせずに私を見つめ、半開きにした唇《くちびる》のあいだから、とがった赤い舌の先をちらつかせた。

次も、またその次も、ネズミだった。それから四つ目がウサギ。ウサギはネズミたちとちがって、いかにも元気がなく、べったりと毛がはりついた憐《あわ》れな姿で、水槽の底にちかく、体をまるめて袋のように浮んでいた。その上を爪先ではじいて山本氏が言った。「純粋の草食動物は、どうもうまく行きませんな。エネルギーの同化方法が、特殊化しすぎているせいでしょう……一代目はとにかく育ちますが、二代目からが、どうもうまく行かない……」

右に鉄の階段を上って、天井から吊《つ》った箱のような部屋に通された。部屋に入る直前、なにげなく振向くと、ずっと向うの突き当りにある貨車ほどもある水槽で、黒光りのする巨大な獣が、水飴《みずあめ》のようなうねりをあげて水面におどり出し、悲しげなしわがれ声で叫びたてた。牛だった。

「すごいものでしょう」山本氏は微笑《ほほえ》みながらドアを閉め、「草食動物でも、人工飼料を惜しまずにやれば、なんとか育てることができます。牛なら肉や乳がとれますから、飼料が大量生産されれば、けっこう採算もとれるでしょうな。ただ水の中ですから、乳をしぼる装置がむつかしい。とりあえず小型の真空ポンプをつかっていますが、まだあまり理想的とは申せません」壁の冷蔵庫から瀬戸の水差しをとりだして、コップに注ぐと、牛乳だった。「一つ、ためしてみてください。しぼりたてのほやほやです。陸産のものと、ほとんど変りません。ただ分析してみると、幾分塩分が勝っていますが、乳そのものに塩分が多いというよりは、やはりどうしても採乳の途中で、海水がまぎれこむせいでしょう……まあなによりも、新鮮なところがとりえです」

相手の気持を傷つけまいとして、急いで飲みほした。飼料を吟味してあるせいか、家で飲む乳よりも、美味《うま》いような気がした。すすめられて椅子《いす》に掛ける。席につくよりも先に牛乳を飲むという、この順序は、打ち解けた気分をかもしだすためには、なかなか効果的だった。これが演出だったとすれば、相手も相当な曲者《くせもの》だ。

「こんな時間に、お疲れでしょうな……私どもは、もうなれっこになっておりますが……」顕微鏡や、そのほか様々な化学実験用の器具を並べた壁を背にして、山本博士は胸の前に、その太い指を組合わせた。指の背に、家畜用ブラシのような粗い毛が十本ずつほどつっ立っている。私たちの後ろには、高い書棚《しょだな》と、衝立《ついたて》にかくれたベッドの一部が見えている。

「いや、私どもも、夜ふかしはしょっちゅうです」

「そうでしょう、お忙しいでしょうからな……しかし、うちの仕事は、忙しいというよりはむしろ、仕事そのものの性質上、ほとんど昼夜の区別がつけられないんですよ、因果なことです。肉食動物には、どうしても夜行性のものが多いですし、それはまあ、人工照明でごまかせるとしても、犬の訓練なんかは、やはり外でやらなければならないので、まさか昼間というわけにはいかない。なにしろ、人目をはばかることですからねえ……」

「はばかりますか？」

「はばかりますとも」と暖かく笑って、「時間があれば、いずれ後ほど見ていただくことにして……もう一杯いかがです、牛乳？　頼木君もどうだい」

私はおどろいて頼木を見た。この口のききかたは、いくら山本氏が如才ない人柄だといっても、ただ何回か顔を合わせたという程度のものではありえない。頼木はしかし、場馴《ばな》れた態度をかくそうともせず、かえって山本氏の言葉をうけて、私をうながすように、

「消毒の点なら、先生、心配御無用です。東京湾でも、ここの海水は清潔ですからね。

完全に濾過《ろか》して、それを人工的に再生したものですから……」

「そう、ちょっと建物の模型をごらんに入れましょう」山本氏は立上って、書棚のわきの台から、被《おお》いをとった。ぱっとほこりが舞上る。「どうもこのほうは、あまり清潔じゃありませんな……まあごらん下さい。これは研究所の一部を、輪切りにしたものです。この上が、ここまでずっと海になっていて、水面までは約十メートルばかりありますか……このパイプから給水されます。自然の水圧を利用した、加圧濾過装置ですな。効率は毎分八千キロリットル、ほかに二千キロの予備が二台ありますから、じゅうぶん間に合います。しかし濾過も、あまり完全すぎると、いわゆる自然の平衡が破れるせいか、かえってうまく育ちません。とくに消化能力の低下や、アレルギー性の疾患が目立ってくるようです。そこでこちらのタンクで、適当に有機物や無機物を混入して、自然海水に近いものをつくります。紅海の水でも、南氷洋の水でも、日《に》本海溝《ほんかいこう》の水でも、お望み次第のものがつくれるわけですな。養豚のためには、どこの海がいいか、というような研究もすすめておりますよ」

「だからここでは、豚肉の刺身だって平気で食べられます」

「そう、当所随一の珍味だ、馴れない人はどうも嫌《いや》がるが……牛肉なんかよりはずっと美味い。食べ馴れたら、ちょっとやめられませんな。いかがです。ためしてごらんになりますか？」

「いや、今はけっこうです」二人が、まるでぐるになっているような態度を腹立たしく思いながら、「それより、よろしければ、早速本題に入りたいと思いますが……」言ってしまってから、言いかたがまずかったらしいことに気づいたが、いまさら後に引くわけにもいかず、どういう結果になるか見当もつかぬままに、「いや、こんな悪い時間に突然おしかけたりして、まったく申しわけないのですが、私どもがお伺いした理由については、むろんある程度頼木からお聞きでしょうな？」

「さあ、ただ研究のためだとだけうかがっておりますが……しかしどうぞ、気になさらないで下さい。こうして外部と隔離された生活をつづけていますと、先生のような方と話し合えるのは、実にたのしい……なにしろ、許可がうるさいので、東京のまん中に住みながら、めったに人と会う機会もありません」

「許可というのは、外出の許可ですか？」

「いえ、外来者をおまねきする許可です」

「と言うと、この研究所も、どこかの役所に所属しているわけですか？」

「とんでもない。役所じゃ、お宅と同じことで、とうていこれほどの秘密を守りぬくことは出来ないでしょうし、また、これほどうるさくもないでしょうな」それから、物問いたげな私の前に大きな手をさえぎるように立て、「いや、それだけはお答え出来ません。実のところ、私自身にも、ここの上部機関がなんであるのか、はっきりは正体がつかめないでいるのですから……とにかく大した力ですよ、感じから言って、日本中を完全に手中におさめているような気さえしますね。私は心底から信頼しておりますので、べつにたしかめようという気も起らないのです」

「それなら、君は知っているの？」私は百の言葉を煮つめたような重さをこめて、頼木に問いただした。

「ぼくがですか、とんでもない！」頼木は大げさに眉《まゆ》をつりあげ、首をふったが、その表情にはいささかの動揺もみられなかった。

「おかしいじゃないか、それじゃどうやって私の許可をとれたんだ？」

「むろん私の仲介ですよ」と、山本氏は、はずみだした会話をたのしみでもするように、隙間《すきま》だらけの長い前歯をつきだして笑い、「責任者である私にさえ分らないのだから、外部の人に、ここの上部が分るはずがありません。ただ私だけは連絡の方法を知っていますから、代って申請して差上げられたわけです」

「なるほど……」自分の持ち札に、手ざわりで、たしかにこれが切り札にちがいないと思われるやつがあり、ゆっくりと興奮をかみしめながら、「すると、つまり、頼木君も、この研究所の存在を知った最初は、やはり誰かほかの人の申請で見学の許可をもらったということになるわけだね……そうでなければ、筋がとおらない……」

「そうですとも」と、山本氏が何か言いかけた頼木をおさえて、「その点は私から一つ、簡単に御説明申上げておきましょう。いわば入所者心得のようなものです。この研究所の仕事が秘密を要するものであることは、すでに申しあげたとおりですが、これだけは見学者であると、所員であるとにかかわらず、絶対に守っていただかなければなりません。むろんそんな法律があるわけでなし、とくに誓約書に判をついていただくというわけでもなし、形のうえでは、何等の拘束もないのですが、それだけに審査もきびしいというわけですな。絶対に守っていただけると分った人にしか、お見せしないのです。おかげでほとんど、この約束が破られたことはありません」

「ほとんどと言うと、破られた例もあるわけですか？」

「さあ、どんなものでしょう……まだ一度も、ここの仕事が世間の噂《うわさ》になったことがないのをみると、無かったと考えてもよろしいのではないでしょうか。ただ、もっとも、教養の低い現場の者などで、酔ったまぎれについ口をすべらせたのが、相当きびしい処置をうけたというような話は聞いたことがありますが……」

「抹殺《まっさつ》ですか？」

「まさか……いろいろ科学は進んでいますから、殺さなくても、記憶を喪失させるとかなんとか、方法はいくらでもありますよ」

どうやら切り札のねらいは、正しかったらしい。山本氏はいぜんとしてその柔和な表情を変えず、声も事務的な硬《かた》さを出なかったが、頼木が自分でも気づかずに、指先でテーブルの端を神経質に打っている、その小刻みなリズムは、話題がすでに事態の核心に近づきつつあることを告げていた。私は言ってやった。

「しかし、屍体《したい》が口をきくような場合には、小間切れにでもしてしまわないと、間に合わない……」

すると山本氏は、いかにも可笑《おか》しそうに肩をゆすって笑いだした。

「それはそうでしょうね。まったく、そんなことになったらやっかいなことですな」

「だが、腑《ふ》におちない……。それほど世間に知れることを恐れるのなら、はじめから見学の許可など出さなければいいんだ。それも、本人からの、たっての希望というならともかく、勝手に許可をおしつけておいて、さあ喋《しゃべ》ったら殺すぞでは、まるで罠《わな》にかけるようなものじゃありませんか。それに、人に話すことの出来ない知識なんて、なんの役にも立ちはしない。ただ苦しめるだけが、目的みたいなものじゃないですか」

「先生、大げさですよ、知っている者同士の討論なら、いくらしたって差支《さしつか》えないんだし……」

頼木が言いかけたのを、山本氏がひきとって、

「そうなんです、許可の申請は原則として、第三者の手で行われますが、これは理解者をひろげるための手段であって、秘密保持とは、なんら矛盾するものではありません。噂とか世論とかいうような、主体のないいわゆる多数の声というやつと、理解者という責任ある個人の判断とでは、まるでちがいますからな」

「理解者、理解者とおっしゃるが、いったい何を理解するんです？」

「ですから、それを、これから御案内申しあげようというわけです」

山本氏は勢いよく立上って、はればったい一重瞼《ひとえまぶた》をうれしそうに細め、白衣の襟《えり》で、手のひらを拭《ふ》くような動作をくりかえした。「事実というよりも、むしろ思想的な興味を感じていただけるだろうと思いますな。まず発生室から見ていただくことになりますが、そのまえに、ごく簡単にわれわれの研究がどういうところから出発したのか、その沿革を……」

「待ってください。そのまえにもう一つ、はっきりさせておきたいことがある！」私も席を立って、一歩後に退《さが》り、上げた手をゆっくりテーブルの上におろしながら、

「頼木君……君が私の申請をしてくれたわけは分るが、しかし君が、誰から申請してもらったかはまだ分っていない。見学を許可された者同士が、仲間だとすれば、私にもそれを知る権利があるんじゃないかな？　それが何者で、またどういう理由で、君に白羽の矢をたてたのか……」

「ええ、言いますよ」頼木も弱々しい微笑をうかべながら、立上って、「もう言えるようになったから言いますけど、でも、今まで言わなかったからって、怒られたんじゃ、かなわないなあ……」

「誰も怒ってやしない、事実を知りたいだけだ」

山本氏がとぼけた声で、口をはさみ、「そう、事実というやつは、いつも魅力たっぷりなものですからな。これで頼木君も、やっと肩の重荷がおりたというわけだ」

「実は、和田君なんです」唇をなめながら、頼木がはにかむように言った。

「和田？……」

「そう、彼女はね、お宅に行くまえに、しばらくここで仕事をしてもらっていたんですよ……」と、山本氏がとりなすように手をふって、「いや有能な助手でしたな、女には珍らしく、はっきりした主張をもっていてね……しかし、血を見るのが嫌《きら》いだという、こういう所ではまったく困った欠点がありましてね。それで、ここをやめてそちらに移ったのでしょうが、たしかあのときの保証人は、中央保険病院にいる、私の弟だったと思いますが……」

「そう、そうでした、思いだしましたよ……」

ばらばらだった鎖が、急に、あっけないほど急に、音をたててつながり合ってしまった。しかし、疑いが晴れたわけでも、問題がなくなったわけでもない。鎖は空中から あざやかにとりだされたが、その手つきのあまりあざやかすぎるのが、かえって種の仕掛けを感じさせるのだ。しかも悪いことには、その手品を見せてくれた肝心の手品師が、その姿をまだはっきりとは見せていない。そんなふうに怪しみながらも、私はやはり整然としたその鎖のつなぎ目に、すっかり見とれてしまっていたようだ。偶然だとしか見えなかった、主要人物のあいだに、ふいに新しい配線図がひかれ、しかも見るからに明快で堅固である。こうなると、ある程度、頼木が私をここにさそった理由もうなずけなくはないわけだ。すくなくも、その説明は可能である。しぜん、頼木に対する信頼……とまではいかなくても、信頼をとりもどす可能性は出てきたような気がしはじめて、私は肩までふくれあがっていた息を、相手に気づかれぬように、ゆっくりと吐きだしていた。

24

「私たちのグループの最初の研究テーマは、昆虫《こんちゅう》の変態でした……勝見さんは、発生学については、もちろんある程度の知識はお持ちでしょうね？」

「いや、ぜんぜんの素人《しろうと》だと考えて下さい。内胚葉《ないはいよう》と外胚葉の、どちらが先に出来るのかも忘れてしまったくらいです」

「結構でしょう。そのほうがかえって、簡単な言葉で説明しやすいのです」山本氏は火のついていないタバコの両端を、交互にテーブルの上で叩《たた》きながら、一語々々たしかめるように、ものうげな調子で話しだした。「もちろん、昆虫の変態自体が目的ではありません。私たちの目標は、大きく言えば生物の計画的改造ということでした。ある程度の改良なら、これまでも行われています。とくに植物の場合では、染色体の倍加まで、現実にやられているわけですから。しかし動物の場合は、せいぜいが品種改良という程度で、それも素朴な経験主義の段階を一歩も出るものではありませんでした。私たちはこれを根本的、かつ計画的なものにしようと考えていたわけなのです。……言ってみれば、進化を人為的、かつ飛躍的に、しかも定向的に行わせようという大それた計画ですな。ところで、御存知のように、個体発生は系統発生を繰返すものです。厳密に言えば、祖先の形をそのまま繰返すわけはないのですが、ともかく基本的な対応関係をもっている。そこで、その発生的段階において、なんらかの手を加えてやれば、その生物を系統発生から引離し、まったく新しい種にしてやることもできるわけだ。これまでも、ごく荒っぽいやり方で、頭が二つあるメダカとか、ヤモリの口がついたカエルだとか、そういったグロテスクな畸型《きけい》をつくったことはありますが、正確な意味で改良を加え得たわけではない。時計を壊《こわ》すのは、子供にでもできるが、時計を造るには、専門的な技術がいるということです。動物の発生は、つねに正反二つのホルモン、あるいは刺戟《しげき》物質によって支配されます。プラスの刺戟は分裂を促進するが、マイナスの刺戟は分裂をおさえます。プラスが強いと、小さな沢山の細胞の塊《かたま》りになるが、マイナスが勝つと、未分化なまま巨大化する。この交互作用の複雑な組合わせが、その生物に固有な発生の法則になるわけですな。必要ならばこれを、ちょっとした積分方程式で表すことも出来ますが……」

「われわれの方の言葉でいえば、複合フィード・バックというやつですね？」

「そうそう、そのフィード・バックの複合です。そして、その細部のからくりを究明するために、私たちは昆虫の変態に目をつけた。……昆虫の変態を支配しているのが、アラタ体から出る『幼虫ホルモン』と、神経分泌《ぶんぴつ》細胞から出る『分化ホルモン』であることは、昔から知られていましたし、ある時期におけるその何《いず》れかの除去が、どういう結果を生むかという実験も行われていた。ただそれを定量的に、微細に調節して、生長の手綱《たづな》を調節するのが技術的に困難だったのです。ところが今から、ちょうど九年前、アメリカとソ連でほとんど同時に実験に成功した。つづいてその翌年、私たちのグループでも、独自にその技術をつかんだのです。そして私たちは、とても奇妙な昆虫をつくりあげましたよ。まあ一つ、ごらんになって下さい……」

山本氏は衝立《ついたて》の裏から、大きな鳥籠《とりかご》のようなものを下げて来た。中には、手のひらほどの、二匹の平たい灰色の生物が這《は》いまわっていた。全身が粘膜で包まれ、体と同じ灰色の剛毛が横にならんだ、見るからに気味のわるい虫である。

「なんだと思います。脚は六本、これでもれっきとした昆虫なんですよ。……蝿《はえ》なんです……驚きましたか？ 要するに、蛆《うじ》がそのまま生長したものです。ごらんなさい、蝿とそっくりな口がついているでしょう。しかもちゃんと、生殖力まで持っている。こちらが雄で、こちらが雌……珍らしいだけで、大した意味はありませんが、まあ最初の成功の記念として、こうして飼ってやっているわけです。気の荒いやつでね。手を入れると嚙《か》みついてきますよ。機嫌《きげん》のいいときは、多分発情したときでしょうが、ぎしぎし変な音をたてて鳴いたりもしましてね……」

「ぼくはフライにしたら食べられるんじゃないかって言っているんですよ」と頼木が気安さをみせようとしてか、つまらぬ冗談を言う。

「だから、食べたければ、いくらでもあげるって言ってるじゃないか」山本氏はべつに厭《いや》な顔も見せず、「それでは、発生室に御案内しましょうか……」

私たちは飼育室のブリッジに降り、入って来たドアとは反対側の、もう一つのドアをとおってまた薄暗い廊下に出た。山本氏は先に立って歩きながら、小首を傾け、また話の先をつづけるのだ。

「それ以来、各国の、この問題に関する情報交換はぴたりと停りました。いや、完全に停ったわけではなく、哺乳《ほにゅう》動物の胎外発生の技術と結びついたところまでは、とにかく抽象的にでも発表されていたのですが、そこから先が、完全に沈黙の壁でさえぎられてしまったのです。考えてみれば、当然なことでした。研究にたずさわっている当事者にならこの沈黙の意味は、分りすぎるくらいよく分った。とにかく、この先にあるものは、もはや単なる技術や学問上の問題だけではなく、なにかもっと深刻で恐ろしいものの予感があった。それが理論的にも、また多分技術的にも、可能に思われただけに、不安もいっそう大きかったのです。……ごらんなさい、この部屋ですが……」

《3》とペンキで番号をふられた鉄の扉《とびら》があった。閂《かんぬき》をひいて手前に開けると、一坪ばかりの、三方がガラス張りになったボックスがあり、そのガラス越しに、内部の様子をのぞくことができた。何段にも重なった、何十というコンベアが、ゆっくりと左右に流れている。そのわきで、何百ものレンズ磨《みが》きのような機械が、これもゆっくり上下に首をふりつづけている。下のほうでは、白衣の四人が、金属製の長い机に向って、何やら作業の最中だった。

「中は滅菌になっているので、お入れするわけにはいきません。私も普段は、ここから指図するようにしています。ごらんなさい。この部屋だけで一日千三百の胎児を処理することができます。予定の青写真に合わせて、本来の系統発生から外《はず》してやっているのです。一番手前に見えているのが、水棲《すいせい》牛の胎児たちです。そう……まったくのはなし……こうした光景を頭の中で想像して、はじめは私たちもふるえ上ったものでしたよ……」山本氏は私をのぞきこみ、いたわるような調子で、眼の端にしわを刻んだ。「なんといっても、私たちは自然科学者ですからね、ふだんなら自然の冒瀆《ぼうとく》などという、いかめしい言葉を聞いても、たじろいだりすることはまずありません。しかし、胎児の変形加工処理場を想像したときだけは、正直いって、ぞっとしてしまいました」

「私なら、現場を拝見した今でも、かなりぞっとしていますがね」

「そうでしょう……一般に隔絶した未来は、グロテスクな感じをあたえるものらしいです。あるアフリカの未開人は、はじめて都会にやってきたとき、大きなビルディングを見て、人間の屠殺場《とさつば》だと思ったそうですよ……いや失礼、言葉どおりに取られては困ります。つまり、人間生活とのかかわりが理解できないものは、とにかく恐ろしいということですな。無意味で、しかも、自分より強力なものは……」

「すると、この夢みたいな研究にも、ぞっとしないですむような何か理由があるとおっしゃるのですか？」

山本氏はうなずいた。医者が患者を納得させるときのような、感情をまじえない、しかし確信にみちた率直さで、はっきりとうなずいてみせた。だが、すぐには返事はせず、わきにあった金属製の箱を開けてスイッチを入れ、ガラスの壁ごしに、向うの作業員たちに呼びかけた。

「原田君、準備中の種《たね》を一つ、見せてくれないか……」ふりむいて、「胎盤からとりたての、未加工の胎児を、われわれは種と呼びならわしているんです」

作業員の中の一人が肩ごしにうなずいて、台の上から、一つの平たいガラス容器をとりあげ、鉄の階段をのぼってこちらにやってきた。いたずらっぽい目をして、目立たぬくらいの含み笑をうかべている。それが私のこわばりを、幾分かはやわらげてくれたようだった。すぐ耳もとで、頼木が小さく咳《せき》ばらいをした。

「ヨークシャー種の豚です」と通話機をとおして、男が言った。

「附いている？」と山本氏がたずね返す。

男はガラス器を裏返しにして、差出してみせた。

「ええ、うまくいっています」

暗赤色の寒天様の物質の中に、虫のようなものから出た、血管の小枝が、小さく線香花火のように散っていた。山本氏が説明して言った。

「一番むつかしいのは、こうして最初に、種を人工胎盤に定着してやることです。まあ、挿木《さしき》の技術といったところですかな。というより、むしろ種の採取と、その保管……ここまで搬《はこ》んでくるあいだの……その辺に問題があるのかもしれない。なにしろ、外部と接触しなければならず、一番秘密がもれやすいところでしょう」

「現在、豚の定着率は、ヨークシャーで七四パーセントです」

通話器の声に、山本氏はうなずいて、

「あの下に見える作業台で、その選り分けをやっているわけです。あそこだけは人手でやりますが、あとはごらんのとおり、完全に自動化されています。うまく定着した種だけを、コンベアーのこちらの端に、人工胎盤ごとあけますと、あとは機械が次々に搬《はこ》んでいってくれます。端から端まで行くのに、約十日間ほどかかります。途中、一定の間隔をおいて首をふっているコックがありますね。それぞれ微妙にちがったホルモンを、一定量ずつ噴射しているわけです。胎内では、胎児と母体の両方から出るホルモンが互いに作用しあってする、その微妙な変化を、ここでは量と時間に分解して、作用させるわけです。もしこの過程を、胎内の場合と同じようにすれば、当然母親と同じ陸上哺乳動物になるはずですが、それがいささか違ったあんばいにつくられているので……この変化は、α《アルファー》とよばれる分泌方程式であらわされますが、その説明は、まあ省いてもよろしいでしょうな……」

「しかし、その種のそれぞれによって、受胎してからの日数や時間がちがうわけでしょう、それを一律に……」

「いいところにお気づきになりました。豚の場合ですと、大体二週間くらいのものを規準にして採りますが、当然、幾分のちがいはあるわけです。しかし、ある肝心のところ、つまり水棲になるか陸棲になるかの境目のところまではですな、その変化がα函数《かんすう》どおりであれば、成長度のことはあまりうるさく言う必要はありません。母胎にだって、若いのや年とったのや、いろいろ程度があるわけでしょう。ただ、その肝心の時が来たときに、はっきり区別されればいいのです。いま、ここから見える範囲には、ちょっと見当らないようですが……胎盤の色に変化がおきて、それが分るんですが……ちょっと、青みがかってきて……見なれると、すぐ分るんですよ……」

原田とよばれた青年が、早速さがしに、とって返した。それを待ちながら、タバコをどうぞ、かまいませんからと、自分でも白衣のポケットにつっこんであった吸いさしに火をつけて、まるで珍らしいものでも見るように、その煙を目で追いながら、山本氏がつぶやいた。

「空気をすっているおかげで、人間も妙なくせをつけたもんですなあ……」

「つまり、そこまでが、この第三発生室の仕事になるわけですね」と頼木が、例の調子で、うながすように言う。たぶん睡気《ねむけ》で、気がせいてきたのだろう。

私自身が、緊張にもかかわらず、そんな気持だったので、なんだか申しわけないことをしたように、ひやりとしてしまう。しかし山本氏はすこしも気にせず、

「そう……第一室で不純物の除去、第二室で人工胎盤への移植、それからここに来て、胎盤の色変化があったところで、次の第四室にうつし、そこでいよいよ、水棲哺乳類への転換にかかるという順序です。……おや、あったらしい……」

さきほどの青年が、新しいガラス器をもち、差上げるようにしながら、急ぎ足に戻ってきた。なるほど、言われてみれば、そんな気もする。ひろがった血管の枝の周囲

に、ぼんやり影が出来ている。

「ほらね、胎児のほうに、新しい内分泌がはじまったしるしです。こんなふうになったのを見つけたら、すぐに第四室のほうに移すわけですが……原田君、ちょっと表のほうを見せて……ほら、早いものでしょう……この時期の特徴は、背骨がほぼ形をなすことと、前腎《ぜんじん》と鰓裂《さいれつ》が、きわめて活動的な状態にあることとです。その頭の下の大きなひだが鰓裂ですね。背骨のことはともかく、いずれ消えてしまわなければならない前腎や鰓裂が、この時期だけに、なぜそれほど活潑化《かっぱつか》するのか……生物学の講義みたいで恐縮ですが、ここが一番大切なところでしてね……」

山本氏の説明を要約すると、大体次のようなことらしかった。――進化学説には『相関の法則』、つまり生物体の一つの器官の変化は、必然的に、他の器官の変化をひきおこすという、重要な法則がある。個体発生の過程で、系統発生が繰返されるのも、単に過去が繰返されるというだけのことではなく、それが発生を先におしすすめるために必要なことだからだ。当然すべてが繰返されるわけではない。たとえば血液などは、その最初からほとんど成体と同じである。その消滅が、次の生成に必要であるようなものだけが、繰返されているわけだ。たとえば豚にも、前腎の時期がある。これは成体では、ヤツメウナギだけしかもっていないものだ。五日間くらいで、なんの作用もせずに退化してしまう。そしてその後に中腎が形成される。一見、無駄な手続きのようにもみえるが、しかしこの時期に前腎を除去してしまうと、中腎は形成されない。つまり前腎の退化は、ただの退化ではなく、中腎期に進むための、一種の内分泌器官の役割をはたしているわけなのだ。その中腎も、いずれ最後段階である本当の腎臓を形成するための内分泌器官に、分化変形してしまう。

この点は、鰓裂の場合も同じことで、その頭に近い半分が、とくに内分泌腺化して、あとの半分を鰓《えら》から肺に進化させる役目をはたす。その鰓裂の変形したものが、胸腺や甲状腺とよばれている部分なのである。

さて問題は、たとえばこの鰓裂が内分泌腺化しないままに終ったらどうなるか。魚はここで進化が停止した例である。しかし哺乳類の胎児をここで停めてみても、むろん魚にはならない。生活力のない、ナメクジのお化のようなものが出来上るのがせいいっぱいである。なぜなら、すべてが繰返されてあるわけではなく、魚になるために必要な多くの部分が、すでに退化してしまっているからだ――

一気にそこまで話してしまうと、山本氏は、そのはれぼったい唇にかすかな微笑をうかべて、うかがうように私を見た。

「こんな説明で、よろしいですか?」

しかし、返事は待たずに、ドアの方に向って歩きだしながら、「そこで順序としては、第四発生室に御案内すべきところですが、そこは暗室の中でガラス玉がくるくるまわっているだけのことですから、とばして最後の第五室に行くことにしましょう」

「そうそう」と私に道をゆずりながら頼木が肩ごしに、「ぼくが、はじめて和田君に案内されたときも、やはりそんな順序でしたね」

「もし御希望なら、後ほど赤外線ランプで撮《と》ったフィルムをお見せしてもよろしいが……」

「いや、あまり専門的なことは、どうも……」

「なるほど、とくに技術的な興味をお持ちでなければ、その必要もないでしょう……しかし、第五室だけは、ごらんになっておいたほうがいい。ちょっとした、見ものですから……」

25

ふたたび私たちは、先に行くほど下り坂になっていく、長い廊下を進んでいった。

「鰓裂期に、そのまま鰓として完成するか、あるいは内分泌腺《ないぶんぴつせん》に変形するか、そのどちらに進むかを決定するのは……」と、山本氏が壁の反響に気がねでもするように、低目の声で言葉をつぎ、「昆虫《こんちゅう》の変態の場合と同様、神経分泌細胞から出るホルモンの優劣によって左右されるのです。神経組織というやつは、実に不思議なものですね。このホルモンが生体の維持に不可欠なばかりでなく、進化のエネルギーでもあるわけだ。このホルモンをとめてしまうと、その段階で、たちまち分化は停止してしまいます。その方法で、われわれは七〇センチもあるナメクジ豚をつくったことがありますよ」

「そいつ、食えますか?」と頼木が、ちゃかしたように口をはさむ。

こういう事態に対しても、ごく日常的な態度で応じることが出来るところをわざわざ誇示しているようで、私には不愉快だった。

「さあ、食ってくえないこともなかろうが」と、山本氏はべつになんの感慨もなさそうに、「分化の停止は、同時に神経組織も低次の所にとどまったことで、それに応じて筋肉、つまり蛋白質《たんぱくしつ》の進化もおくれているわけだから、味はあまりよくないでしょうな」

白衣の男女が、頭を下げてすれちがった。廊下が、一段低くなり、そこから天井がアーチ型になる。心持ち、勾配《こうばい》も急になったように思われる。海鳴りの音がしたような気がしたが、あるいは耳鳴りだったのかもしれない。

「そんなナメクジ豚程度のものでいいのなら」と、山本氏は見えない箱を支《ささ》えるような手つきで、こちらに体をまわし、「哺乳類の胎児の鰓を残す仕事も、じつに楽なものです。しかし呼吸器官だけを鰓裂期のままにとどめて、あとは成体なみに成長させてやろうというのだから、話が面倒になってくる。正負のホルモンの函数だなどという、一般論ではおっつきません。私たちの研究の誇るべき成果も、まさにそこにあるというわけです……」

「ずいぶん長い廊下ですな」

「いえ、その次の角《かど》をまがった、すぐ突きあたりですよ。コの字型の建物のまわりを、ぐるりと一とまわりしてきたわけです。お疲れになりましたか？」

「なにか、こう、湿度のせいか……」

「湿度はやむをえません、なにしろ海面下ですから……」

その部屋には、ドアがなかった。壁ぞいに、二メートルばかりの幅をぐるりと残して、中央に深い穴がえぐられ、満々と水がたたえられている。小型の室内プールといった感じである。ただ、ちがっているのは、その水槽《すいそう》の内側に照明があり、内部の光景がくっきりと、手にとるように見えることだった。こちらが深く、向うが急に浅くなっているのは、むろん光の屈折のせいだろう。向って左手の壁に、なにやら計器のついた窓があり、正面の右よりの壁にも、それより幾分大きめの窓がついていた。アクア・ラングをつけた二人の男が、計器のある窓の前で、まぶしいように光る気泡《きほう》の柱をたてながら、ゆらゆら宙に浮んで作業中だった。

「獣医と、飼育係です」山本氏が笑いをふくんだ声で言いながら、プールの縁をまわって、右手の小部屋に案内する。

薬品や、手術用の器具や、アクア・ラングや、その他変った形の電気器具などがごたごたと並んだ、いかにも殺風景な感じの部屋である。換気装置が鈍い音をたてて鳴りつづけているが、そんなものではごまかしようのない刺戟臭《しげきしゅう》がつんと鼻をつく。方眼紙をつかって、何かグラフをつくっていた額のせまい小男が、急いで立って椅子《いす》をすすめてくれた。見まわしたところ、椅子は二つしかないらしい。私は断った。あまり長居はしたくなかった。

「見学の方だからね、作業を見やすくするように、言ってください」

小型マイクのコードをひきずりながら出て行った男の後につづいて、私たちもプールのわきに並んでしゃがみこんだ。男の呼びかけに応じて、水の中の二人が顔をあげ、手をふってあいさつを返す。

「あと二分で、次のやつが出て来ます」と男が山本氏を振向いて言う。そういえば水中の男の一人が、指を二本立てて合図していたようでもある。

「いまのところ、五分から八分に一匹の割で生れて来ていますが……」と、山本氏が眼で男にうなずき返し、「ここまでくるあいだに、先生が第三室でごらんになった例の鰓裂期の胎児は、種類によってちがいますが、豚を例にとりますと、約六カ月あまり、この隣の第四室の中で貯蔵されています。貯蔵というのも変ですが……」

「すると」と私は思わず驚きの声をあげる。「五分に一匹の割で、六カ月だとすると、どえらい数になるじゃありませんか！」

「ええ、五段に分けて、一万六千個ずつ、計八万個のストックがきくんですよ」と、例の小男が、顎《あご》をつきだすようにして、指先を鼻の下にあて、タバコの脂《やに》のにおいを嗅《か》いだ。

「もし先生がその方面の専門でいらっしゃったら……」山本氏が水槽をのぞきこみながら言葉をつづけ、「第四室の処理には、さぞかし興味をおもちになることでしょうな……栄養の補給や老廃物の処理はもちろん、温度や圧力の調節……とくにこの温度の問題と——母胎よりもかなり低目にするわけですが——それと鰓裂の分化を抑制しながら、しかも他の器官の分化は促進させるような、人工分泌腺物質の添加……たとえて言うなら、毒をもって毒を制する……いや、そうじゃないな、つまり水の中の塩の結晶を融《と》かさないためには、どうすればいいか、むろん過飽和液にしてしまえばいいわけだ。まあそんな要領で、他には影響を与えず、鰓裂の進化だけをふせぐことに成功したわけです」

プールの中の、窓ぎわの計器に赤いランプがともり、「来ましたよ！」頭のふけを掻《か》きむしりながら小男が叫んだ。

「あれが、人工の産道というわけだな」と頼木がプールの縁に手をついて乗出すようにした。

水の中の男たちも、手をふって合図をすると、気泡が邪魔にならないようになるべく脇《わき》によけながら、窓に向って身がまえる。突然、黒っぽく塗装された金属製の箱が、窓いっぱいにすべり出してきて、五〇センチばかりのところで停止した。すぐさま男たちが計器の操作をはじめる。

「人工胎盤を分離しているのです」

箱の口を開けて、中からプラスチックの袋をひきずり出す。袋はみるみる大きな球にかわる。球の中は赤くにごった液で充満している。男の一人が計器から出ているホース様のものを、球に突き刺し、コックをひねる。

「中の液体を吸いとっているのです。胎盤を分離すると、反射的に鰓呼吸がはじまりますから、この作業はよほど手早くやらなければなりません……」

球は収縮し、中の物体にべったりはりついて、小豚の形になった。小豚は足をふるわせ、もがいている。もう一人の男が、袋の前にメスを入れ、シャツでもめくるように手早く脱がせた。いつの間にやら例の小男が、長い棹《さお》をもってその上に立ち、いらなくなった袋を釣り上げる、手馴《てな》れた動作で、一気に隅《すみ》のドラム罐《かん》の中にほうりこむ。むっと厭《いや》な臭《にお》いがした。さっきからの刺戟臭の正体はこれだったのだ。

小豚は前肢《まえあし》をつかまれ、あぶなっかしい姿勢でもがきながら、全身から桃色の靄《もや》のようなものを発散させていた。相棒の男が、例のパイプの先にブラッシをつけ、それで体の汚物を落し、吸い取ってやる。そうしなければプールの水がよごれてしまうからだろう。耳の中に、金属製の注射器でなにかを注入されて、小豚がはね上った。

「いずれ鼓膜は役に立たないし、それに何かと炎症をおこしやすい場所ですから、あしてプラスチックであらかじめ栓《せん》をしてしまうのです」

「しかし成長につれて……」と、頼木が言いかけたが、すぐにまた口をつぐんだ。私の質問とかち合いそうになったからだ。

「いいよ、君が先に尋ねなさい」

「ぼくの質問は簡単なことなんですが、成長するにつれて、その栓がゆるんできたりはしないかと……」

「なるほど……しかしこのプラスチックは、面白い性質をもっているんだ。重力に関係なく、温度の高い方向にしだいに流れて行く。だから、しぜん体温が直接ふれる周辺に向ってのびていくわけで、うまくその点は解決してくれます。で、先生のほうの御質問は……？」

「つまり、音ですよ……水の中では、どうやって音の問題を……」

「その点はまだいろいろ未解決のところがありましてね……ただ魚の場合でも、耳は骨に被《おお》われていながら、それでけっこう役に立っているわけですから、あるいはこのプラスチックの栓をとおして聞えるのかもしれない」

「ということは、水中の動物が、つんぼではないということですか？」

「むろんですとも。とくに、水棲犬《すいせいけん》など、ほんのかすかな音にたいしても、そりゃあ敏感なものですよ」

「よく沈黙の世界などと言われるけど、海の中も、さほど静かな世界でもなさそうですね」物知り顔に言う頼木に、

「めっそうもない！」と例の小男が割込むようにして、「聞く耳さえもっていりゃ、海くらいにぎやかなところはありませんよ。なにしろ、魚という魚が、さえずりまくっていますから。森の中の小鳥みたいにね……」

「むしろ、問題なのは」と、大きな指で鼻を上から下になでおろしながら、山本氏は首を傾《かし》げ、「音を聞くことよりも、音を出すほうなんです。鰓呼吸ではまさか声帯を利用するわけにもいくまいし、この問題ではまったく悩まされてしまいましたよ。声を出せない犬では、番犬にもなりはしない。もっとも、犬にだけは、なんとか教えこむことが出来ましたが……」

「教えこむって、吠《ほ》えるようにですか?」

「まさか……声のかわりに、歯ぎしりをさせるように仕込んだのです。ある種の魚からヒントを得たのですが、なかなかの名案だったと、われながら自慢の種なんですがね」

清浄をおえた男が、水面近くまで一と跳《と》びに浮き上り、抱《かか》えた小豚を差出すようにして見せてくれた。白い生毛《うぶげ》におおわれた薄桃色のその小豚は、肉のひだのような鰓をせわしく開閉させせながら、きょとんとした表情で水の中から私たちを見上げている。

「もう、眼が開いているんですか?」

「やはり、お気づきになりましたか……」山本氏は面白そうに笑いだし、「呼吸器以外は変らないと申上げましたが、細部を言えば、やはりいろいろと違ったところもある……これは眼が開いているのではなく、眼瞼《がんけん》が退化しているのです」

水の中の男は、豚を小脇《こわき》にかかえなおし、さめかかった青いゴム引きのタイツをくねらせて反転すると、一気にプールを横切って、そのまま向う側のくぐり窓に吸い込まれるように消えた。その後に、つぶされた銀色の泡《あわ》が白い帯になって残っている。

「どこに行ったのですか？」

「乳児の飼育場です。眼鏡……」とそばの男に声をかけ、窓のある側にまわって行きながら、「後程、解剖図でもお見せするつもりですが、退化した鰓裂《さいれつ》から出るホルモンの支配下にあるいくつかの器官には、やはりどうしてもある程度の影響が残ります。その中で一番目立つ特徴といえば、たとえば涙腺《るいせん》、唾液腺《だえきせん》、汗腺といったような外分泌腺の消失でしょう……そのほか、眼瞼の退化だとか、声帯の脱落だとか……そう、それから、この水棲哺乳類《ほにゆうるい》たちの肺臓のことですがね、鰓《えら》が出来たからといって、べつに無くなったわけではないのです。ただ気管がすっかり退化してしまい、気管支の接合部がいきなり食道の壁に口を開けている。だから、肺臓というよりは、むしろ魚の鰾《うきぶくろ》が異常に発達した形といったほうがふさわしいかもしれない……しかしまあ、自然の妙というのですか、涙腺にしても唾液腺にしても、いずれ水中生活者には支障のないものばかりですから……」

「するともう、泣くことも笑うことも、出来ないわけだな」

「冗談じゃない、動物どもが泣いたり笑ったりするものですか！」

水の中にいたもう一人が、鉄の梯子《はしご》をつたって上がってきた。上の小男と交代らしい。小男は白いエナメル塗りの二メートルもありそうな細長い筒をかついできて、私たちに渡すとすぐまた引返し、紺の水中服に着替えはじめた。山本氏が、筒の鍵形《かぎがた》にまがったほうを、水の中におろし、レンズの先が窓のほうに向くようにして、上の穴からのぞきこんだ。要するに潜望鏡をさかさにしたようなものである。

「見えますよ。どうぞ」

うながされて、筒を両手の腹でおさえ、接眼レンズに眼を当てたが、視界全体がぼんやり乳色に光っているだけで何も見えない。レンズがくもったのかと思い、ハンカチをとりだそうとすると、「いや、それでいいのです。そのままじっと、よくごらんになっていて下さい。もやもやしているのは、水のにごりなんですから……」言われてみると、なるほど、何か見えるような気がしないでもない。

「ちらちら、動きまわっているのが、小豚たちです。それから、大きな蜂《はち》の巣のようなものが、いくつも吊《つ》り下げられていますね。あれが人工乳房なんですよ。飲みこぼしは避けられませんから、どうしても授乳室の水はにごってしまいます」

「しかし、どうしてあの濁りがこちらにはやってこないのかな？　べつに仕切りはないんでしょう？」

「あいだに、水流のカーテンがあるのです。授乳室自身も、水流カーテンで四つに区分されていて、それぞれ温度が〇・三度から一八度までの四段階になっている。水流カーテンですから、往き来は自由にできるわけだ。時間によって、乳房を開く場所を変えていきますと、動物たちはいやでも水温の急激な変化に馴らされ、これが皮脂腺や皮下脂肪や獣毛の発達にいい影響をあたえてくれるのです」

しだいに目がなれてくる。白いおしゃぶりの形をした無数の突起で表面を覆《おお》われた、一と抱えもありそうな紡錘《ぼうすい》状の物体に、何十という小豚たちが口先でぶら下がり、それがまるで白くカビの生《は》えた棚ざらしのぶどうのように見えるのだ……時折、そのあいだを、ひるがえる旗のように縫って泳いでいる人影は、アクア・ラングを背負った牧夫たちなのだろう。

「離乳までの約一カ月をここで育て、それからいよいよ、水中牧舎に送られていくわけです……」

T.62
T.61
T.85
0017 牧舎
NO.3

26

注文書第百十二号

一　種《たね》ヨークシャー二頭
一　鱶害《ふかがい》防止用番犬二匹
一　狩猟用多毛犬五匹
一　乳牛改良三号八頭
一　黄雪病予防ワクチン二百頭分
以上、陸上至急便にて急送ねがいます。
新潟M第三海底牧場

山本研究所御中

か？」

「種ヨークシャー……というと、こうして出来た性質は、そのまま遺伝するわけです

ほとんど小さな湖ほどもある水中牧舎の上を、舟べりにサーチライトをつけたボートに乗って渡ってきながら、空気が重くて息苦しかった。

「いや、一代目はまだ無理です。一代目から産れた水棲哺乳《すいせいほにゅう》動物は、なんとか育て上げることは出来ますが、生殖能力がありません……そこで、二代目も、同じプロセスで胎外発生をさせてみますと、こいつには繁殖力がある。そうしてつくった人工的二代目を、とくに種豚とか種牛とか言っているんですが……手間がかかるし、値段も高いので、まだまだ行きわたってはおりませんが、そのうちにはまあ、自分だけの力で繁殖できる、水中動物が珍らしくなくなる時代もくることでしょう」

「しかし、この、新潟の海底牧場というのは？」

「文字どおり、海底の牧場ですよ」

「するとつまり、製品を市場に出しているわけですか？」

「そういうことになると、私にはよく分りません。しかし、去年の暮あたりから、急にこういう注文が増《ふ》えはじめましてね……最初はたしか、房総《ぼうそう》A第一海底牧場というのだったかな。そのほか、太平洋KL深海牧場などという、わけの分らないのまであ

って……これまでに出した動物の数は、牛豚合わせて約二十万頭だから、陸上の全国保有頭数の五パーセント強……おそらくその全体が、一つの組織になっているのでしょうから、あるいは事業としても、成立っているのかもしれませんね」

「信じられない」

「いや、私にもよくは分らないのですよ。しかし、深海底の堆積物《たいせきぶつ》、例の海雪《マリンスノウ》の堆積物でしょうね。あれが豚の飼料にすばらしくいいんだそうです。そうなると、豚の飼料は無尽蔵になる。羊のように、放牧することさえできるわけだ。事業として成立つ可能性も、じゅうぶん考えられはしませんか？……そら、その下、真空搾乳機《さくにゆうき》で乳をしぼっているところです……」

「しかし、これほど大々的な事業をしていて、その噂《うわさ》も立たないなんて、とても信じられない……」

「そう、よほどしっかりした組織なんでしょう……」オールを握っていた頼木が、急にさそいをかけるように口をはさんだ。私はまだ、頼木を敵とも味方だともきめかねていたから、その調子がどちらに向けられたものか、すぐには判断をつけかねていた。じっさい、私は迷っていた。たしかにここを訪れて、私の考えは一変させられた。その点はまさに頼木が言ったとおりである。それまでは、耳にするさえ不愉快だった、例の胎児ブローカー説が、いまではごく自然なものにさえ感じられる。そうなると、この数日間におきた一連の事件の意味も、もう一度最初から整理しなおさなければならないわけだ。あの会計課長が殺された事件も、それ自体では、もはや事件の中心にはなりえない。

いつの間にやら真犯人追求という、当初の意欲はおとろえて、いま私の心を占めているのは、むしろあの奪われた私の子供のことだけだった。犯人の問題については、それで予言機械が守られるなら、いっそのこと、やはり例の情婦が犯人だったのだと嘘《うそ》の予言を出してもいいくらいの、妥協的な気持にさえなっている。ある意味では、ここを訪れたことによって、一歩真相に近づいたと言えなくもないが、しかしそれ以上に、問題の解決からは、遠のいてしまったような気もするのだ。遠のいたなら、遠のいたでもかまわない。こんなことにかかわり合うのはもう沢山だ。頼木は、警察が疑っているとか何んとか言うが、警察だって体面は大事なはずである。嘘でも、予言機械の嘘ということになれば、迷宮入りよりはましだと考えるにちがいない。……いまはただ、一刻も早く引上げて、静かで正確なあの予言機械のそばに落着きたいだけである。

しかし、そのまえに、どうしてもしていかなければならないことが、一つある。あの奪われた私の子供を、なんとしてでもさがし出し、事前にその生命を絶ってしまうことだ。それさえやりとげれば、あとはもうきっぱりと手を引いてしまおう。そして今度こそ、まったく平凡な人間をさがしだし、一切をはじめからやりなおすのだ。そう言えば、和田が自分を予言してもらいたいとか言っていたっけ……彼女がサンプルなら、きっと可愛《かわい》らしい……いや、女も年をとれば可愛らしくはなくなるな……すくなくも、小さなよろこびや、小さな悲しみで織りなされた、平和で静かな未来がほぐし出されることだろう。面白味はないが、サンプルとしてなら、これほど確かなものはなさそうだ……

「しかし、なんのために、これほど秘密にする必要があるのだろう?」

頼木がもて余したように沈黙を破った。ちょうど、そのときボートが向う岸についた。山本氏は、大きな体にも似合わぬ身軽さで、陸の上にとびあがり、私に手をかしながら、いかにも屈託のない穏かな調子で答えるのだ。

「それは、この仕事が、あまりに革新的すぎるからですよ。国内的にも、国際的にも、しまいに何《ど》ういうことになるのか、あるいは機関の首脳部にも、はっきりとした見とおしは大変な影響があらわれるにちがいない。しかし、これをおしすすめていったら、しまいに何ういうことになるのか、あるいは機関の首脳部にも、はっきりとした見とおしはつかんのじゃないか……」

「見とおしのつかないようなことを、なぜやるんです？」

「まあ、財界のお歴々にしてみれば、こうして人工植民地の開発でもしなければ、昔のように、けっこうな商売をさせてもらえる後進国もなくなってしまったんだし、それに少くも、戦争よりは確実な投資でしょうからね……もし先生のところの予言機械が、変にジャーナリズムにさわがれたりせず、こっそり秘密にかくされていたとしたら、さっそくおえら方がとんで行って、水中植民地の未来を予言してもらっていたことでしょうよ。一体どんな答えが出るやら、考えただけでもたのしみだな。モスクワの予言機は、未来は共産主義だと予言したそうですが、まさか、海底の植民地までは考えていなかったでしょうからね」

「私のところは、政治的予言は一切やらないことになっています……」

「そうでしょう。社会を予言でしばることは、なんたって自由精神に反することですからな」

水中牧舎の岸にそって、コンクリートの高い壁があった。ドアがあり、中はまた室内プールだった。さっきのよりは、幾分ひろく、四方に格子《こうし》のついたくぐり穴が開いている。ちょうど、アクア・ラングを背負った調教師が、鎧《よろい》をつけたように黒光りのする犬を、訓練しているところだった。

「これがさっきの、注文書にあった、狩猟用多毛犬です。ああして、長い毛を特殊な油で固め、皮膚を保護してやってるのです。どんなところにでも、もぐりこんで行かなければなりませんからね。ほら、足にゴムのひれをつけているでしょう。あれが使いこなせるようになれば、一人前なんですよ。明朝が出発なので、最後の訓練をしているところです」

とつぜん犬が、きっと首をのばし、頭を下にしてひねるように身をひるがえすと、全身を一直線にして格子戸の一つにとびかかり、反転すると次の瞬間、その口にはもう一匹の魚がくわえられている。

「あれを食い殺さないところが、こつなんだそうです」と、頼木が注釈をくわえ、山本氏がつづけて、「くわえているあいだは、口から息ができませんから、鼻から海水を鰓に流しこまなければならない。それができるのは、こうして訓練された犬だけなのです」

犬は、口ごと、調教師がもった袋の中につっこみ、調教師が袋の口をおさえるのを待って、やっと魚をはなした。なるほど魚は、袋の中で生きて動いていた。

「先生」と頼木が急に思いついたように、「あの動物たちを陸送するのに、どういう方法をとるか、御存知ですか？　なかなか面白いんですよ。ほら、後ろに鎖をひきずっている、石油運搬用のトラックがあるでしょう。あのタンクに詰めて送るんですって。名案じゃないですか。ああいうのが、五、六台もつながって走っているのを見ると、ぼくは思っちゃうんですよ、ははあ、やっていやがるな……」

「それでつい、知ったかぶりをしてみたくなるのじゃないのかい？」山本氏がからかうように言い、「まさか！」と頼木があわてた声で答えて、それから二人はさも可笑《おか》しげに笑いだした。

しかし私は、笑うどころではなかった。つくり笑いをする気力さえないのだ。その笑いに合わせて、疲れた眼が、しだいに親指の幅ほども奥にくぼんで行くような気がしていた。

27

帰りの車は、研究所で出してくれた車だったから、運転手を警戒して、なにも言わなかった。私が頼木に言いたいのは、ただ一つのことだけだったし、ほかのお喋《しゃべ》りなら、もう沢山なのだ。頼木も疲れたらしく、黙りこんでいた。やがて私は眠ってしまっていた。ゆすり起されたのは、家の前だった。ひどい頭痛がしていた。

「明日は昼まで寝ることにする」

「明日って、もう午前四時ですよ」

頼木が弱々しく笑って、窓ごしに手をふったのを、眼の端でかすかに受けとめ、家の中によろけこむ。立っているのがやっとだった。妻は無言だったが、もうそれさえ気にならない。枕元《まくらもと》のウイスキーをとろうと手をのばしかけたが、それがとどく間も待てずに、眠ってしまっていた。

夢の中で、私は繰返し何度も、山本研究所につれもどされた。車にのって出発するのだが、すぐにまたべつの山本研究所に着いてしまう。鏡ばかりの部屋に立ったみたいに、すべての道が、山本研究所に向って無限に繰返されるのだ。そして門の中には、恐ろしいものが住んでいる。どんなふうに恐ろしいのかは、うまく説明できないのだが、とにかくたまらなく恐ろしいもの。始業ベルに間に合わず遅刻してしまったので、私を罰しようとしているのだ。門の向うでは、私に対する告発がはじまっている。心臓が鼓動を一つ打つごとに、その告発はきびしさを増していく。私は急がなければならないし、逃げもしなければならない。しまいに私は、逃げているのか先に進んでいるのか、自分でも分らなくなってしまうのだ。そしてまた、すぐそこに山本研究所の門が待っている……

十時過ぎ、家で寝ていたことに気づいて、ほっとする。そのほっとしたことが可笑しくて、つい笑いだしてしまう。若い時分、酒を飲みすぎて帰った夜などには、よくこういう夢をみたものだ。もう一度寝ようかと思ったが、急にあることが気になりだして、こんどは本当に眠られなくなった。

起出して、電気掃除機の鳴っている方角をさがした。二階の書斎だった。

「うるさかった?」と、顔もあげずに言い、手をやすめようともしない。

「べつに……ちょっと聞いておきたいことがあったんだ」

「昨日はいったい、どうしたっていうの?」

「仕事だよ」

「あまり帰りが遅いから、あれから研究室に電話してみたのよ」

「ほかで仕事をしていたんだ!」しだいに私は苛立《いらだ》ち、今なら、当然腹を立ててもいい権利があるような気がしはじめていた。本気で腹をたてようとしたとき、電話が鳴った。中断されてほっとした。

電話は新聞社からだった。モスクワ2号が、太平洋海底火山群の活潑化《かっぱっか》を予報し、それと最近の異常気温の関係を追求したいから、日本の関係者の協力を求めたいと申し入れてきているそうだが、計技研の予言機械は、その申入れに応ずるつもりがあるかどうかというのである。例によって、ニュース関係は一切、統計局付属のプログラム委員会を通じてすることになっているからと断った。こういう電話のたびに感じる屈辱感が、今日はいっそう強く、特別な意味をもってしみわたってくる。

……窓の外を、まぶしく光る丸い雲が、みるみる形を変えながら、融《と》けていく。その下には葉をつけた枝があり、隣の屋根があって、庭がある。こうした日常的な連続感を、つい昨日までは、このうえもなく確実なものだと信じてきたものだ。しかし今はちがう。昨夜見たのが現実なら、この日常感はむしろ、いかにも現実らしい嘘だと言うべきではあるまいか。なにもかもが裏返しなのだ。

予言機械をもつことで、世界はますます連続的に、ちょうど鉱物の結晶のように静かで透明なものになると思いこんでいたのに、それはどうやら私の愚かさであったらしい。知るという言葉の正しい意味は、秩序や法則を見ることなどではなしに、むしろ混沌《こんとん》を見ることだったのだろうか……？

「本当に、大事なことなんだ。昨日、むりやりにつれて行かれたというその産院ね、どんな場所だったか、もう一度よく思い出してもらいたいんだがな……」

妻は疑わしげに私の視線を見返したまま、答えなかった。むろん彼女には、それがどんなに大きな問題であるのか、分ろうはずもなし、また私がまったく関知してないなどとは、想像も出来なかったにちがいない。かと言って、説明してやることもできず、もどかしさのあまり、私はまた腹を立てそうになってしまう。たとえ、秘密厳守という例の一方的な押しつけがなかったとしても、妻に真相を知らせることは、事態をよけいに複雑にしてしまうだけのことだろう。私でさえうちのめされてしまった、あの堕《お》ろした子供の行方《ゆくえ》について、もし彼女が知ったら……と、その反応を想像してみただけでも、気がめいってしまうのだ。

しかし何んとしてでも聞き出さなければならない。なにかうまい嘘はないものだろうか？

「そこは、本当に産院だったと思うかい？」

「なぜ……？」とかすかに動揺の色がうかぶ。

「いや、実を言うとね、どうも、嫌《いや》がらせだったんじゃないかと思われるふしもあるんだよ」

「何んの？」

「昔の友達にね、気が変になった産婦人科の医者がいるんだ」

普通だったら、笑わずには言えないような、まずい出まかせだったが、それを真面《ま》目《じ》《め》な顔で言ったのだから、効果は覿面《てきめん》だった。妻の表情がみるみる固くこわばっていく。たしかに、女にとって、これほどの侮蔑《ぶべつ》はそうざらにはあるまい。もしそれが本当なら、いたずら半分に、ベッドに寝かされ、胎児をもぎとられたわけである。

「そう言えば、なんだか、病院なんかじゃなかったような気もするわ」

「で、どんなふうだった？」

「そうね……」目を細め、後ろに引いた頭を小さく左右にふりながら、「がらんとしていて、ひどく暗いのよ……」

「海のそばだったんだろ？」

「うん……」

「二階屋だった？　平屋だった？」

「そうねえ……」

「庭に、沢山、ドラム罐《かん》がころがっていなかったかい？」

「さあ……どうだったかしら」

「その医者はどんなだった、大男だったかい？」

「そうね、そうかもしれない」

「なんだい、さっぱり憶《おぼ》えていないんじゃないか」

「だって、変な薬を飲まされちゃったでしょう。ぼんやりは、思い出せるような気もするんだけど、自分の記憶じゃないみたいな気がして……でも、薬を飲まされる前のことだったら、はっきり憶えているわ。あの顎《あご》に黒子《ほくろ》のある看護婦さんだったら、街で会ったって、すぐに見つけだしてやれる」

しかし、残念ながら、山本研究所でも顎に黒子のある女には行きあわなかった。どうやら残された手段は、一つしかなさそうである。つまり、妻を予言機械にかけて、その記憶を掘り出してやることだ。だがこの道は、かなり危険な道でもある。その道の途中で、例の近藤ちかこという女は、毒殺されてしまったのだった。……はたしてそれほどの危険をおかす価値のある試みだろうか？

踏みきったのは、べつにそうした価値判断のためだけではなかった。多分、こみあげてくる、やたらな立腹のせいだったと思う。そういう仮定や不安を持たされたというだけでも、我慢のならないことだった。終始私がつきそって、見張っていてやれば大丈夫だ。それでも危険があるかもしれないなどと思うのは、かえって自分を侮辱することである。

妻に言った。

「さあ、急いで仕度《したく》をしなさい……」

28

妻は疑わしげに、私を見たが、べつにそれ以上聞き返そうとはしなかった。聞き返す余地をあたえない、語気の強さのためだったろう。説明なしに、納得してもらわなければならない場合だってあるのである。

とは言え、こわばった表情で、着がえのために階下に降りていく妻の後ろ姿を見送りながら、私が妙に自己分析的な弁解がましい気分になっていたことも否定はできまい。いったい私は、本気で妻を保護してやろうとしているのか、それとも単に、道具として利用しようとしているだけなのか？　と、そんな疑問にやましい気持で首をかしげてみたりする。だが、なぜそんな気持になったのかは、やはりうまく説明できないのだ。もしかすると、やがて私たちを待ちうけているはずの、恐ろしい結末を、心のどこかで、すでに予期していたのだろうか？

私が、なにかにつけて、確信を失っていたことは事実である。判断らしい判断はなにもない。ただむやみと不安なのだ。ひたすら逃げ出そうとする、消極的な気分でいっぱいなのだ。息子か娘かは知らないが、私の子供が鰓《えら》をもった水棲《すいせい》人間として誕生し、やがて成長したとき、私たち両親のことをいったいどんなふうに考えるかと、それを思っただけでもぞっとしてしまうのだ。この事実にくらべれば、嬰児殺《えいじごろ》しなど、むしろ上品で人道的な行為だとさえ言えはしまいか……。

汗が、鼻の頭からしたたりおちて、われに返った。十分ちかくも、私はぼんやり立ちつくしたまま、まだ顔も洗っていないのだ。階下におりて、歯ブラシを口に入れると、まるで二日酔のあとのように吐き気がした。

電話が鳴った。脅迫の電話?――こちらの行動のすべてを見すかしている、いやがらせの電話――口をすすぎおわるのを待たずに、とびだして行った。しかし電話は、プログラム委員会の友安からだった。

「例の、モスクワ2号からの、協力申入れの件についてですがねえ……」

そのねばっこい口調にも、私はもういつものように苛立ちはしない。「駄目なんでしょう?」と、事もなげに受け返す。

「いやいや、駄目というわけじゃない……ここのところは、とりあえず、保留静観ということにしていただいて……」

相変らずだ。またもや新聞は黙殺だろう。保留や静観ばかりでは、ニュースにもなりはしない。それに最近では、予言機械が非人間的だという宣伝が行きとどいてか、一般の関心までがすっかり薄れてしまったようだ。しかし、今の私には、もう何《ど》うでもいいことだった。そんなことにかまっている余裕はない。もし、未来の首根っこをつかんでいるつもりの、臆病者《おくびょうもの》の友安が、昨夜私が見てきたことの百分の一でも聞き知ったら……黙っていると、友安が言葉をつづけ、「ときに、お仕事のほうは……？明後日の委員会を、たのしみにしておりますが……」

「まあ、一般人格係数だとか、基礎的なところでは、かなり面白い報告が出来るだろうと思います」

「で、例の犯人の件は？」

唇《くちびる》の端から、白い唾液《だえき》が糸になって手の甲におちた。「今日中に、報告案を一括して、頼木のほうから提出させますから……」はらいのけるように、いきなり電話を切ってやる。

受話器を置くのと同時に、また電話が鳴りだした。そして今度は、まぎれもなく、あの私とそっくりの声をした、例の脅迫者からの電話だった。

「勝見先生ですね？　いや、ずいぶん早く出ていただけましたね。まるで私の電話を待っていて下さったみたいで……」笑いをふくんだ私の声で、からかうように言い、返事も待たずに、ぐっと真面目な調子にかわると、それはますます私の声に似てくるのだ。

「いや、みたいではない、じっさいに私を待っていて下さったのだ……そうでしょう……なにしろ先生は、私がつい御忠告申上げたくなるようなことを、こっそりたくらんでおいでになったのだからね……」

たしかに私は、この脅迫の電話を、半ば予期はしていた。なにか行動をおこそうとするたびに、きまってまつわりついてきた、執念ぶかい妨害である。同時に、予期していたとはいえ、まごつきもした。というのは、私の家に盗聴器をつけでもしないかぎり、妻を予言機にかけようという私の計画を予知できたのは、昨夜までの行動を、すっかり共にしてきた頼木以外には考えられず……と言って、これまであれほど巧妙だった頼木が、急にこれほどあっけなく尻尾《しっぽ》を出してしまうというのも、同じくらい不自然なことだ……見えない監視者の気配を身近に感じて、私はぞっとしてしまった。

「待っているもんか……偶然だよ！」

「そりゃ分っています。私が電話する前は、ちょうど話し中でしたからね……」

私は混乱してしまう。私の理解では、せいぜいのところ、私の声で話す予言機械の声をテープに吹きこんだものくらいにしか考えていなかったから、いくらそいつが情況に応じた文句をしゃべろうと、まさかこちらの言葉に正しく応答しようなどとは、想像もしていなかったのだ。

「ははあ、びっくりされましたか？」と、相手は私の狼狽《ろうばい》をみぬいたらしく、笑ったのかもしれない、送話口に強い風が当り、「しかしこれでそろそろ、私の正体がお分りになったでしょうな？」

「誰だ？」

「誰って……まだお分りにならないんですか？　では、もう一つ、ヒントを差上げましょう。今かかっていた電話は、プログラム委員会の友安さんからですね」

「頼木だな！……いや、もちろんおまえは機械だ。ただの声だ。しかしあやっているのは頼木にきまっている。そこにいるんだろう。早く出しなさい！」

「無理をおっしゃる。しゃべっているのが私なら、聞いているのも私ですよ。私は自分の意志でこの電話をかけたんだ。人にあやつられているだけの機械に、こんなに当意即妙のうけこたえが出来ると思いますか？……たとえば、いま先生は口にいっぱい唾《つば》をためて、お話しになっていられる。もしかすると、口をすすぐ途中でやめてこられたんじゃありませんか？　そうでしょう？　なんなら口をすすいでこられるあいだ、お待ちしてもいいんですよ。いや、失礼でしたかな。べつにふざけるつもりで言ったのじゃありません。ただ、私が、まったく自分の意志だけで話しているということを……」

「だから、誰なのか、はっきり言ってしまったらどうなんだ！」

「そうですな、たぶん、それがよろしいでしょう……では、本当に、お気づきにならないんですか……まあ、そうかもしれない。だが先生も、私の声が、先生の声にそっくりだというところまでは、むろんもう気づかれているはずだ……あるいは、他人の空似かもしれない……と、そんなふうに先生はお考えになった……いえ、よろしいんですよ。けっきょく、先生が私の正体を知ろうとなさらない、いや、知ろうと努力なさらないということと、こうして今、私が先生に電話をさし上げなければならなかったこととは、いわば一枚のメダルの裏表のようなもので……だから結局、私が要件をお伝えすること、それ自体が……」

「じゃ、なぜ、直接ここまで出向いてこないんだ？　そうすりゃ話も、ずいぶん簡単になるはずだ」

「そうでしょうか？……残念ながら、それはできない……それに、話といったところで、もともとそんなに複雑なわけじゃないんだから……」

「それじゃ、簡単にすませていただきましょう」

「けっこうです」いくぶん語気を強めて、「つまり、あなたは、とりかえしのつかない決心をされたということです」

私は注意しなければならないと思った。この相手はやくざのような言葉から、役人のような口調まで自由自在につかいこなすということは、表向きの一枚看板だけですませているような、ふつうの人間ではないらしいということだ。身分職業という仮面の内側にまで立入って、人に接する職業といえば、まず刑事か恐喝屋《きょうかつや》というところだろう。こちらの考えを見ぬいているようなふりをして、案外誘導尋問にかけようとしているのかもしれない。

「なるほど……」と低く咳《せき》こみながら、相手は私の沈黙に応じた。「そんなふうに私を疑われるのも無理はない。しかし、私には分っているのです。あなたはいま、奥さんをさそって外出なさろうとしている。そうでしょう？……いや、近所の家から、双眼鏡でのぞきこんでいるだなんて思わないで下さい。もっとも、見張りの者が、いまお宅の前に張り込んでいるのは事実だが……そら、ちょっとその廊下の突当りの窓からのぞいてごらんなさい、早く！」

うながされて、受話器をはなし、言われたとおりにのぞいてみると、門の前を左から右に、例の尾行者が退屈そうな表情で通りすぎるところだった。受話器が呼んでいる。戻って、音をたてないように、こっそり取りあげた。

「いかがです？」どうして私が戻ったことを知ったのか、こちらが黙っているのにもかまわずに、「せんだってあなたが格闘なさった、例の若者ですよ。なかなか有能な、暗殺の専門家なんです」

「いったいどこから掛けているんだ？」

背筋のこわばりが、頭までひろがって来るのを、じっと耐え、電話をしながらここをのぞけそうな窓のある家を、頭の中の地図でたぐってみる……

「いや、だから近くでかけているのではないと言ったでしょう。そら、ちょうどい、近くを消防自動車が走っている。窓を開けますよ。聞えるでしょう？　しかし、お宅のほうでは聞えていない……」

「録音機をつかえば、それくらいの芸当はわけないさ」

「ごもっとも……では、こちらの電話番号をお教えしましょう。局番が分れば、疑いもはれるでしょうからね。一度切って、この番号にかけなおしてみてください。よろしいですか？」

「もうけっこう。そんなことは何《ど》うでもいい」

「いいや、よくはない」と、急にさとすような口調になり、「ここのところが大事なんだ。つまり、こちらには、一切が見透しなんだと言うことね……」

「なるほど、それで？」

「分らないんだなあ、君は……」と脅迫者は大きく溜息《ためいき》をつき、君という、その打って変った対等の呼びかけも気にならなかったほど、その調子にはなにか切実なものがこめられていた。「これほど言っても、まだ気がつかないのかい？……おれじゃないか。君自身だよ……おれは君なんだよ！」

29

ながいあいだ、私は身じろぎもしなかった。体だけではなく、心の中までもじっと動かなかった。それはもう驚きといった、生やさしい感情ではなく、そう言われてみれば、最初からそう思っていたとも言えそうな、そのくせ今にも気が狂いそうな、平静と混乱がいりまじった異常な気分だった。その平静さを例えてみれば、誰か見おぼえのある奴《やつ》だと思っていたのが、実は大鏡にうつった自分の姿だと気づいたときの、あの馬鹿々々しいこっけいさ……それから混乱のほうはといえば、夢の中で自分は魂になり、天井に浮んで自分の屍体《したい》を見下ろしているときの、いやにもの悲しい絶望感……。

やっとの思いで、私は言葉をさがし、組立ててみた。

「すると、君は、予言機械でつくった、おれの合成物というわけか……」

「そうも言えるが、そんなに単純なものじゃない。ただの合成物が、こんなふうに話し合ったり出来るはずがないじゃないか」

見えない相手に向って、思わずうなずき返しながら、「でも、まさか、意識をもっているわけじゃないんだろう？」

「まさか……」と、うるんだ声で鼻をならし、「おれには肉体がない。君が想像しているとおり、あらかじめ録音されたテープにすぎないんだ。むろん意識なんて上等なものを持っているはずがないさ。しかし、意識以上の必然性と確実性をそなえている。君の思考の働きを、おれはすっかり事前に知ってしまっているんだ。だから君がいかに自由にふるまおうとしてみたところで、いずれおれの中に予定されているプログラムから、一歩も外には出られないというわけさ」

「君の言葉の草案をつくった奴は誰だ？」

「誰でもない。君自身から必然的にうまれてきたものだよ」

「すると……」

「そのとおり、おれは、第一次予言で君の未来を見てしまった、第二次予言値なのさ。要するにおれは君なんだよ。君を知ってしまった君なんだよ」

急に自分が、遠く、小さく、はるかなものに感じられた。いままで自分がいたところには、どっしりと大きくて、すべすべした痛みが、床屋の飴《あめ》ん棒のようにじれったい速度で、きりきりとまわっている……

「しかし、その君に電話をかけさせたのは、やはり頼木か誰かなんだろう？」

「まだそんな事を言っている。君はまだ事態をじゅうぶんには飲込めていないようだね。おれの意志は、君の意志なんだよ。ただ君にはまだ自覚されていないだけなんだ。君が自分の未来を知ったらするだろうように、しているだけのことさ」

「録音機が、どうやって動ける？」

「つまらんことを言うなよ。もちろん、人にたのんでいるのさ。手を貸してくれているのは、君の想像どおり、頼木君だがね……しかし彼の陰謀だなどと思っちゃいけない。彼のこれまでの行動は、すべておれの依頼によるものなんだ。おれの頼みということは、すなわち君の頼みでもある。頼木を疑うくらいなら、自分自身を疑ってみたほうがいいくらいなもんだ……」

「いいよ、そういうことにしておこう……しかし、なぜ、あんな脅迫がましい電話をかけたりして、おれを混乱させようとしたりしたんだい？」

「混乱じゃない、警告だ」

「何もそう遠まわしなことをする必要はないじゃないか。君はおれの未来を知っているんだから、おれの敵も知っていたわけだろう？　もっと素直なやり方も、あったんじゃないのかね？」

「敵、か……相変らずの言い種《ぐさ》だな……まさに敵は内部にありだよ。そういう考え方こそ、実はわれわれの敵だったんだ……おれはただ君を破局から救い出そうとしてって……ああ、そうだ、ちょうどいいや、そこに貞子が……いや、いくらおれは君だといっても、おれがこんな言い方をするとやはり耳ざわりかな……まあ、奥さんと言うことにしてもいい、仕度をおえてそのドアの向うに待っている。この電話の奇妙な空気に、きき耳をたてているらしいよ。おれからちょっと聞いてみたいことがある。呼んで、かわってもらってくれないか……」

「とんでもない」

「まあ、そう言うだろうとは思っていた。一つのことを話してしまえば、ぜんぶを話さなければならなくなるからな。しかし君には、そんな勇気はない。現に、出掛ける理由だって、まだ話しちゃいないんだろう？　もっとも、今となっては、もうそんな必要もないわけだが……」

「なぜだ……？　おれはこんな侮蔑《ぶべつ》を黙って見のがしておくつもりはない……」

「まあいい。彼女を電話に出すのがいやなら、君から聞いてもらってもいいことなんだ。そら、例の、彼女をだましてつれていった、黒子《ほくろ》のあるニセ看護婦のことさ……君の奥さんはたしか、顎《あご》に黒子があったとか言っていたっけね……しかし、思いちがいじゃなかったのかな？　黒子の場所は、顎ではなくて、上唇の斜め上じゃなかったのかな？」

30

息苦しくなって、あえいでしまうまで、私は息をするさえ忘れてしまっていたほどだ。はるか遠くから、かすかな一条の光がさしこみ、するとあたりの光景が一変してしまう。顎ではなくて、上唇に黒子のある女……記憶などというものは、あいまいなものだから、あるいはそんな錯覚もあったのかもしれない……とすると、その看護婦は、実は私の助手の和田勝子ではなかったのか？　和田の上唇には黒子がある。彼女はそれを気にして、目立たないように、うつむきがちにするくせがある。すると自然、黒子は顔の下端で目立つようになり、ぼんやりした記憶の中では、それが顎に移動することもじゅうぶんにありうるわけだ。

「おい貞子！」狼狽しきった私は、家中に聞こえるような大声でわめきたてた。「その看護婦の黒子は……」

いきなり目の前のドアが動いて、びっくりしたような妻の顔が、はすかいに突出される。

「なによ、びっくりするじゃないの」

「だから、その黒子は、顎じゃなくて、この……このあたりにあったんじゃないのか？」

「そう……そう言われれば、そんな気もするけど……」

「どうなんだい、え、はっきりしたところは？」

「見れば、思いだすんだけど……そうね、そんな気もしてきたわ」

「まさにそうなんだよ……」電話の中の私が話しかけてきた。

私は急いで手をふり、妻を向うに追いやろうとした。しかし彼女は立去らず、冷い目つきでじっと私を見返すのだ。なぜそんな顔をするのか、まったくわけが分らない。やむなく受話器を強く耳におしあてながら、黙って背を向けた。

「つまり……」と彼——もう一人の私——は言葉をつづけ、「その女は、君の想像どおり、あの和田君だったのだ。今年の正月、研究所の連中がそろって家にあいさつによったとき、たまたま彼女は風邪《かぜ》をひいていたのでこられなかった。それで、君の奥さんは彼女を知らなかったというわけさ、どうだい、こうと分れば、君のその敵だとか味方だとかいう観念も、もはや役に立たないことが分っただろう？」

「そのとおりなら、結構な話なんだが……彼女のしたことも、おれの依頼、つまりは君のたのみでしたことだったんだからね」

「何が不服なんだ？」

私はそっと振向いてみた。妻はもういなかった。

「……だから、ますます、全部が敵に見えてくるばかりだということさ」

「そうだろう……」彼はおだやかに、思いなしか嘆くような調子をこめて、「つまり、君自身が、どうにもならない君自身の敵だったというわけさ。おれたちは、君のために、ありったけの努力を積み重ねてきたんだよ……」

「分ったよ、もう沢山だ！」とつぜん、むしょうに腹が立ちはじめ、「だから結論を言ってくれ。どうどうめぐりはもう沢山だ。いったい私に、何をしろって言うんだね？」

「おかしいな、結論はもう出たと思っていたんだが……つまりもう、奥さんを外に引っぱり出してまで、ごたごたをおこす必要はないということさ……」

「どうして、ごたごたがおきたりする？」

「だってそうじゃないか……それとも君は、奥さんが説明ぬきで、大人《おとな》しく予言機械にかかってくれるとでも思っていたのかい？……だとしたら、いやはや、君もまったくおめでたい人だ……どうやら君は、おれは見て見ぬふりができる、冷い人間だなどとうぬぼれていたらしいが、それはただ君が退屈で、保守的な人間だったというだけの話で、今となっては心の中をのぞかれることなど、逆に彼女のほうからお断りしてくることだろうよ……なぜって彼女は心の中に、どうしても君に見られたくないものを持っているからさ……いや、安心したまえ、不貞や嫉妬《しっと》の種になるようなことじゃない。しかし、それよりも悪いことかもしれないぞ……軽蔑《けいべつ》とあきらめというやつさ」

「馬鹿々々しい……」

「いや、伏兵というやつは、まったくとんでもないところにいるものだからな。思わぬところに、障害があって、それが運命の曲り角になる……つまり、君は、奥さんを説きふせるために、ついこっそりと、事実の一端を打明けざるをえなくなる……そして君は、山本研究所でかわした例の約束を、心ならずも破らされてしまうというわけだ」

「そんな仮定をもとにした……」

「いや、仮定なんかじゃない、もうはっきりときまっていることだ……結論が出たも同様さ……もしおれがこの電話をかけていなかったら、かならずそうなっていたにちがいない。もっとも、まだ、逃げ道はあったんだがな……たとえば、山本氏にたのんで、あらかじめ君の奥さんの、見学許可も申請しておくとか……しかしそんなつもりは、まずなさそうだな。君の考えは、まったく逆の方向にむかっている。そうだろう？　君はあの研究所に行って見て、せっかくそれまでの日常性を、裏返しの現実かもしれないと思いはじめたというのに、ただ自分の子供を殺して、未来とのつながりを絶ち、裏返しの世界に逃げこむことばかりを考えている。……おぼえているかい、昨夜和田君が、君とおしゃべりしながらこれは裁判だと言ったのを。そうだよ、あれは本当に裁判だったんだ。そしていまおれが言っているのは、その判決かもしれないな。君は予言機械の制作者にも似合わぬ、しんからの保守主義者だ。まったくおどろくべき保守的人物だよ」

「わざわざ、そんなお説教のために電話をくれたのかい？」

「他人事《ひとごと》みたいなことを言うなよ、おれは君なんだぞ……まあいい……とにかく、犠牲者の数は最小限にとどめておきたい。君も、あの看護婦が和田君だったことを知った以上、もう奥さんを予言機械にかける必要もなくなったわけだ。それさえ納得してもらえれば、それでいいんだ」

「やはり、おれの子供も、水棲《すいせい》人間用の人工胎盤の中に入れられているというわけか?」

「そのとおり」

「なぜだ? なぜそんなことをする必要があったんだ?」

「分っているよ。君がそのわけを知りたがるだろうことは……さっき山本氏も、君が人間の胎外発生について、当然質問してくるだろうと予期していたのに、随分遠慮深い人だと、笑っていたそうだ。だからおれのほうから、水棲人間の養育場の見学願いを、ちゃんと申請しておいてやった。こちらはこちらで、家畜のほうとは、またべつに申請しなおさなければならないんだ。たぶん審査はもう終っているころだろうが、返事は君が、直接その委員会に出て聞いたらいい。たぶん五時すぎに、誰かがそこまで、迎えに行くはずだから……」

「もう一つだけ……いったい、あの会計係殺しの真犯人は、誰だったんだ?」

「むろん、頼木君さ……しかし、早まっちゃいけない、その命令を出したのもおれ、すなわち君だったんだからね」

「知るもんか!」

「知らなくたって、そうなんだから仕方がない」

「そこにいるのは、頼木だな……いま、咳《せき》をした……」

「いや、和田君だよ」

「誰でもいいから、早くかわってくれ！」

「かわりますか？」と彼が振向いて声でたずね、すぐにはなやいだ和田の笑声がそれに応じ……

「だって、先生が、御自分でお話しになっているんじゃありませんか……」

まったくそのとおりだ。そこにすでに私がいる以上、さらに私が顔を出すなんて、どうみてもこっけいな話だ。しかしこの私の立場は、いったいどういうことになるのだろう？　ふと、指の感覚がにぶって、汗でべとべとになった受話器がすべり落ちそうになった。あわてて持ちなおそうとしたはずみに、電話を切ってしまった。呼びもどそうとしてみても、あとはただ、低いうなりが応《こた》えるだけである。

しかし、多分、これでよかったのだろう。彼が私の第二次予言値であり、私の一切を見とおしていたのだとすれば、この失策も、あらかじめ予測されていたことにちがいない。だが私としては、まだ聞いてみたいことがあった。あの会計係の殺人を、彼が命令したのだとすれば、すくなくもその期間以前に、すでに彼は存在していたことになる。つまり私が、個人の未来を予言しようと思いつく以前から、彼はすでに居たことになるわけだ。いったい彼が発生したのは、正確にいって、何時頃《いつ》のことなのか？　そして彼を誕生させたのは、誰だったのか？

頼木に電話をかけてみた。外出中だった。むろん和田も居なかった。

ドア越しに妻が呼んだ。

「仕度できたわよ」

「もういいんだ」

「いいって、何が……？」

「一緒に来てもらわなくても、いいことになったのさ」

「そう……随分変な電話だったわねえ」

私はドアを開けて、居間の入口に立ちはだかった。妻は眼をそらせ、帯留めをはずし、鏡台のわきにほうり投げた。

「ちょっと聞くが、君は私を、軽蔑しているのかい？」

妻はびっくりしたように顔を上げ、それからすこしも気がなさそうに、声だけをはずませて笑いだした。

「まあ、口のまわりが歯磨粉《はみがきこ》でまっ白じゃないの……」

私はつまらなくなった。まだ何か言おうとしている、自分がつまらなくなってしまった。私にとっては、その気がめいるような笑い顔が、妻にとってはこの歯磨粉でくまどられた馬鹿気た顔が、互いに見合う最後の顔だなどとは夢にも思わずに、そのままドアでふさいで洗面所に戻った。口をすすぎ、ひげを剃《そ》りはじめた。

31

三十分おきに研究室に電話をいれて、頼木の行先きをさがし、その合間にゆっくり時間をかけて新聞を読んだ。あいも変らず、国際協定、領海問題、経済スパイ……異常高温、海面上昇、地震……それから、美人と、殺人と、火事と、誇り高き精神の物語り。ところがこの無愛想な現象の貼《は》り合わせで、そのときの私はけっこう、感傷的な気分にさせられたのだから不思議である。あの未来の一端をのぞいてしまった私には、四十六歳という年齢をもふくめて、もうすべての日常的なものが、はるかに遠い昔のことのように思われてならない。私はぐったりと、取残されたような感じだった。いつの間にかまた、眠りこんでしまっていた。顔の下にしきこんだ新聞が、ちょうど顔の大きさに濡《ぬ》れて、しみになっていた。芳男が学校から戻ってくるなり、鞄《かばん》をほうりだし、すぐにまた飛出して行こうとするのを、妻の声が腹立たしげに追いかけている。思わず私は立上る。芳男を呼んで、なにか話しかけてやりたいと思った。しかし次の瞬間、もう軽い足音は、どこか遠い路地のあいだに消えてしまっていた。

そのまま私は階下に降りた。台所から妻が声をかけてきた。

「なにか食べる?」

「いや、あとでいい……」

下駄《げた》をつっかけて外に出た。汗ばんだワイシャツを乾《かわ》かしがてらに、ちょっとの間、その辺をぶらついてみるつもりだったのだ。

外に出るなり、例の尾行者が目に入った。男はだるそうな足どりで、二、三歩ごとに、路上の石ころを左右に蹴《け》りながら、やりきれないといった表情で、そろそろこちらにやってくるところだった。私に気づいて、はっとしたように立停った。近づいて行ったが、こんどは逃げようとはせず、困惑した微笑をうかべて、頭を下げた。

「何をしているんだ!」

「はあ……」

私は無視して通りすぎようとした。ところが相手は、踵《きびす》をかえして、そのまま並んでついてこようとする。まあ勝手にしたらいいだろう。まさかこんなところで手を出すほどの馬鹿じゃあるまい。たえずどこからか、子供たちの遊ぶ声が聞え、視界のどこかには、かならず歩行者の姿が見えている。しばらく行ってから、せんだっては、

なかなかあざやかにやってのけたじゃないか、と嫌《いや》がらせのつもりで言ったのに、相手はいかにも無邪気に歯をみせて笑い、

「いいえ、ただ言われたとおりに、やりましただけで……」

「しかし君の暗殺技術は、相当なものらしいね」

「なあに、ただ命令どおりにやるだけですよ……」

「すると、いま君は、どんな命令を受けているんだい？」

「はあ……」男は急に困ったように目をふせて、「ただ、先生の様子を見ているように、言われていたと思いますが……」

「誰からそんなことを言いつかったんだ？」

「あのう、それは、先生じゃなかったんですか？」

なるほど、そういうわけか。もう一人の私は、どうやら暗殺プランの注文までも引受けているらしい。しかしそんな性格が、私のどこから引出されてきたのやら、まったく見当もつきかねるのだ。これほどまでに威圧され、ちぢこまってしまっているのでなかったら、苦悩はこの厚ぼったい腹の脂肪の中でさえ、外気よりも熱く燃え上り、私は熱病やみのようにふるえだしていたにちがいない。

「それはそうと、君はもう何人くらい殺したんだっけな？」

「いやあ、駄目ですよ、先生のところに来てからは、まだ一人も殺《や》ってないし……」

私はほっとして、「だからむろん、その前さ」

「十一人です。ぼくはね、ぜんぜんあとを残さないのが得意なんですよ。一度気絶させておいて、鼻と口をおさえて、窒息させてしまうんだ。手間はかかるけど、とにかく安全だからね。水死にみせかけるときは、おさえるかわりに、鼻からゴム管で水を吹きこんでやるんです。そうしながら人工呼吸の要領で、肺の中まで水を入れてやる。そうしておけば、絶対溺死《できし》とは区別できません。それから、首のしめかたにだって、やり方があるんだね。こうしてひろげた手のひらを、喉《のど》の全体に平らにおしつければ、時間はかかっても、まず跡は残さずにすむからね。ただ、こういうやり方だと、どうしても相当の抵抗にあう。技術だけではおっつかないような場合は、しかたがないから、絶対に致命傷とはみえない程度の外傷を負わせて、相手の気勢をそいでやるんだ。たとえば、指の関節を折るとか、目玉に爪《つめ》を立てるとか……ええ、そうなんですよ、どんなときにも、ぼくは絶対に道具なんかつかわない。道具はかならず足がつく。素手一本でやるんだね。……ぼくはね、これだけは自慢にしているんですが、大体どんな人でも、一と目みたら、どの手が相手の気をくじくのにいいか、すぐ分っちまうんだ。一種の催眠術なんだね。急所をおさえて、死んだような気持にさせてしまうわけです。たとえば、先生なんかは……そうだな……でもこりゃあ、本当は言っちゃいけないことなんですよ。だって、相手に知られちゃうと、ずっと効果が薄くなってしまうんでね。でも、先生になら、かまわねえかなあ……うん、そりゃ、かまわないですよねえ……そう、先生なら、やはり顔のどこかと、脇腹《わきばら》のその辺だろうなあ……」

もう一人の私は、いったい何《ど》ういうつもりで、こんな男を雇ったりしたのだろう？雇っただけで、まだ一回も仕事をさせていないということは、私の護衛が目的だったとも考えられるし、また私を専門につけねらわせるためだったとも考えられる。いずれにしても、おかしなことになったものだ。なにもこんな男とつれ立って、のこのこ散歩していることもないじゃないか……

「君、もう帰ってもいいんだよ」

「そんな手にはのりませんよ」と、くすくす笑いながら、ずるそうに眼の角《すみ》で見て、「先生は、文書で出した命令以外は、たとえ自分の命令であっても、絶対に聞いちゃいけないと仰言《おつしや》ったじゃありませんか。そんな手にはのりませんよ。それよか、先生、もしお暇でしたら、なにか食事を一緒につき合っていただけませんか。今朝出るとき、弁当を忘れてきちゃったんだ。あきらめていたんですけど、もし先生と一緒なら命令違反にはならずにすむわけだし……おねがいしますよ、先生……そばか、うどんで、結構なんですから……」

けっきょく、断りを言うのが面倒なまま、それに、こいつを手なずけておいたらという、多少の計算もあって、近くのそば屋をおごらされてしまった。考えてみれば、私も朝から何も口にしていない。食欲はなかったが、ついでに「ざるそば」を一枚注文した。私の殺伐な友人は、この暑いのに、なにか汁物のうどんを注文して、まっ赤になるほど唐辛子をふりかけ、一本々々たしかめるように、ゆっくり時間をかけて食べるのだ。顔の上を蠅《はえ》が這《は》いまわっているのにも気づかないほどの熱中ぶりである。人殺しの話よりも、むしろ気味がわるいくらいだった。

ちょうど、テレビが昼間の舞台中継を終えて、五時を告げた。男は反射的に立ち上ると、あたりを見まわし、「五時に電話して、今夜先生を連れていく場所を聞くことになっているんです……」いかにも落着のない顔色で、とんで行って電話をかけはじめた。二言、三言、うなずいただけですぐに電話を切り、ほっとした表情で戻ってきて、「皆さん、集っていらっしゃるそうですから、すぐに来ていただきたいそうです」

「どこに……？」

「どこにって、約束だったんじゃないですか……五時すぎに、ぼくが先生の家にお迎えに行くことは……」

すると、もう一人の私からまわされるはずになっていた、例の水棲人間養育場の委員会からの迎えというのは、要するにこの男だったのか。どうも単純なようでいて、まわりくどく、まわりくどいようでいながら、ひどく単純だ。

「しかし、今の電話、誰にかけたんだい？」

「頼木先生ですよ」

「頼木……頼木がどうして？……彼は、そんな委員会にも関係しているのか？」

「さあ……」

「場所は分っているんだな？」

「はい……」

せかされる思いで、先に立って店をとび出すと、その場でタクシーをつかまえた。いよいよ謎《なぞ》の輪が閉じ、罠《わな》の糸をつかんでいる猟師が顔を出し、からみあった枝の中から、木の幹がその正体を現わすのだ。支払うものは支払い、返してしまうものは返してもらって、そのうえで差引き勘定がどうなるのか、はっきりさせよう。皺《しわ》だらけのシャツに下駄ばきというでたちも、今は一向に気にならず、そば屋にはらってしまった残りが、三十円しかないことも、まるで気にならなかった。頼木がいるのだから、タクシー代くらい、彼に払わせればいい……

　さすがに暗殺者らしく、私の案内役は、なかなか道にくわしかった。そこを右、そこを左と、わざわざこまかい路地をえらんで、ぬって行かせる。しかし、私が想像していた方角——例の、埋立地の方向——とは、かなりちがっているようなので、しだいに落着かない気持になって来た。間もなく見なれた街に出た。朝晩、通いなれた電車道……と、男が運転手の肩ごしに、「そのタバコ屋の角《かど》をまがって、すぐ右側の、あの白い塀《へい》の前へ——」

「冗談じゃない!」うろたえ気味に、思わず、運転席の背に手をかけて、「ありゃあ、計技研の分室じゃないか。ぼくの研究室だよ」

「はあ……」と男は、隅《すみ》のほうに身をよせながら、「でも、頼木さんがここだと言っていましたから……」

　べつにちがうと言い張る根拠はないのだから、争ってみてもはじまらない。とにかく降りて、守衛にたずねてみることにした。たしかに集りはあるという。私が着いたらすぐに知らせるように言われているというのだから、間違いはなさそうだ。案内の男もほっとしたようにうなずいて、しきりに顎《あご》をなでていた。

「どの部屋だ?」

「ええ、二階の予言機の部屋だと思いますが……」

窓は暮れかけた薄い雲をうつして、白く光り、何も見えない。タクシー代をたてかえておくように言って歩きだし、振向くと、守衛はびっくりしたように、私の下駄に目をすえていた。例の殺し屋氏も、横にならんで、見るからに従順そうに、長い両手をだらりとたらして笑っていた。

入口で、来客用の藁草履《わらぞうり》にはきかえる。

途中、階下の資料室をのぞいてみると、ねばり屋の木村が四人ばかりの若い所員たちと一緒に、何時《いつ》、なんの目的で使われるのか知れない、雑多な資料やデータの山を、せっせと分類したり記号化したりする仕事にせいを出していた。言ってみれば予言機械のための知識と栄養の、調理室である。この、ただ事実だけを信じていればよい、単調だがしかし確実な作業の中に埋没していれば、予言機械がその栄養を食いだめしていようが、消化不良をおこしていようが、さして気にはならないのかもしれない。

本当を言えば、私も、こういう仕事のほうが好きなのである。調査室は空《から》っぽだった。

一方の突当りにしか窓がない、二階の廊下は、もう暗かった。耳をすませてみたが、街の物音以外、べつに怪しい音もしていない。足音をしのばせ、部屋の前までたどりつき、鍵穴《かぎあな》をのぞきこんでみたが、誰かのシャツの背中にさえぎられて何も見えなかった。

把手《とって》に手をかけながら、言うべきことをもう一度、すばやく頭の中で繰返してみる。

(なんです、君たちは?……いったい、誰の認可を得たというんです? 何かの委員会だそうだが、そんな私が聞いたこともないような集りに、この部屋をお貸しするわけにはいかない。第一、ここにある予言機械は、私自身でさえ作動させた時間を一々上部機関に報告しなければならないほど、厳重な政府の管理をうけているんですからね……さあ、釈明をねがいましょう。勝手なまねは許せません。諸君がどんな権限をもった方たちかは知らないが、ここに関してはなんと言ったって、私が最高の責任者なんだ……)

効果をはかりながら、一気にドアを開ききった。冷たい風が頬《ほお》をなで、目をひたした。しかし、言うべき最初の言葉さえまだ口にしないまま、私は呆然《ぼうぜん》とそこに立ちすくんでしまったのである。予期していた光景とは、あまりに違いがありすぎた。

四人の男と一人の女が、にこにこ笑いながら、私を見つめている。しかもその全部が、もう知りすぎるほどよく知っている人物ばかりなのだ。想像していたような緊張の場面など、何処《どこ》にもありはしなかった。

向って左から、机の前の二脚の椅子《いす》に、胎外発生の山本氏と、和田勝子……正面の機械のくぼみの間に、頼木が立ち、隅のほうに頼木の腰巾着《こしぎんちゃく》である相羽がいるのはまだいとしても……右手のテレビ・スクリーンのわきで、はにかんだような微笑をうかべているプログラム委員会の友安を見たときには、さすがの私も呆《あき》れかえってしまった。友安を単なる役所の部品としか見ていなかった、自分のうかつさに、うんざりしてしまったのだ。

闇《やみ》の中から、犯人が姿を現したとでも言うのならともかく、犯人と生活をともにしながら、それに気づかなかったというのだから、なんともやりきれない。私はまごつき、どんなふうに対応したらいいのか、見当もつかなくなってしまった。ちらと心の中で思った。化物の中で一番おそろしいのは、よく見知った人間が、わずかばかり変形した奴《やつ》なのだと……。

「お待ちしていましたよ」と、頼木が半歩前に出て、空《あ》いている中央の席に私をまねくと、他の連中もそれぞれ、姿勢に応じた身じろぎで歓迎の意を示し、すると私も、たちまちほっとくつろぎを取り戻す。

「いったい今日の集りは、どういうの？」言われるままに、正面の椅子に席をとり、まず山本氏に敬意を表しておいてから、いかにも鷹揚《おうよう》に一同を見まわした。

「さっき、電話でお聞きになったとおり、水棲人《すいせいじん》養育場の見学許可願いの審査を……」と、和田が例の生真面目《きまじめ》な調子で早口に言い、そのあとをすぐ山本氏がうけ、

「ええ、先生からのお申出に応じまして……」と、あきらめたような大きな顔に、人なつっこそうな微笑をうかべて、うなずいた。

とつぜんまた陽《ひ》がかげる。やはり当りまえなんかではなかったのだ。あまり急な感情の変化に、私はついていけなくなってしまった。動かなくなった表情を残して、私の心は、皮膚の下に小さくちぢこまってしまった。

「この集りの、正式の呼称はですね」と、頼木がとりなすような口調で、「海底開発協会運営委員会・計技研分室支部定例委員会とでも言うべきでしょうが、長ったらしすぎるし、それにかならずしもうまく内容を言い当てているとはいえないので、ふつうぼくらは、ただ支部委員会と呼ぶことにしています」

「支部といっても、けっこう重くみられているんですよ」と相羽が口をはさむ。

「そう、私は本部の委員もやっておりますがね」と、山本氏がしきりに体を前後にゆすりながら、「予言機支部は重要だからというので、とくにオブザーバーとして出席するように言われているくらいですから……」

「誰の許しを得てここを使っているんだ?」私は眼をふせ、わきに立っている頼木の膝《ひざ》のあたりをうかがいながら、力のない声で呟《つぶや》いた。

とたんに予言機械のスピーカーが鳴りだした。

「私だよ」

「先生の第二次予言値ですな」と友安が言い訳でもするようにスピーカーを見上げた。気まずい沈黙が流れ、私はそれを憐《あわれ》みだと思う。じっさい私は、自分のみすぼらしさが、はずかしくてならなかったのだ。

山本氏がマッチをすった。「はじめますか……」と頼木が小声で言い、相羽が録音機のスイッチを入れた。

「はじめると言っても、べつに形式にこだわる必要はないわけで……」どうやら頼木が議長役らしく、「今日の中心議題は、まあ勝見先生の見学申請の審査報告と、その処置ですね……」

「処置は結論として決ったことであって、議題じゃないだろう」と予言機が私の声で口をはさみ、和田が前髪を指先にまきつけながらそれに同調した。「そうよ、処置はただ、それを実行すればいいんだわ」

「それはそうさ。しかし、委員会としても、説明の義務はあるわけだからね。議題といってわるければ、答弁の順序か……まあ、そういうことにしておいて、結論から言いますと、先生の見学願いは、残念ながら不許可になった次第です。……その理由は、先生が殺意をもっておられ、子供殺しという悲惨な罪をおかされる危険があるので、まず犯罪予防の見地から……」

私は唾《つば》を飲込み、目をあげた。しかしうまく言葉にして言いあらわすことはできなかった。頼木がなだめるように、

「そのかわり、事態をじゅうぶん納得していただくために、水棲人たちの未来を、機械に予言させ、テレビで見ていただくことにしました。これは支部だけの決定なんですが、多分、実際に見学していただくよりも、ずっとよく分っていただけるんじゃないかと思います。それから次に、いよいよさっき申し上げた処置……むろんそのまえに、この結論に至るまでのプロセスはすっかりご説明します。それは多分、同時に、この数日間におこった事件の真相をお伝えすることにもなるでしょう」

「やはり、あの真犯人は、君だったんじゃないか！」自分でもびっくりしたほどの、老人くさい金切声をあげていた。

「そんなふうに、あれだけを切り離して考えられたんでは、困ります。やはり、全体との関係の中で、その動機を……」

「だから……」と和田がじれったそうに首をふり、「先生が一番疑問に思っていらっしゃるところから、始めたらいいんじゃないの？　たとえば、先生の第二次予言値が、いつどんな理由で作られたかっていうようなことよ……」

そう、たしかに、それこそ一番知りたかったことかもしれない。しかし私は、見すかされたような気がして癪《しゃく》だった。ずっとこれまで、和田あたりにまで、要するに無知な人間としてあつかわれて来たのかと思うと、我慢がならなかったのだ。「待ってくれ!」と、おしのけるようにして、「それよりも、その処置というのは、いったい何んのことなんだ?」

「ああ、それはですね……」

頼木が困ったように見まわすと、一同も指の爪《つめ》をにらんだりして、黙りこんでしまった。やがて、その沈黙を同意のしるしととったのか、しぶしぶ唇をなめたりしながら後をつづけ、

「じつは、結論として、先生に死んでいただかなければならなくなったんです……」

「死ぬ? そんな馬鹿な!」

思わず腰を浮かせかけたが、さして不安は感じず、むしろ皮肉な笑いをもらしてしまったほどだった。

「これから、その理由をおはなししようというわけですが……」

「もう沢山だよ!」

こんな連中に何が出来るものか、そのまま立って、何を言われても相手にせず、さ

っさと出ていってしまえばそれでいい。なんにも起りはしないさ、起るはずがない……しかし、一同の間《ま》のわるそうな、うちひしがれたような表情をみていると、急にぞっとしてきた。

「でも、先生」と和田が乗り出すように、「どうか、まだ、あきらめないで下さい。最後までがんばっていただきたいんです」

誰もが真面目な顔でうなずき、頼木もはげますような調子になって、「そうなんだ、結論といっても、これはあくまでも論理的結論なんであって、論理は仮説のおき方一つでどうにでも変ってしまうものですからね。ぼくらも、先生をお救いするために、最善の努力をするつもりです。先生も希望はすてないで下さい。いまぼくらが期待をかけているのは、先生がこの結論をお知りになったことで、あるいは答えを変えてしまうような条件を、先生自身がつかまれるのではないかと……だから、とにかく聞いていただきたいのです」

32

だが、論理に人を殺したりできるはずがない……すくなくも、私に死を命じたりするような論理など、成立つはずがない……この連中は、なにかひどい誤解をしているのだ……とはいえ、彼等の言葉を真《ま》にうけて、その論理と闘うために踏みとどまったというわけでもなかったようだ。とにかく、すでに二人の人間があっさりと抹殺《まっさつ》され、胎児が掠奪《りゃくだつ》され、さらには暗殺の名人までがかりだされているのである。論理がどうであれ、彼らがそのつもりなら、私を殺すくらいわけのないことだろう。本当は、耳をかすだけでも、屈辱なのだ。しかしなぜか、席を蹴《け》って立つことはできなかった。じっとしていれば、時間もいっしょに、停っていてくれそうな気がしていた。

「とにかく、まあ、順を追って説明しましょう……」頼木が、中断を恐れるように、せわしい調子で言葉をつづけ、「ぼくが、あの組織の存在について知ったのは、去年の九月ごろ……そう……ちょうど、予言機がほぼ完成して、ブラウン管の中で、コップを割ってみせることが出来るようになったころでした……おぼえていらっしゃいますか、中央保険病院の山本先生の紹介で、和田君が入所してきて……つまり、結論から言ってしまいますと、その和田君に教えられて、はじめて知ったようなわけなのですが……」

和田の視線が、さぐるように私の眼の上をかすめ、「でもいきなり教えたわけじゃないわ。相当きびしい、テストをしたうえで……」

「分っているよ」と、目の端でうなずき返し、「まったく、きびしいテストでした。

ぼくははじめ、言いよられているのかと、錯覚したくらいでしたからね。とにかく、予言機が描きだすかもしれない未来像について、とほうもなくロマンチックな妄想《もうそう》を、次からつぎにと、話して聞かせてくれるんです。もう、てっきり詩人だと思いこんでしまって……まあ、いい加減にあしらっているつもりでしたが、実はそれが、恐るべきテストだったというわけです」

「未来に……断絶した未来に、どれだけ耐えられるかのテストだったんです。というより、予言と予言機械そのものとの、どちらにより関心をもっているかを、ためしてみたんです。もちろん、先生にも、一応のテストはしてみましたわ。おぼえていらっしゃるかしら……？」

そう言われれば、そんな気もしないではない。具体的なことは思い出せないが、ひどく荒唐無稽《こうとうむけい》なことをいう娘だと、おかしく思ったおぼえはある。私は、何か言い返そうとしたが、舌のつけ根に力が入るばかりで、まるで言葉にならなかった。

「でも、先生は、駄目でした……先生は、未来が現実を裏切るかもしれないなどという可能性は、まるで考えてみようともなさらなかった。ということは……そうね、どう言ったらいいかしら……つまり、予言機械は、質問をうけなければ、答えることはできないわけでしょう。自分から質問を考えだすことは出来ないわけね。だから、予言機械を本当に使いこなすためには、むしろ質問者の能力が問題になってくる。その点で、先生には質問者としての資格が、ぜんぜん欠けていたように思うんです」

「ちがうさ、大事なのは事実だ！」私の声は乾いて、かすれていた。「予言は、お伽話《とぎばなし》なんかじゃない。事実……あくまでも事実から出発した、論理的結論なんだ！　なんだってそんなつまらんことを……まったく、おはなしにもなりゃしない……」

「そうかしら？……事実だけで、機械が反応したりできるかしら？……必要なのは、やはりその事実を、問いの形に変えてやることじゃないのかしら？」

「沢山だよ、哲学は……断っておくが、私は、単なる技術屋だからね」

「そうなんです。だから先生のテーマのえらびかたは、いつも型にはまっていて……」

「そういう君たちは、いったい何なんだ？」私は椅子の背に片腕をかけ、半身を乗出すように、思いっきり叫ぼうとするのだが、息が逆流してきて、一句ごとに喉《のど》の奥で詰まってしまった。「なんとか、言ったたって、頼木君、君は要するに殺人犯人なんだぞ！　それから、和田君、君は私の子供をさらった張本人だ！　どう考えたって、気違いじみているよ。それから、友安さん、あんたの二枚舌にも恐れいりましたね。よくも、ぬけぬけと、だましぬいてきたものだ。何んと言ったらいいやら、見当もつかんよ!」

「私だって……」と、友安が救いをもとめるように、視線を床にすべらせながら、「まあ、事態を悪化させまいとしてですな、私は私なりに……」

「そうですよ」と、山本氏がひらいた手のひらで私を押し返すように、「友安さんも、なかなか、むつかしい立場でしたからな。なにしろ、ここの二重組織を、目立たないように維持していこうと思えば、とにかく一見煮えきらない態度で……」

「二重組織……?」

「まあ、待ってください。話をもとに戻しましょう」頼木が私のわきを通りぬけて、ドアの前ではずみをつけて振向き、事務机の角を指の関節で支えて立ち、「もちろん、先生も、大体は見当をつけられていたことと思いますが、私たちはしばらく前から、先生には内緒で、海底開発協会のためにこの予言機械の運転をはじめていたのです。いや、そのメーターは正確じゃありません。逆転装置で、自由にもとに戻すことが出来るようになっています……」

「そんな勝手な真似《まね》を、いったい誰の許可で……」

「ええ、ぼくがここの、そちらの筋から任命された室長なものですから……もちろん、最初、ぼくは反対しました。いくら海底開発協会が政府にまさる権限をもっているからといって、先生に無断で責任者になるなんて、やはり心苦しい。でも協会の方からの、たっての依頼だったし……。あせっていたんでしょうねえ……海底植民地の開発が、もう後にはひけない趨勢《すうせい》だと分っていても、それが将来どういう結果をうむか、見とおしが立たずに、不安でならなかったのでしょう。それで、予言機完成の噂《うわさ》を聞くと、さっそくとびついてきたわけだ。しかし、表立って申し入れるわけにもいかず……なにしろ、絶対の秘密組織ですからね……そこで和田君を派遣して、さぐりを入れ、ぼくが適任者ということで白羽の矢をたてられ……でも、断ったんですよ。なんとか先生を説得して、裏の組織のほうの責任者も、やはり先生になっていただきたかった。気まずかったし、それにこうして一緒に仕事をしている以上、予言機がつかんだ知識を、いつ先生に見破られてしまうかも知れないという、実際的な心配もあった。もっとも先生は、その点ひどく義理がたくて、プログラム委員会の許可なしには、絶対に機械を動かそうとはなさらなかったが……」

「だから先生は、未来に対する関心よりも、やはり機械に対する興味の方が大きかったわけね」和田が苛立《いらだ》った調子で口をはさみ、「いいじゃないか、そんな言い方をしなくたって……」と、頼木が強くさえぎって、「つまり、まあ、それを見越して、協会側は友安さんを動かし、計画的にプログラム委員会を凍結状態におくように、仕組んだわけなのですが……しかし、こんな不自然な状態が、そう長続きするはずがない。なんとか結着をつけてしまわないと……」

「なるほど、それで、殺すことにしたというわけか」

「とんでもない。死んでいただくよりほかないと分ったのは、もっとずっと後のことです。和田君も、あんな言い方をしましたけど、先生のことでは、ずいぶんと心を痛めていたんですよ。協会のほうからは、合法的な先生の追い出し策なんかを、しきりに提案してきたりしましたが、ぼくらは賛成しなかった。とてもそんなむごいこと、出来はしません。この予言機が、先生にとって、どんなに大切なものであるか、よく分っていましたからね。現に先生を分析して、予言機にかけ、未来を予測してみようと言いだしたのは、ほかでもないこの和田君だったのです。テストでは、あまりいい結果は出ませんでしたが、ああいう大雑把《おおざっぱ》なやり方で、結論を出してしまうのは、少々乱暴すぎやしまいか……もっと正確に……もし先生が海底植民地の開発について、具体的な知識をもたれた場合、はたしてどういう行動に出られるか……それを機械に、予言してもらおうということになったのです」

「それで、どういうことになった？」

「ええ……」頼木は、机の角に、小さな四角を、いくつもならべて描きながら、唇《くちびる》を子音の形にすぼめ、口ごもってしまう。

「地震かな？」ふいに相羽が天井を見上げて叫び、そう言われてみると、なるほどまるみを帯びた小刻みな震動が、膝《ひざ》のあたりまではい上ってきているのだ。四秒ばかりつづいて、すぐにやんだ。

「それで？」と私がうながしたのに、頼木があわててうなずき返し、「ええ、それで……その結果、分ったことは、やはり、駄目だということだったのです」

「なにが駄目だ？」

「つまり先生は、やはりその未来には、耐えられなかった。結局先生は、未来というものを、日常の連続としてしか想像できなかったんだ。その限りでは、予言機に大きな期待をよせていらっしゃったとしても、断絶した未来……この現実を否定し、破壊してしまうかもしれないような、飛躍した未来には、やはりついて行くことが出来なかった。先生は、プログラミングにかけては、最高の専門家かもしれませんが、プログラミングというのは、要するに質的な現実を、量的な現実に還元するだけの操作ですからね。その量的現実を、もう一度質的現実に総合するのでなければ、本当に未来をつかんだことになりません。分りきったことですが、先生は、その点でひどく楽観主義的だった。未来をただ、量的現実の機械的な延長としてしか考えていられなかった。だから、観念的に未来を予測することには、強い関心をよせられたけど、現実の未来には、どうしても耐えることができなかったんです……」

「分らんね、何を言おうとしているんだか、さっぱり分らんよ!」

「待って下さい、具体的に説明します。後でテレビでお目にかける予定ですが、先生は、その未来に対して、公然と反対の立場をとられたのみならず、しまいには、予言機の予言能力にまで疑いをもち始めた」

「知らないよ、そんな過去形をつかわれたって……」

「でも、予言機が予言してしまったんですから、仕方がない……その未来の実現を妨害するために、約束を破って、たとえばつい数時間前にしかけたように、組織の秘密を暴露してしまいそうになるんです」

「かまいやしないじゃないか。水棲《すいせい》人間をつかった海底植民地なんかに反対して、何がわるい。それだって、新しい条件における、第二次予言値としての、立派な未来じゃないか。そんな馬鹿気た未来を、未然に防止するためにこそ、予言機の利用価値もあるんだと、私は信じているな」

「予言機械は、未来をつくるためのものでなく、現実を温存するためのものだと仰言《おつしや》るんですか?」

「ね、そうでしょう……」と和田がせきこんだ調子で、割込んできて、「結局それが、勝見先生の考え方の根本なのよ。もう、何を言っても無駄らしいわ……」

「おそろしく一方的な言い方だね」こみあげてくる怒りを、かろうじてこらえながら、「なにも、その海底植民地の未来だけが、唯一《ゆいいつ》の未来だというわけではあるまい。予言を独占しようとするくらい、危険な思想はないんだ。それはいつも、私が口をすっぱくして注意してきたはずじゃないか。それこそファッショだよ。為政者に、神の力を与えてしまうようなものだ。なぜ、秘密が暴露されてしまった場合の未来を、予測してみようとはしないんだね？」

「しましたとも……」抑揚のない声で頼木が一気に言った。「その結果、先生は、殺されてしまうことになるのです」

「誰に？」

「外で待っている、あの殺し屋にですよ……」

33

……だから私を殺そうというのか？　まったく呆《あき》れた理屈もあったものだ。予言が出たから、それをさけようというのなら、話も分るが、わざわざそれに合わせて殺そうだなんて、なんのための予言か、わけが分らなくなってしまう。つまりは、私を殺すための、口実にしかすぎず……

「それはちがう」と、とつぜん例の私の第二予言値だと称する声が、思いだしたように、スピーカーから口をきき、私は着ていた服が急に透明になってしまったような感じで、すっかり狼狽《ろうばい》してしまった。

「何がちがう？」

「いま、考えていたことさ」

頼木たちの視線が、あたりの空気一面にとけこんで、ちりちり目にしみるようだ。機械の中の声がさらにつづけ、「……とにかく、誤解だな。頼木君たちは、なにもその予言に甘んじていたわけじゃない。それどころか、なんとか君を救う方法はないかと、真面目《まじめ》に考えはじめたんだ。そこで、おれに相談をかけてきた……」

「先生の第二次予言値です」と、頼木が急いで口をはさみ、「自分の運命を一番真剣に考えるのは、やはり何んといってもご自分でしょうし、それにこちらは、先生以上に先生を知っているはずですから……」

「まさしく、そのとおりだよ……そして、それ以後のことは、ほとんどおれの計画にもとづくものなのだ。そのおれは、君の理想的投影なのだから、言いかえれば、君自身の意識せざる意志だったとも言える」

「あの殺人がかね……あの罠《わな》がかね……」

「そうさ……誰の責任でもない、君が君自身のためにしたことなんだ」

「ふざけるのはよせ！」と、なぜか思わず頼木の顔をにらみつけてしまい、すると頼木は目をふせ、そろえた指先でこめかみの上をおさえた。

「いや、実に、論理的な計画だったよ」声はおだやかに、しかし、私の内臓に手を入れて撫《な》でまわすようなしつこさで、「そうだろう、考えてもみたまえ、すべてがただ一つの目的でつらぬかれているんだ。どうすれば、君が未来を知って、しかもあの組織について口外しないような条件をつくることができるかという……。だから、あの最初の殺人にしても、はっきり二つのねらいをかねていた。一つは、君自身に共犯の疑いがかかり、なにか事件があっても、外の世界をあてには出来ないという覚悟をさせること。それから、胎児ブローカーの予告をして、次の事態に対し、心の準備をさせること……」

「しかし、変じゃないか、あの日、個人の私的未来を予言しようと思いついたのは、私自身だったし、あの殺された男にしたって、まったく偶然に街で出遇《であ》った相手で……」

「そりゃちがう。君はあのヒントを、機械からもらったわけだろう。あのヒントは、そうした場合を予測して、あらかじめ仕組まれてあったものだし、もし君が気づかなかったら、頼木君がかわって思いつくことにしてあったのだ。それから例の男のことは、むろん頼木君が、たくみに誘導して君を暗示にかけてしまったのさ。あの疑い深い会計係は、貯金通帳をしらべて、とうとう女が口を割らなければならないところまで追いつめてしまった。女はうっかり口をすべらせ、男は知ってしまった。組織の掟《おきて》で、二人とも、いずれは沈黙させなければならないことになっていたのだ。病院のものを引合わせるという口実で、あらかじめ男を呼びよせておき、頼木君が、君を案内していった。それから後は、君も知っているとおりだ。頼木君が男を殺し、おれが君に脅迫の電話をかけた。女は相羽君が渡した薬を飲んで、大人《おとな》しく自殺してくれた」

「残酷すぎる！」

「そう、残酷すぎるかもしれない……」

「どんな大義名分があったって、殺人を合理化することなんか出来るはずがない……」

「いや、殺人をそんなふうに、一般論でかたづけるのはいけないよ。人殺しが悪いのは、それが相手の肉体を奪うからでなく、未来を奪うからなんだ。われわれはよく、命が惜しいという……考えてみれば、その命とは、要するに未来のことなんだな。現に君だって、自分の子供の息の根をとめようと計画を立てていたじゃないか」

「話がちがうさ……」

「なぜ？……少しもちがいはしない。君は子供の未来を肯定できなかったから、平然とその命を無視することができたんだ。未来が一つでない変転の時代には……ある未来を救うために、べつの未来を犠牲にしなければならないような時代には……殺人もやむを得ないのさ。だって、そうじゃないか……あのとき、もし彼女が死んでくれていなかったら、君はどうしていただろう？　早速、彼女を予言機にかけて、水棲人間たちの存在をかぎつけ、大げさにさわぎ出していたんじゃないかな？」

「当然だよ」

「正直に言ったね……そのとおりだ……おかげで世論は、一時的な感情に沸騰《ふっとう》し、暴徒が水棲人養成所を襲撃して、未来は完全に踏みにじられてしまう……」

「どうして、そんなことが分る？」

「君のつくったこの機械が、教えてくれたのさ」

「だとしても、まだはじまってもいない未来に、現在を裁く権利なんかないはずだ」

「権利じゃない、意志だよ」

「意志ならなおのこと、あるはずがない」

「何を言っているんだ、睡《ねむ》っていた未来の目を覚まさせてやったのは、君自身じゃないか？　君は、自分が何をしたかも、まだよくは分っていないらしいね。しかし、飼い犬に手を咬《か》まれた場合、その責任はおおむね、飼い主の側にあるものなんだ。本来からいえば、あのとき、女のかわりに君が処置されていたって、文句は言えないはずなんだが……」

「そう、一部には……」と頼木が口をはさんで、「そういう意見もあったのです」

「だが、われわれは、最後まで希望を失なわなかった。やはり、やれるところまでやってみようと言うことになった。それも、頼木君が、おれのたのみをきいて、進んであの会計係殺しという危険な役を、かって出てくれたからだよ」

「ぼくはただ……」

「いや、頼木君のおかげです……おかげで君も、わけも分らず、いきなり刑を執行されるというような、理不尽な目には会わずにすんだ……そのうえ、一時的にせよ、未来をのぞきながら、しかも掟をやぶらずにすませるチャンスを持つことができたわけだし……そう、それに、われわれの息子……ああ、君はまだ知らなかったっけ、そうなんだ、奴《やつ》は息子だったたよ。もっともあれは、おれの発案というよりは、和田君の入れ知恵に負うところが大なのだが……」

視線が合ったが、和田は目をそらそうとはしなかった。晒《さら》したように、鼻の先まで白っぽくなり、目だけがけわしく、まるで鳥のようだ。ふと、裁判をしているのだと言った、昨夜の会話が思い出される。悪びれるどころか、むしろ、私を責めているつもりらしいのだ。化物にこわい顔をしてみせても、はじまるまい。腹立ちが困惑におさえつけられ、顎《あご》の下あたりで板のようにつっぱった。

「……おかげで君は、はっきりと未来に結びつくことが出来た……同時にまた、これは予言機械の完成者としての君に対する、われら一同の感謝のしるしでもあったわけさ。そうだろう？　ともかく君も、未来に対する罪だけは、犯さずにすませたわけだからね。大変なことなんだよ、これは……未来に対する罪というやつは過去や現在に対する罪とはちがって、本質的、かつ決定的なものだからね」

「冗談じゃない……息子を片輪の奴隷《どれい》にされて、なにが感謝なものか。呆れて、ものもろくに言えないよ！」

「待ちたまえ。その点は、無知からくる誤解にすぎないわけだが、それはまた後ほど説明するとして……とにかくこれだけの手を打ったうえで、はじめて君を、山本さんの研究所に案内した。君には一見、つながりのない、わけの分らぬ事件に見えたかもしれないが、考えてみれば、これほど申し分のない手続きをふんだ扱いは、どんな理想的法廷を想像してみても、まず望めないことじゃないかな。君は強い関心をもって、未来の一部をのぞきこみ、しかもめったには口外できない立場に立たされた。ここまでがおれにできる、せい一杯のところ、あとは君の決断にまかせるよりほかなかった。期待して、注目していたんだよ。君が思いきって未来に踏みこむか、それともやはり、尻込《しりご》みしてしまうか……」

「それで?」

「説明するまでもあるまい、君自身のことだろう……あれだけの努力にもかかわらず、君はすこしも変ってくれなかった。君は不器用きわまる手つきで、奥さんに事情を説明せざるをえない立場にまで、自分を追いこんだ。少々のまわり道はしたが、結局、第一次の予言の結末と大して変りばえもないことになってしまったわけだ。ほうっておけば、いずれ秘密をもらしてしまったにちがいない。そうだろう?……というわけで、最後的な処置のために、ここまで来てもらったという次第さ」

「しかし、昨日の山本さんの話では、かならずしも殺さなくたって、ほかにももっと穏便な手段があるということだったが……」

「そのとおり、普通はもっと目立たない方法をとっている。なにしろ、協会の中絶胎児の入手目標は、日に八百というのだからね。医者やブローカーは別にしても、すくなくても日に八百人の母親が、毎日胎児買上げの事実を知っていくわけだ。年間にすれば延べ二十九万人にもなる。それで秘密が保たれているのだから面白い。いたずらに好奇心をあおらないため、逆手をとって、これが重大な犯罪であり、売ったものもその共犯者になるのだと、恐怖心を植えつけておく。七千円と引換えの恐怖は、けっこう、口ふさぎのいい重しなんだね。これが只《ただ》だったらそうはいくまい。……なるほど、君はいずれ下水に流されるはずだった中絶胎児に、七千円も払うのはおかしいと考えているようだな。しかし、やがて完成するはずの海底植民地の規模から考えると、年間三十億円の投資なんぞ、微々たるものさ。人間の一生が七千円で買い切れるなんて、安いものじゃないか。この七千円というのはね、心理学者が算出した値段らしいが、現在の物価指数からして、ちょうど適当な魂の買収値段らしいんだな。じつに面白い……いや、むろん、君の奥さんに渡した七千円は、そんな意味じゃなかったよ。しかるべき狙《ねら》いをもったデモンストレーションさ。魂の値段だって、そう一律にいくものでない。とにかく、これだけの人数を相手にしていれば、やはりどこかで破綻《はたん》があるものだ。共犯者意識をもっているものの間でなら、いくら噂《うわさ》がひろまっても、せいぜい胃病程度の個人的病気でとどまっていてくれるし、またそれだけ胎児入手率が上がるわけだから、かえって好都合だとさえいえるが、いったんこれが外部にひろがったとなると、そうはいかない。噂はたちまち世論などという、超個人的なものになって、インフルエンザ的な猛威をふるいだす。当然、何等かの処置がとられなければならないわけだ。……それが例の女のときのように、一応正式に登録されたブローカーの失敗というような場合は、やはり見せしめのために極刑をもってのぞむ必要もあるが、一般人にまで、一々そんな手数をかけていたのでは、面倒でしかたがない。いや、極刑そのものは、大したことではないが、屍体《したい》の後始末はやっかいなことだからね。だから、まあ、普通はもっと後に残らない方法をとっている。たとえば、恐怖の暗示をつよめてやるとか、それでも駄目な場合は、人工的に発狂させてしまうとか……。でも、君はまさか、死ぬよりも気が狂ったほうがいいなどと思っているわけじゃなかろうね」

「他人のことなら、なんとでも言えるさ……」

「他人だって、とんでもないことを言う……君の死は、同時におれの死なんだよ。しかし、感傷的になるのはよそうや……君だって、感情にまどわされずに考える力があれば、当然、同じ結論に達していたはずなんだ……ぼろくずになって生きるよりは、多少ましにきまっている。それに、協会の好意で、後に残される家族たちのために、多少の保険もつけてもらってあることだし……」

「保険？　ずいぶん親切なんだね……しかし、君の意志が、本当におれの意志だというのなら、これは一種の自殺じゃないか。自殺に保険金は、払ってくれやしないよ」

「そのことについてなら、心配御無用。ちゃんと事故死にみえるように考えてある。君は、高圧電流にふれて、ショック死することになっているんだ……」

34

どれくらい時間が経《た》ったのだろう、いつの間にやら、外はすっかり暮れていた。誰一人、身じろぎする者もなく、私はまるで夢の中で、夢からさめてはおどろく夢を、くりかえし見ているように、じっと自分だけの時間にしがみついているのだった。そうしてさえいれば、この沈黙が永遠につづき、次の瞬間など、決してやってくることはないとでも言うように……

そのあいだ、私はなにかを考えていたのだろうか？　考えてはいたようだが、じつにたあいもないことばかりだった。頼木のズボンにアイロンをかけたのは、彼の下宿のおかみさんだろうか、それとも和田君だろうか……どうやらまた、テレビ保険の払込み用紙をポケットにつっこんだまま忘れてしまったらしい……というような、とりとめもない思考の迷路にまよいこんだまま、まるで身動きもならず……ただ感情だけが、機会があれば逃げだしてやろうと、隙《すき》をうかがっている猫のように、全筋をためて機会を待ちうけているのだ。いや、猫というのは単なる形容詞ではない。そのとき私が日常的な連続感——この狂気にも似た断絶の対称——として、思いうかべていたのが、ほかでもない、藤棚《ふじだな》からこぼれる日差しに洗われた、縁先の光景だったのだから……その縁先があるかぎり、私は救われなければならなかったし、また救われるはずだった。

椅子《いす》をきしませて、ふいに相羽が立上った。

「そろそろ始めませんか……もう時間でしょう？」

「殺《や》るのか？」と椅子を後ろに倒してわめきながら、思わず私も立上っていた。

「そうじゃありません……」とびっくりしたように、頼木が口ごもり、和田がすばやくその後をうけて、「まだ、予定までに、二時間以上もあります。でも、そのあいだに約束どおり、テレビで水棲人《すいせいじん》養育場を御案内しなければなりませんし、もし御希望なら、海底植民地の予言像も、ぜひお見せしたいと思いますので……」

「もしじゃないよ、希望するにきまっているさ」機械の中から、おうようにささえぎって、「はじめから、そういうプログラムだったからこそ、処置の時間をわざわざ九時までにひきのばしたんだ。いくら理詰めだったからと言ったって、本人はまだ納得したわけじゃないからね。きっとまだ、抵抗するつもりだよ……」

「じゃあ、はじめてもいいんですね？」相羽が友安の後ろから肩ごしに、機械のほうに手をのばしかける。

「ちょっとその前に、水をいっぱいいただけたら……」体をよじって、相羽をさけながら、友安が遠慮深そうに和田を見た。

「ジュースの罐《かん》にしましょうか？」

「すみませんな、どうも、やたらと喉《のど》がかわいて……」

「かまいません。どうせ下の木村さんたちに、私たちは遅くなるから、先に帰るように言ってこなければなりませんから……」

上半身を直立させたまま、すべるような足どりで行きかけた和田を、とっさに呼びとめて、

「すると、木村君たちも、この組織のことは知っているわけ？」

「いいや、知りません……」

頼木がかわりに、そう答え、ほとんど同時に、私はドアのほうに身をこごめ、力い

つぱい爪先《つまさき》で床を蹴《け》りつけていた。しかし、のばした手が把手《とって》にとどくよりさきに、向うから大きくドアが引き開けられ、やっと倒れずに踏みとどまった私を受けとめるように、暗殺の名人だと自称する、例の若い男が、立ちはだかっている。気まずそうな微笑をうかべ、長い両腕をもて余したように、宙にうかせて……

「やっぱり、やるんですかあ……困っちゃいますよ、先生……」

かまわずにぶつかっていった。木村に事情を話して、救いをもとめるよりほかはない。たしかに、この連中は狂っている。左の肩で相手の胸板をねらい、その反動を利用して右側に駈《か》けぬけようとした。すくなくも私は、そうしたつもりだった。ところが何処《どこ》かに計算の狂いがあったらしく、左の脇腹《わきばら》に強い圧力を感じ、そこを中心にして振りまわされたかと思うと、次の瞬間には、理解しにくい姿勢で反対側の壁に叩《たた》きつけられてしまっていた。下半身が、どこか遠くに落ちていくようだ。股《また》のあいだや、指のあいだや、耳の穴の中などから、いくつもの視線が私の顔をのぞきこんでいる。やっと正常な空間関係が戻ってくるにつれて、心臓の下あたりに、鋭い痛みがふくれ上ってきた。

頼木と友安に両側からささえられ、もとの席につれ戻された。「汗を……」和田が小声でいって、小さく折りたたんだハンカチを私の手にのせてくれた。困ったことだといわんばかりに、首を左右にふっている山本氏。男はと見ると、さっきの姿勢のまま、はにかんだように薄唇を開けていた。

「……そうなったら、そうしろって、先生が言うもんだからさ……はじめは、冗談かと思っていたけど、本当に弱っちゃったよ……」

「もういいんだ。向うに行って、待っていてくれ」そう言ったのは機械なのだが、男には、私の声と区別できなかったらしく、べつに不審そうな顔もみせずに、首の骨が外《はず》れたようなうなずきかたをして、ねばりつくようなズックの靴音をひきずりながら、立去っていった。

「かまわずに、始めていて下さい」そう言い残して、和田も出ていった。

「言うこと、なすこと、すべてが予想どおりだ」機械がとがめるように、語尾に力をこめて言う。

頼木が部屋の明りを消し、相羽がテレビのスイッチを入れた。

突然、暗闇《くらやみ》にせきたてられたように、私はわめきだしている。しかし、喉がひりついて、予期したほどの声にはならない。

「なぜ……こんなことをする必要があるんだ？　どうせ、殺すつもりなら、さっさとやってしまえばいいじゃないか！」

頼木が、ブラウン管の青い光の中で、おずおずと振向いて言った。

「ええ、ぼくらは、かまわないんです……もし先生が、どうしても、ごらんになりたくないと仰言《おつしや》るんでしたら……」

私は黙りこんだ。ただじっと、脇腹の痛みをこらえながら……。

間奏曲

山本氏の解説とテレビによる水棲人《すいせいじん》養育場の実写風景

画面にNO・3と白ペンキで書かれた鉄の扉《とびら》。

白衣を着た青年が現れ、まぶしそうな目つきでこちらを振向く。

——まず最初は、発生室です。先生にお子さんとの、ご対面をねがうわけですが……（青年にむかって）用意はいいの？

——はあ……この、第三室と申しますのは……

——いや、一般的な説明はいいんだ……とにかくまず、息子さんの様子をお見せして……

（青年、うなずいて扉を開ける。内部は豚の発生室とほとんど同じつくり。青年、鉄の階段を上って、奥に姿を消す）

――この廊下をずっと右の方に参りますと、昨夜先生を御案内した建物の……憶《おぼ》えていらっしゃいますか、犬を訓練していたプール……あのすぐ裏手に出るわけですが……長い地下道で、歩くと三十分以上もかかってしまいますので、小型の電車でも通そうかと、計画中なんですがね……

（青年、手にガラス器をもって、戻ってくる）

――うまく、ついているかい？

――ええ、良好ですね。

（ガラス器の大写し。まるまった、メダカのような形をした胎児。かげろうのように揺いでみえる透明な心臓。暗い寒天様の物質の中に、線香花火のように散ってみえる血管）

——御子息です……いかがです、御感想は?……なかなかお元気のようですよ。……よろしかったら、先に参りたいと思いますが……(暗転)——あ、ちょっとお待ち下さい。準備をいたします。この水棲人養育場は、発生部と、育児部と、訓練部の三部門に大別されますが、そのうち発生部は、他の動物の場合と同じなので、省略します。それから、育児部と訓練部のちがいは、前者が生れてすぐのものから五歳まで、後者が六歳以上をあつかうことになっています。ただし、六歳以上というのは、まだほんの実験当時の子供たちなので、八歳が一名、七歳半が八名、七歳が二十四名、六歳になってやっと百八十一名という、ごく小規模のものにしかすぎません。これが五歳児になると、急に四万に増え、四歳から下はさらに増えて、年々九万から十万にもなっています。ですから来年度からは、訓練部もいよいよ本格化してくるわけで、現在数カ所の海底でその建設を急いでいます。一訓練部の収容人員が三千から一万ですから、大小合わせて二十一カ所の……

——お待たせしました。

(と声がさえぎって、画面明るくなる。巨大なプールの水の中。見わたすかぎり、小さく仕切られた長い棚が、幾段にも幾列にも並んでいる。その仕切りの一つ一つに、水棲

人の乳児たちが、それぞれ勝手な姿勢で浮んでいる）

――育児部のなかの、乳児室です。分娩室《ぶんべんしつ》からまっすぐここに搬《はこ》びこまれるわけですが、とにかく一日に五百から、多い日には千をこしますからね。離乳まで……五カ月……ここであずかってやれば理想的なんですが、そうなると少くも十二万人分のベッドを用意しなければならない。とても無理な話です。それで二カ月までの全部と、あとはテストの目的で各月ごとに三百、計九百人をあずかっています。その他は、二カ月をすぎると、それぞれ海底開発予定地付属の育児部に送られていくわけです。全体として、どうしてもまだ指導員が不足していますから、心配なのですが、案外死亡率は低いですね。ですからこのプールに一万三千、同じものが五つあって、あとは三カ月から五カ月のもののためのモデル・プールと、そのモデル・プールを出た連中のための、育児部と訓練部ということになっている。順にごらんにいれますが、まずこの授乳設備を見ていただくことにしましょうか……

（カメラが仕切りの一つに接近する。合成樹脂の箱である。中に白っぽい皺《しわ》だらけの水棲乳幼児が、大きな頭を下に、尻《しり》を浮かせた奇妙な姿勢で、鰓《えら》をひくつかせながら眠っている。箱の上部に、沢山の突起がならびその一つ一つが細管につながっていて、その細管は、上を走っている大きなパイプに連結している。下にも同じようなパイプがあるが、これは各箱ごとに一本の枝しか出ていない）

――上のパイプが授乳管、下のパイプが汚物処理管……

（アクア・ラングをつけた技師が泳いできて、うなずいてみせ、箱の上を指で軽く叩《たた》く。乳児が目をさまし、はげしく鰓を開閉させながら、ゆっくりと回転して仰向《あおむ》きになり、頭から浮かび上って、天井の突起の一つに吸いつく。その様子は、ふつうの赤ん坊の表情とそっくりだが、しかし一口ごとに鰓裂《さいれつ》から乳があふれるところは、いかにも奇妙である。やがて箱の中が真白になる。下のパイプをとおして、古い海水と新鮮な海水が循環しているのが分る）

――しかし、一番の難関は、栄養のことなどよりも、やはり体温調節の問題でしたな。鰓の発生で外分泌腺《がいぶんぴつせん》に一連の変化がおき、いわゆる相関の法則というやつで、皮膚の変質、皮下脂肪の蓄積などがおきるだろうことは、あらかじめ予測しないでもなかったのですが、それが、どの程度のものなのか、具体的にはまるで見当がつかなかった。それに、皮膚の生理的、ならびに物理的抵抗力の問題もありますし、これには実に悩まされてしまいましたなあ。いや、成長してからなら、合成樹脂かなにかの服でもつくって着せてやれば、水は熱の不良導体ですから、体温を保たせるくらい、わけはないのですが……事実、そうやって、かなり成功はしているのですが……問題は、この授乳期の水温をどの程度にするかという点で……御承知のように、温血動物は、外界の温度から体温を独立させることで、高温を保ち、より大きなエネルギーを消費することが出来るようになったわけですが、急激な形質変化をうけた水棲人は、環境に対する適応能力が、異常に活性化していますので、下手《へた》すると体温を下げてしまうようなことにもなりかねない。たとえば魚の体温と水温の差は、大体二度から三度なんです。万一そんなことになったら、せっかくの水棲人類も、まるでのろまな役立たずになってしまう。……それなら、三十五度の水温で育てればいいのかというと、そうも簡単には言い切れない。こんどは皮膚や皮下脂肪層の強化という点で、心配が出てくるのです。まったくディレンマでしたな。しかし、この問題も、なんとか解決することができました。ごらんなさい。上のパイプ……外からは分りませんが、二重になっておりまして、内側のパイプに中核の仕切りがあり、一方がミルク、もう一方が摂氏六度の海水というふうに分けられている。ふだんは、ミルクの側が乳首に向っているのですが、操作室の操作で、そのパイプが回転し、十秒間隔八秒間で六回、朝昼晩の三度ずつ、ミルクのかわりに冷水をその三十の乳首から噴射してやるのです。いわば加圧冷水によるマッサージですな。これは、想像以上の効果をあげましたよ。いま、ごらんにいれられないのは残念ですが、それをやると赤ん坊たちが、どんな格好であばれだすかって……（くすくす笑いながら、手をふり）しかしまあ、ここはこれくらいにして、先に参りましょうか。順序から言えば、この先、モデル・プールがあり、それからさらに各年齢別のプールに進むわけですが、あまり時間もないことですし、途中はずっと省略して、最後の五歳児の生態だけを見ていただくことにします。

（いったん溶暗して、次の場面。小学校の教室ほどのプール。足に小さなゴムの水搔《みずか》きをつけて、自在に泳ぎまわったり、休んだりしている、男女の半々の三十人ばかりの子供たち。その不思議に大きく見開かれた、まばたきをしない目や、海草のように逆立ってゆれている髪の毛や、喉元《のどもと》の鰓の割目や、胴のわりに貧弱なすぼまった胸などを除けば、この水棲の子供たちは、まぎれもない日本人の顔をしている。——あたり一面に立ち込めている、錆《さ》びた金属をこすり合わせるような音。天井から下っている、パイプを組合せたジャングル。水面に浮んだ、大小の木片。くぐり穴や、高低のついた複雑な形の壁の突起。子供たちの遊び道具であるらしい）

——この騒ぎは、子供たちの歯ぎしりです。歯ぎしりが水棲人たちの言葉なのです。声帯は退化していますし、あっても水の中では使えません。モールス符号のような使い方をしているわけですが、文法は日本語と同じなので、翻訳可能です。この言葉の便利なところは、口をつかわずに、何か道具を使ってもおしゃべりが出来るという点でしょう。指をふれ合って、二人だけの密談もできるし、食物を口にほおばったまま、足を床でこすって演説することも可能なわけです、それで文字も、縦線と横線を組み合わせた、分りやすい記号をつくってやりました。現在、通信技師あがりで、水棲人語を自由につかえる者が八十人ばかりおりますし、電子頭脳をつかった翻訳機械も動きはじめていますから、かなり行きとどいた教育もしてやれるようになりましたよ。ほら、みんながいっせいに緊張したでしょう。発信所から命令が出ているのです。

（子供たち、信号の出ているらしい方向を、じっと見ていたが、たちまち先を争って、左手の出口に突進していく。カメラがその後を追う。アクア・ラングをつけた二人の女。

一人が大きな箱のわきに立ち、いま一人が棒切れをこすり合わせて、何かの指示をあたえているらしい。子供たち、その前に、一列に並ぶ。女の一人が、箱から黒い文庫本ほどの大きさのものをとり出して、次々に渡してやる。受取った子供の一人が、いきなりそれにかぶりつく)

——食事の時間ですな。

(棒を持った女、食べた子供を打つ。子供、歯ぎしりして逃げ去る)

——行儀がわるいので、叱《しか》られたんですよ。しつけはきびしくやっています。部屋に戻ってからでないと、食べてはいけないのです。

——いまの子供、あれは笑ったんでしょうか?

——さあ……彼らの感情表現は、ちょっと変っていますからな。すくなくとも、われわれが考えるような意味では、笑ったわけじゃないでしょう。肺と一緒に、横隔膜も退化していますから、笑うわけにはいかないんですよ。また、面白いのは、この連中は絶対に泣かないということです。他の外分泌腺と一緒に、涙腺もなくなっていま

すから、泣こうにも泣けないんでしょう……

――涙はながさなくても、他の方法で泣くのとちがいますか？

――ジェイムスも言っておりますね。人間は悲しいから泣くのではない、泣くから悲しいのだと。泣くための涙腺をもたない彼等は、あるいは、悲しいという感情自体も知らないのかもしれません……

（一人の少女が、カメラの前を横切ろうとしてびっくりしたように振向く。とがった小さな顔、大きく見開かれた輝く目。ふいに歯をむき、鋭い音をたてて、身をひるがえしざま泳ぎ去る……）

――残酷だ！

――なんですって？

――悲惨すぎる……

――（笑って）いけませんよ、類推による同情の押し売りは……それよりも、次に行ってみましょう……六歳以上のモデル訓練です……

――（テレビの中から）ちょっと休憩をいただきたいんですが……

――そうそう、場所がはなれているので、カメラを潜水ボートで搬《はこ》ばなければなりません。そのあいだ、どうか、明りをねがいます……

休憩時間を利用し
てなされた友安の
第四間氷期終末説
に関する重要報告

――私はただ、事務局の人間としてですな、簡単に一言……これは、勝見先生もすでに御存知のことなんですが、そら、今朝がたも新聞社から電話があった……太平洋海底火山群の活動化について、共同調査してほしいという、例のソ連からの申入れですな……実を申しますと、頼木さんにお願いしまして、こちらではとうに調査ずみだったんです……いや、たぶん、ソ連のほうでも、おおよその見当はつけておるんでしょうが、そこはそれ、お得意の政治のかけひきというやつで……

――なるたけ、簡単にしたほうがいいですよ。と、頼木がたしなめる。

――分っています……いずれ、ずぶの素人《しろうと》なので、簡単にしか申せませんがね……

つまり、実際に、太平洋では全体的に海底火山が活潑化《かっぱっか》してきているらしいんですな……それがまた、最近の、この天候異変にも関係しているらしい……とくにこの、北半球における夏季の異常高温ですな……これについちゃ、もうかなり前から、太陽黒点のせいであるとか、人間のエネルギー消費の増大による炭酸ガスの増加であるとか、いろいろに言われてきましたが、どうもそれだけでは片づかなくなってきたらしい。いずれは、第四氷期の名残《なご》りである氷河や南極の氷もとけて、しぜん海面が高くなることは分っておったんだが、どうもその上り方が、計算に合わんことがわかった。まあ、千年もたてばすっかり融《と》けつくして、ちょうどこの前の第三間氷期と同じくらいに……つまり、海面が、百メートルくらいは、上昇することになるだろうということで、各国ともに、都市や工場を徐々に高原に移す方向にもって行っていたわけですが……いや、おはずかしいことに、高原地帯がないせいもありましてな、わが政府はなりゆきまかせに、見て見ぬふりをしておりましたんですが……

ところが、どうもせんだっての地球観測年以来、氷が融けた分よりも、海面が上った量の方が、はるかに多いことが、はっきりしてきた。それがなんと、計算を信じるとすれば、三倍近くも多いんですわ。いや、学者によっては、三倍半だと言いだすものさえありました……そう言われてみると、たしかに、各地の地盤沈下には、地下水の減少などというだけでは説明しきれないものがある。すると考えられることは、海水があらたに何処《どこ》かでつくられているという場合だ。つまり、海底火山が大々的に活動しはじめたという場合ですな。だいたい、火山ガスというのは、そのほとんどが水蒸気で、現在の海水も、もとはといえば、この火山ガスから生まれたというのだから、あるいは本当かもしれない。私には分らんが、まあそう言ったものらしいですな……

それにしても、この海水の増《ふ》え方からみると、ちょっとやそっとの噴火ではないらしい。なにか、とてつもないことが起きかけているらしいというのです。たとえば、新説によりますと……いえ、むろん、先生方の受け売りですがね……もともと、陸地というのは、地表のとくに放射性物質の多いところが、その熱で融解してふくらんで、持ち上がったものだという。だから、当然その中には、熱いどろどろした岩漿《がんしょう》がいっぱいたまっておる。時がたつにつれて、そいつはますますふくれていき、ときたま、火山になって、吹き出すこともあるが、それだけではとても処理しきれるものではない。それればかりか、熔岩《ようがん》でますます皮があつくなり、重さも増すので、とうとう我慢がしきれなくなって、ブッ……と、こう、踏みつぶされた餡《あん》パンみたいに、縁から一どきに中味をぶちまけてしまう。どういうところから吐出すかというと、むろん海底と陸地の境い目なんですな。

こういうことが、大体、五千万年から、九千万年に一度くらいの割で、かならずあったものらしい……そして、しらべてみると、どうも太平洋と大陸の境界線あたりに怪しい動きがある。いわゆる太平洋の火の環《わ》とよばれている、あの地震地帯です……いやいや、正直いって私にはよく分らんのですよ……まあ、そうだとすると、この気温や海面の上昇は、ただの間氷期的現象なんかではなくて、どうやらその五千万年に一度の大変動ということになるらしい……これがつまり、その第四間氷期終末説というものなんですが……

まあ、どこからともなく、この説がとなえられはじめますと、各国ともに、こいつはいかんというので、さっさと地球観測年を解散してしまった。というのは、この論でいきますと、さほど遠くない時期に、いまの何百倍もの海底火山がいっせいに噴火して、海水は一気に、毎年三十メートル以上もの速度で増えはじめ、四十年後には、千メートルをこえるだろうというんですな。万一そんなことが公表されてしまったら、どえらいことになる。公安の秩序は、もう滅茶々々ですわ。ソ連のような、だだっ広いところはべつにしても、ヨーロッパはまず全滅、アメリカにしても、ロッキー山脈をのぞけば完全に全滅だし、日本なんか、先生、山だらけの小島がぽつんぽつんと、五つ六つ残るだけだというんですからなあ……。なんとか対策がたつまでは、こんなことは国民に知らせないのが、政府の義務というものでしょう。そこで、どの政府も、他国のことには口出ししないかわりに、こちらにも口出ししてくれるなというので、互に手をひくことにしたわけです、しかし、政府筋にはたえず移動があるから、そう信用ばかりもしていられない……というので、財界の主だったところが軸になって、一種の対策委員会をもつことになった。これが、後に、この海底植民地開発協会にまで発展して参ったわけで……

「不公平なやり方だ！」

……と、私は胃の中に強酸をそそぎこまれたように、舌の先までが熱くなった。本当に腹を立てていたのか、腹を立てるべきだと考えたのか、それとも腹立ちにかこつけようとしていたのか、よくは分らなかったが、ともかくここで、思いきり声をはりあげてみる必要があるように感じたのだ。

「そんなことが、分っていたのなら……」しかし顎《あご》の筋肉がまるで乾ききってしまい、まるで言うことをきいてくれないのだ。「どうして……すぐに、言ってくれなかったんだ？　はじめから、分っていりゃ……私だって……」

「そうでしょうか？」と頼木が、上眼づかいに鋭く問い返す。

「だってそうじゃないか……」まるで悲鳴のようだと、自分でも思いながら、「そんな、決定的な話を、黙って隠しておいたりして……」

「でも、ぼくはそうは思いません。この話を先に持出していたりしたら、先生はきっと、今以上に現状にしがみつこうとして、悪あがきしていただろうと思うんだ」

「なぜ……?」

「陸地の陥没は、先生を不安にさせましたね?」

「させたさ!」

「それで、水棲《すいせい》人間の存在が、その不安を救ってくれそうですか?」

答えようとしたが、駄目だった。風邪《かぜ》をひいた、けちな小動物みたいに、ぜいぜい喉を鳴らすばかりだ。……上半身はほてっているのに、膝《ひざ》から下が、妙につめたい。まるでそこから、死が這《は》い上ってきているようだ。

「だから、ぼくは」と、頼木がゆっくりした調子で、「海底火山のことなんか、むしろ二義的なものだと考えているんです」

「なぜです?」と友安がいかにも不服らしく、「現代が単なる間氷期ではなく、第四間氷期の終末……いや、このまったく新しい地質的変動の、はじまりかもしれないというのに……」

「それはいいんだ。しかし、海底植民地の開発には、そうした天変地異のあるなしにかかわらず、それ自体に大きな意味がある。やむを得ないからではなく、それ自体が積極的に素晴らしい世界だからなんだ。ぼくは、海面上昇の問題はむしろお偉方に覚悟をきめさせるための、いいきっかけになったくらいにしか考えていません」

「邪説ですよ、頼木さん、邪説ですな……」

「邪説でけっこう、ぼくらと友安さんとでは、立場がちがうらしいんだから……そうなんですよ、先生、ぼくらは行動こそ共にすれ、思想的には、かならずしも一致しているわけじゃないのです。そうですね、友安さん、現に財界の連中はこれで一儲《ひともう》けしてやろうとたくらんでいるわけでしょう？　それとも未来のために、浄財を投げ出そうとでもいうんですか？」

「言いすぎですよ」友安はむっとした表情で、つき出した顎にはずみをつけながら、

「一義的だろうと三義的だろうと、街も畠《はたけ》もブクブクブクだけは、たしかなんだからね。何んといったって、たしかなことは、それだけですよ！」

ふたたび山本氏の解説とテレビによ

る水棲人間モデル
訓練所の実写風景

（ゆらぐ水の中……黒い海の空を背景に、一本の足で支《ささ》えられたチューリップのような形のものが、白く光りながら浮かんでいる）

——あれが、モデル訓練所の建物です。面白い建築法でしょう……全体がプラスチックで出来ていますが、壁が中空になっていて、中にガスが詰まっています。その浮力で浮いているんですね。地上のように、重力にたよる建築とはちょうど逆です。それに、中に住むのが空間を自由に動ける水棲人ですから、床とか天井とかにこだわる必要もない。平面にしばられなくてもいいわけですね。出入口なんかも、だから、上に向って開いています。非常に単純な構造にまとめられているわけです。……それに、なんと言ったって楽なのは、部屋の中に空気がいらないので、水漏だとか水圧だとかを全然気にする必要がないこと……深い海は平和で、静かなものですからね……

（建物間近にせまる）

Machi

――ずいぶん大きなものだな……
――現在は、二百十四名しかおりませんが、子供がふえれば、千名まで収容の予定です。これ一つで、学校と寄宿舎をかねているわけですからね……ちょっとしたビルですよ……将来はここに、これと同じものが、二十一箇ならぶはずです。各年三百人ずつ、五歳から十歳まで、計二万一千人ですから……いや、建てるのは簡単なものですよ。間もなく大量生産にかかりますしね。トラック一台分くらいに畳んだものを、四つ搬《はこ》んできて、現場でつなぎ合わせて、ガスを吹きこめばそれで出来上り。いくらか手間のかかることといえば、海底に土台を固定することくらいのものでしょうか……

(カメラ、建物にそって上って行く。やわらかな、蛍光《けいこう》に似た光の帯が、幾段にも重なっている。光は壁の中に仕込んであるらしい。一群の小魚の群が、ちらちらふるえながら横切って行った)

――注意して見てごらんなさい。この光の帯は、ごくわずかですが、明るくなったり暗くなったりしています。その明暗のリズムは、すこしずつずれながら、下のほうへ移動していっていますね……一種の集魚燈《しゅうぎょとう》の役目もしているのです。魚は、種類によって、自分の好みの明るさというものが一定していますから、ついこの流れにのって、下の方に降りて行く。そこに、魚の取入れ口が、大きな口を開けて待っているわけです……まあ、文化蠅取器《はえとりき》とかいう、あれに似たようなものですな。将来はこの漁獲法が、かなり盛んになるだろうと思います……なかなか効率がいいんですよ。それで、この辺にくる漁師たちは……

——いったい、どのあたりなんです？

——浦安と木更津を結んだ線の中ほどになりますか……

——それを今まで、よく目立たせずにこられたものですね……

——たまたまこのあたりは、深さが五、六十メートルもあったのです。それをさらに、泥さらえしましてね……ちょうど二十五メートル、建物の高さの分だけ……潜水服でもつけなけりゃ、ちょっと入り込めない深さですよ。それに生徒たちにも、よく注意してありますし……

——訓練員はどうするんです？

——その時間には、支柱を、屋上が水面下二十メートル程度になるまでのばします。

（カメラ、屋上に達する。ふくらみをもった曲面で、中心に丸い大きな穴。その穴の縁に片足をかけて、ただようような姿勢で一人の少年が立っている。肩のあたりに、手のひらほどの魚）

——迎えに出ているんですな……あれが、水棲人間の第一号。最年長者で、今年八歳なんですが、もう、十二、三歳か、あるいはもっとに見えるでしょう。親がいないというようなこともあるでしょうが、これはもっと本質的なことで、どうも海中では、なんでも驚くほど成長が早い。ソ連科学アカデミーの発表で読んだことがあるんですが、植物でも、陸の植物の生物学的効率が五％程度なのにくらべて、ほぼ百％にちかいということですな。象が成熟までに四十年もかかるのに、あの巨大な鯨が、生後わずか二、三年で子供をうむ……

（少年、かすかに唇《くちびる》をひらいて、歯ぎしりしながら頭を下げる。魚が彼の唇に体をこすりつけようとするのを、軽くおしやる。こころもち、微笑《ほほえ》んだような気もするが、あるいは違ったかもしれない。全身を灰色のジャケツとタイツで包み、足にはヒレをつけている。あわい髪の毛が、煙のようにただよっている。異様に見ひらかれた、いびつな眼の鋭さをべつにすれば、つねに八方から水圧で支えられているせいか、まるで娘のようにしなやかな体つきだ。ただ、鰓《えら》とすぼまった胸だけが、やはりなんとなく薄気味わるい）

——よく馴《な》れた魚だ。動物好きなんですな、この子は……名前を、声帯音に翻訳しますと、イリリと言いますがね……まあ、単なる記号です……それから、ごらんなさい、その屋上の屋根……

（屋上の表面のアップ。プラスチックらしい覆《おお》いの下に、黒ずんだあぶくのようなものが密生している）

——セネデスムスといってクロレラの一種なんですが、もともと淡水産のものを海水になれさせましてね……必須《ひっす》アミノ酸を十二種以上もふくんだ、じつに理想的な栄養源です。これでつくったセンベイが、子供たちの大好物でしてね……

（少年、軽く膝をまげ、そのままの姿勢で、静かに穴の中に降りはじめる。歯をきしらせて魚を呼ぶ。魚、ついてゆく。カメラもその後を追う。少年、くるりと反転、頭を下にして速度を早める。微妙に律動する、ヒレをつけた足先。その向うに、沢山の子供たちが、穴の壁面にそった手すりにからみついたり、一直線に前を横切ってみせたりしながら、待ちうけている。まるで虫が鳴いているような騒々しさだ……)

——よく馴れた魚だ。ああしてだんだん馴らしていけば、やがては魚の家畜になるかもしれない……(ふと、送話器によびかけて)ちょっとそこで停ってくれないか!

——(スピーカーをとおして、にぶい声)作業室をごらんになりますか?

——うん、ちょっとだけね。

(カメラ停り、壁面……きちんと並んだ長楕円型《だえんけい》の出入口が、まるで蜂《はち》の巣のようだ)

——現在はまだ、使う者がいないので、ほとんど利用されていませんが、この辺が大体、実習訓練のための教室です。

(その出入口の一つに接近。少年、魚をつかんで、自分の髪をくわえさせ、そのまま先

まわりして部屋の中にすべりこむ)

——教室といっても、物理化学の実験から、機械の運転や操作のしかた、あるいは、食品の加工技術にいたるまで、すぐ応用できる実用主義でつらぬかれていますから、完備すれば、まあ、ちょっとした工場になりますね。あと五年たって、最上クラスまでが定員になったら、おおよその日用品は、ここで自給自足できるはずです。

——で、ここを卒業したら、その後は?

——着々と、海底工場を建設中ですし、海底鉱山や海底油田に働きに行く者もいるでしょう。また海底牧場も人手不足で困っているんですから、大歓迎でしょうし、とくに成績のいい者は、特別教育部にまわして、医者や技師や技術の専門教育をうけさせ、人間の手伝いをやらせたり、また順次、人間と交代させていく予定です。

——(友安が忠告がましく)しかし、それにはかなりの反対意見が……その、特別教育ってやつにはね……

——問題にならないさ。陸棲《りくせい》人間のやれることには、いずれ限度があるし、それに大体、絶対数が不足しているんだ。

（部屋の内部がうつっている。とくに作業台といったものはなく、床から、壁から、天井から、さまざまな棚や、突起や、鉤《かぎ》などがつき出しており、なかにはプラスチックの風船で宙吊《ちゅうづ》りになっている工具まである。……少年、なにやら得意そうに、カメラとその工具とを見くらべる）

——ごらんなさい、あれは、イリリの発明品なんですよ。（送話器に）使わせてみてごらん。

（きしる音……少年、うなずいて、風船ごとその工具をつかみ、部屋の隅から出ている管と接続する）

——圧搾《あっさく》空気です。水中では、主要な動力ですね。このほか、気化性火薬や、液体ガス……

（少年、コックをひねる。工具、気泡を吹きだしながら振動しはじめる。気泡は、みるみる天井にかたまって、大きな泡になり、ゆっくり天井をはって排気孔に吸われていく。

魚がその後を追って、口をつっこんでみたりする。振動している突起を、そばのビニール板にあてがうと、みるみる切断されていく）

——自動丸鋸《まるのこ》です……大したものでしょう、ぜんぶ自分で考案したんですからね……ええ、むろん材料から手製です。ここはプラスチックの加工室で、大ていのものはそろっていますな。海中生活では、プラスチックが地上の鉄にかわるものですから、これに習熟することが、生活技術の基本だとも言える……しかし、ちょっと不思議でしょう。まだわずかに八歳足らずの子供なんですからね。どうも海の中で、成長が早いのは、単に肉体だけじゃないらしい。

——エネルギーのほうは、どうしているんです？　プラスチックの加工には、かなりの高温が必要なはずだし、それにこの部屋の照明だって……

——むろん、電気ですよ……絶縁技術の発達で、やりやすくなったとはいえ、水中生活ではやはり一番の難物でしょうな。かといって、電気なしではすまされない……

——すみませんか？

——そりゃ駄目ですよ。まあ、加熱や動力くらいなら、他のものでごまかせるにしても……そら、通信というやつ……電波は水中では使えませんから、当然、超音波をつかうわけですが、その発信受信に、どうしたって電気が必要です。また、ゆくゆくは、圧搾空気など、出来れば自給にもっていきたいものだし……いまのところは、陸のほうからケーブルでひいていますが、将来はやはり、小型の原子力発電にふみきるとか、効率のいい重油発電を工夫《くふう》するとか、浮力を応用したガス発電をやるとか、陸にたよらないでもすむ方法も考える必要がありますね。……そうすれば大陸からうんと離れた海底に、定着した研究所を建設することも出来るし、また、マンモス都市の建設だって、夢ではない……おや、また発明かな？

（少年、こんどは、下から三分の一ほどのところにペダルのついた、まっすぐな棒をひっぱり出してきた。垂直に立てたまま、乗って、ペダルを踏むと、下に直角にスクリューがついていて、つっと浮び上り、体を倒すと、こんどは横に走りだす）

——水中自転車だな……得意なんですよ、人に見られているのがねえ……

——案外、人なつっこいじゃないか……

——そう……イリリは、とくべつ人なつっこい……この子は、はじめての実験だったので、発生のプロセスに、ちょっとした失敗があったのかもしれない。外分泌腺《がいぶんぴつせん》が、完全には消失していないのですよ。たとえば眼の形がいびつなのに、お気づきになったでしょうか？　わずかですが、左眼に、まだ涙腺の痕跡《こんせき》があるのです。そんなことが、あるいは、不完全燃焼の原因かもしれない……

——不完全燃焼？

——人間の情緒が、多分に皮膚や粘膜の感覚に依存していることは了解していただけるでしょうな？　たとえば、「ぞっとする」「ざらざら」「ねばつく」「むずむずする」……こう、ざっと並べただけでも、いわゆる体表面感覚が、いかにわれわれの気分や雰囲気《ふんいき》の形容になっているかが分ります。そして、この体面感覚というのは、一口に言ってしまえば、空気に対して海を保存しようという本能なんですな。わき道にそれているようだが、お聞き下さい、あるいは大事なことかもしれない……御承知のように、もっとも進化した陸棲動物である人間でさえ、血液から、骨から、原形質にいたるまで、ほとんどが海の成分でなりたっている。最初の生命が、海の結晶であったばかりでなく、その後も生命は、ずっと海に依存しつづけてきたのです。陸に上るときでさえ、海をそのまま、皮膚にくるんで搬んできてしまった。病気にかかると、食塩水の注射をしなければならないほどだ……ところが、その皮膚自体が、やはり海の変形にほかならない。ほかよりは抵抗力が強いといっても、時々は海の助けをかりなければやっていけない。外分泌腺というのは、つまりは、苦戦している皮膚に対する海の援軍なんですな。涙は目の海です。……ですから、結局私どもの情緒などというものも、要するに外分泌腺の興奮と抑制……言葉をかえれば、陸に対する海の自己防衛の闘いにしかすぎず……

――それがなければ、情緒がない……？

――いや、ないとは言わないが、われわれにはおおよそ見当もつかないような、まったく質のちがったものでしょう。現に海の中にいるのだから、いまさらなにも、大気と闘ったりする必要はないわけだ。魚が火に対する恐怖心を知らないのと、同じことです。

（少年、たくみに水中自転車をあやつって、自分の魚と、鬼ごっこをはじめる）

――じっさい、このイリリ以外の子供たちを見ていると、時々、この連中には心がないのではないかというような不安におそわれたりすることがある。もちろん、ないのではなくて、別な心があるのでしょうが……

――それで、この子だけが、人間らしいというわけですか？

——そう……見ていて、やることが、なんとなく理解できるのです。(つい感傷的な調子になりながら) しかし、海の中の、陸の心なんて、要するにただ不完全燃焼するだけのことではあるまいか……

(少年、魚を追いながら、そのままカメラのわきをすりぬけて、部屋の外に出ていってしまう)

——しかし、だからこそ、あれだけの知恵の発達もできたのとちがいますか?

——いや、知恵の点だけなら、ほかの子供たちも負けず劣らずです。あれより三月も年下の子が、気泡のシーソーを利用して時計をつくってみせましたからね。時計といっても、十五分ごとに針が動く程度のものですが……

(カメラ、少年の後を追って、ゆっくりと仲間たちの方へ……)

——(気をとりなおし、再び明るい事務的な調子にもどって) この中間層が、住居にあてられ、その下が各年別の普通教室……教科はわれわれの場合と同様、読み書き算数からはじめますが、その後を、どういうふうに持っていったらいいものか……一応、彼等の生活条件に合わせた、流体物理や高分子化学に重点をおいたかたちで、まとめておりますが……けっきょく、私どもの臆測《おくそく》を出るものではない……やはり彼等自身の中から教育者が育ってきて、はじめて本当のコースも決まることなんでしょうね。空気と水では、ともかく、感覚の根底からしてちがいすぎる……

（つみ重なったバルコン……遊んでいる子供たち……ある者は、むき出しの好奇心を示しているかと思えば、べつの者は、ほとんど無関心である）

――また、言うまでもないことですが、歴史だとか、地理だとか、社会科だとかいうものはありません。人間と、彼等との関係を、一体どんなふうに教えたらいいものやら、私らにはちょっと判断がつきかねるのです。

――（友安が鼻をならして）当然でしょう。永久のうらみを買うのがおちだろうからね……

――いや……（と、かすかに首を横にふり）そんなことを言うのは、陸棲人間に対する買いかぶりですよ。

（子供たちの好奇心にも、無関心にも、一つだけ共通したものがある。それは、異常な冷淡さである。彼等の視線の前に立つと、まるで自分が「物体」になってしまったようなのだ。心がないみたいだと言う山本氏の形容も、うなずけなくはない。

……カメラにとびついてきて、両手でレンズをかくそうとするいたずら者……壁をはっている、小さな虫を飽きずに観察している娘……イリリの自転車をとりまいて研究している少年たち……幼い少女が、迷いこんできた小魚をつかまえて口に入れると、近くにいた少年が少女の鼻の穴に指をつっこみ、乱暴にふりまわして吐き出させる……少年に腋《わき》の下を舐《な》めさせながら、仰向《あおむ》けにただよっている小娘……当番にあたっているのか、圧縮ガス掃除器で壁をこすってまわっている、混成のグループ……しっぽをまいた水棲犬に、頬《ほお》ずりをしている男の子……）

——では、簡単でしたが、この辺で……相羽君、スイッチを切って下さい……

（誰からともなしに、もれて出た大きな溜息《ためいき》……ふるえ、すぼまり、小さく消えていく、スクリーンの残像……）

ブループリント

35

ふるえ、すぼまり、小さく消えていくテレビの画面を見送りながら、しばらくは誰も身じろぎもしなかった。部屋の明りをつけようとする者もなく、また催促しようとする者もいない。まだ何か続きがあるのだろうか……そう考えて、内心私はほっとしていたようだ……すくなくもそのあいだは、生きのびることができるにちがいない……

だが、沈黙がながびくにつれて、急速に恐怖がたかまってくる。奇妙なことだが、私は今見せられた事実に圧倒され、感覚的には拒みながらも、心のどこかでは、つい面白がってさえいたようだ。知らずに、男女の比率を計算してみたり――大体、同数のようである――将来の結婚形態について、勝手な臆測《おくそく》を働かせてみたり、けっこう実験室の人間らしい気分にもひたっていた。だが、ふたたび闇《やみ》にかえり、自分にもどってみると……実験されているのは、いぜんとして自分のほうではないか。こうして死を待っている……死刑囚にあたえられた、あわれみの茶一杯……それで、死の性質に、何かの変化がおきるとでもいうのだろうか……握りこんだ爪先《つまさき》が、手のひらにくいこんでいる。しかし私は、まるで糊《のり》でぬり固められたようになって、この瞬間にしがみついているばかりだ。それとも、こちらの気持のいかんにかかわらず、私の死を求めているのは、自分自身なのだという、私の第二次予言値の説明に、言いくるめられてしまったのか？ 予言機の能力に疑いをはさむことは、すなわち機械の判断に同調したことであり、認めれば認めたで、やはり承認したことになるのだという、まるで裏表が同じメダルで運命を占うような、あの馬鹿気た循環論に閉じこめられてしまって……いや、そんなはずはない、死を拒むのに、死にたくないという以上の理由など、要《い》るはずがないのだ。

もう、これ以上は、がまんできないと思った。しかし、思うだけで、いっこうに行動にはなってくれない。むろん、私は、自分の状態を理解していないわけではなかった。この静止は、感情をたかぶらせることで脱《ぬ》け出せるようなものではなく、むしろ体のどこかを、緩《ゆる》めてやるべき性質のものなのだ。緊張にしめ上げられて、全身の筋肉が古革のようにこわばり、首を動かしただけでも、ぎしぎし音をたてそうなほどだった。

やっと相羽が顔を上げ、もの問いたげに身じろぎした。それを機会に、私はあわてて、呪縛《じゅばく》から脱《のが》れようと身もだえした。しかし声帯にパラフィン紙でもはりつけられたような、哀れっぽい声……すっかり自尊心をなくしてしまう。

「……たしかに、海とくらべると、陸は住みにくいかもしれない……でも、その住みにくさのおかげで、生物も人間まで進化してきたのじゃないですか……私にはやはり、承認できませんね、こういうことの全体が……」

「やっぱりねえ……」と和田が呟《つぶや》く。

「偏見ですよ」と山本氏が気をとりなおし、明るさをよそおって、「自然との闘いが、生物を進化させたことはたしかです。四つの氷期と、三つの間氷期が、人間をオーストラロピテクスから現代人にまで進化させたことも事実です。誰だったか、人間というやつは、氷河という魔法のハンカチから生れた生物だなどと、上手《うま》いことを言った人がいましたがね……しかし、人類はついに自然を征服してしまった。ほとんどの自然物を、野生から人工的なものへと改良してしまった。つまり進化を、偶発的なものから、意識的なものに変える力を獲得したわけです……そこで生物が、海から陸に這《は》い上《あが》った目的も、もう終ったと考えられはしまいか。昔のレンズは磨《みが》かなければならなかったが、今のプラスチック・レンズは、はじめからつややかだ、もはや艱難汝《かんなんなんじ》を玉にすといった時代ではないのです……次は、人間自身が、野生から開放され、合理的に自己を改造すべきではないでしょうか？　これで、闘いと進化の環《わ》が閉じる……もはや、奴隷《どれい》としてではなく、主人として、ふたたび故郷である海に帰って行く時がきた……」

と、なぜかほっと深い溜息《ためいき》をついたのに、私は力をえて、「しかし、奴隷は奴隷でしょう。連中は要するに植民地人で、自分の政府も政治家も持ってはいないわけだ」

「今はね……」と頼木がじれったそうに口をはさみ、「しかし、何時《いつ》の時代にでも、新しいものはつねに奴隷の中から生れてきたのではありませんか？」

「だが、水棲人《すいせいじん》をそんなふうに認めることは、自分を否定することじゃないか。地上の人間は、生きながら過去の遺物になってしまう」

「耐えなけりゃなりませんよ。その断絶に耐えることが、未来の立場に立つことです……」

「しかし、私が水棲人に対する裏切り者なら、君達は地上の人間に対する、裏切り者じゃないか！」

「でもね、先生、こんなふうにお考えになったらいかがでしょうか？」と友安が、いかにも物分りのいいところを見せびらかすように首をふり、「街には失業者があふれ、景気はますますわるくなる一方で……」

「まったくね、ああも考えられれば、こうも考えられる……だが、こんな恐ろしい計画をいつまでも隠したままにしておく権利など、君たちには絶対ないはずだ！」

「いや、ありますね。予言機をとおして、水棲人からあたえられた権利です。それに、時期がくれば、当然公表もします」

「何時……？」

「大部分の母親が、すくなくとも一人は、水棲人の子供をもつようになったとき……水棲人に対する偏見が、本質をゆがめる恐れがなくなったときです。そのころはもう、洪水《こうずい》の不安が現実のものになっていて、人々は陸地の争奪のために戦争をするか、あるいは水棲人を未来のにない手として認めるか、どちらかを選ばなければならなくなっているはずだ……むろん、民衆は」と音をたてて椅子《いす》をずらせ、「水棲人のほうをえらぶでしょう」

　言いおえると同時に、振向いて、何やら、相羽に合図を送った。私にはそれが、ひどく容赦ない仕種《しぐさ》にうつり、まるで暗がりの中で突然曲り角《かど》に行きあたったように、ぎくりとしてしまう。間髪《かんはつ》をいれず、相羽が立上って、用意してあった一枚のプログラム・カードを入力装置にかけた。監視器をのぞきながら、手動制御装置《コンソール》の調整をしはじめる。

ふいに、左肩に、針をさされたような疼痛《とうつう》を感じた。しかしそれは、針などではなく、そっと置かれた頼木の右手だったのだ。いつのまにか、私の斜めうしろに、身をかがめるようにして立っている。そして小声で、ささやいた。

「先生、未来の予言です……本物の未来の、青写真《ブループリント》ですよ……さぞかし、ごらんになりたかったことでしょう……」

36

それから機械は、こんな話をした――

死にたえた、五〇〇〇メートルの深海で、退化した獣毛のようにけばだち、穴だらけになった厚い泥の平原が、とつぜんめくれあがった。と見るまに、くだけちって、暗い雲にかわり、わきたって、透明な黒い壁を群らがって流れるプランクトンの星々をかきけしていった。

ひびだらけの岩板がむきだしになった。それから、暗褐色《あんかっしょく》に光る飴《あめ》状のかたまりが、おびただしい気泡《きほう》をはきだしながらあふれだし、数キロメートルにわたって古松の根のような枝をひろげた。噴出物がさらに量をまし、その暗く輝くマグマも姿をけした。あとはただ、巨大な蒸気の柱が、海雪《マリンスノウ》をつらぬいて渦まきふくれあがり、くだけながら、音もなくのぼってゆく。だがその柱も、海面にとどくはるか手前でぼう大な水の分子のあいだに、いつかまぎれこんでしまっていた。

ちょうどそのころ、二カイリばかり先を、南米航路の貨客船「南潮丸」が横浜にむかって航行中だったが、船客も乗組員も、ときならぬ船体の振動ときしみに、一瞬わずかなとまどいを感じただけだった。また、ブリッジに立っていた二等航海士でさえ、あわただしくはね上ったイルカの群と、かすかではあったが急におこった海の色の変化に目をみはりはしたものの、べつだん日誌につけるほどのことだとは考えなかった。空には七月の太陽が、融《と》けた水銀のように輝いていた。

しかし、そのときすでに、目には見えない海水の振動が、やがて大津波になろうとして、信じがたいほどの波長と時速七二〇キロの速度で、海中を陸地にむかって走りつづけていたのである……

津波はいくつかの海底牧場や、海底油田の立ち並ぶ、チューリップの林の上を、そよ風のように吹きすぎて通った。水棲人の中には、魚の卵さがしに夢中になって、まるで気づかないものさえいた。

翌朝、津波は、静岡から房総《ぼうそう》にいたる海岸線を、洗い流した。「南潮丸」は、横浜が失《な》くなったという無電をうけて、そのまま沖にとどまることにした。

その、失くなったという表現に、船長はすっかりとまどってしまったが、それよりも不審なのは、船客たちの態度だった。いったいこの落着きかたは、どうしたというのだろう？　そう言えば、おかしなことは今にはじまったことではない。船を完全に借りきったこの一団は、大きな機械をつみこみ、約束の港についても降ろそうとはせず、そのまま引返しを命じ、そのうえ航海中は、船艙《せんそう》を実験室かなんぞのように、勝手に出入りしては、機械をいじりまわしていた。いったいこの頼木という男の仲間たちは、何者なのだろう？

――すると、それが、君たちだったわけか？

――そういうわけです。

――じゃあ、横浜港が全滅することを承知のうえで、黙っていたのかね？

――とんでもない……あらかじめ警告があったので、ほとんどの者が無事退避しましたよ。

——で、私も、その船に乗込んでいたのかい？

——いえ……先生はもうとっくに……

洪水は、なかなか退《ひ》かなかった。欲のふかい男女が、ものほしそうに海岸をうろついていた。腕輪かと思って拾ったのが、入歯だったりして、目ぼしい収穫はあまりなかった。そのうち女が、土左衛門《どざえもん》をみつけた。恐ろしくなって、帰ろうとしたが、男はどうしてもそれを棒の先で裏返してみたがった。ところが土左衛門は、水の中から歯をむいて舌をだし、身をひるがえして逃げ去った。実は偵察に来た、水棲人間《すいせい》だったのだが、知らない女はヒステリーをおこして気を失ったという。

水が退かなかったばかりでなく、絶え間ない地震と、おかしな土左衛門の噂《うわさ》が、人々を不安にかりたてた。しかしもっと心配だったのは、政府がどこかに消えてしまったという、流言である。むろん流言にすぎなかったが、根も葉もない噂というわけでもなかった。——すでに政府は海の中に移転してしまっていたのである。

政府の建物は、海底第一区の岩沙《いわさ》漠《ばく》と海藻《かいそう》の林にかこまれた、見はらしのいい丘の上にあった。なだらかな斜面の下には、幅二〇メートルの峡谷をへだてて、マグネシユームとプラスチックの製造を中心にしたオレンジ色のチューリップ工場が、それぞれ三つずつ並んでいる。その珍らしい風景を眺《なが》めながら、三本足でつなぎとめられた、空気入りの中空円筒型の浮ビルの中で、役人たちはせっせと準備をしていたのである。

やがて、海面上につきだしたアンテナから、放送がはじまった。

——ついに第四間氷期は終りをつげ、新しい地質時代に入りましたが、軽挙妄動《もうどう》はつつしまなければなりません。

——政府はその後の国際関係を有利に導くため、極秘に水棲人間を製造し、海底植民地の開発をすすめてまいりました。現在すでに、三十万以上の水中人を有する海底都市が、八つもあります。

——彼等は幸福であり、従順であり、このたびの災害に対しては、あらゆる協力をちかってくれました。間もなく皆さんのお手もとにも、救援物資がとどくはずですが、そのほとんどが、この海底から送られたものであります。

——最後に、日本国は、別記のとおりの区域にわたって、領海権を主張することになりました。

一なお、つけ加えますれば、水棲人間を子供にもつ母親に対しては、とくに物資の特配を考慮中であります。追っての発表をお待ち下さい。

(この最後のつけ足しが、なによりも好評だった。大多数の母親が、すでにその特権の該当者だったからである)

政府の建物の裏手には、同じ型だが、それよりもすこし小さめのビルが、さらに三つばかり並んでいた。これは一般住宅用で、屋上には専用のヘリコプターがあったりして、なかなか便利に出来ている。それに、水棲人立入り禁止の、有刺鉄線でかこまれた広い庭には、谷間もあり、暗礁《あんしょう》もあり、色とりどりの海藻の林もあり……晴れた日には、昆虫《こんちゅう》採集の趣味がなくても、アクア・ラングを背に寝ころがって、つや消しガラスの切り口のような波のあいだで、伸縮しながら息づいている太陽をながめるとか、あるいは銛銃《もりじゅう》を手に、家族づれのピクニックでもしてみたくなるほどだ。……しかし、なにしろ、ひどく部屋代が高いので、政府から特別の保護をうけている者でもなければ、ちょっと具合がわるいのだ。希望したから、誰でも住めるというわけのものではなかった。

それに、地上も、まだ、なんとか生きのびていた。発電所もあったし、工場もあったし、商店街もあった。せまってくる海岸線と、インフレーションとに追われながらも、一般人は、やはり地上で暮らしていた。いよいよ困れば、出稼《でかせ》ぎに出て、海底牧場の人夫頭にでもなれば、なんとかやっていくことは出来るのだった。

自分の子供と交際したいという、奇妙な運動が、地上の母親たちのあいだでおきた。しかし、肝心の水棲人のほうで、その願いをまるで理解できず、応じようとしなかったので、政府は見て見ぬふりをきめこんだ。そのかわり、団体の海底旅行をあっせんする民間の会社が出来て、なかなか繁昌《はんじょう》した。

あるとき、水棲人間立入禁止の塀《へい》ごしに、アクア・ラングをつけた子供が水棲人の子供を銛銃で撃ち、殺してしまうという事件がおきた。政府は、これを裁く法律はないと判断したが、怒った水棲人たちは、部分的なものではあったがストライキをもってこれに応じた。狼狽《ろうばい》した政府は、水棲人にも同等の法的権利を認めることにして、事なきをえたが、それ以来両者の関係は、大きくかわってしまった。数年後には、法務、商務、工務の三代表が、水棲人側から政府に加わった。

年を追って、海の上昇は速度を増していった。人々は、高地に向って、たえまのない移動をつづけ、いつか定住する習慣さえ失ってしまった。もう鉄道もなく、発電所もない。人々はぼんやり、水棲人からのほどこしもので暮らしている。ある海岸に、何台かの水中望遠鏡をすえつけ、それで海中生活をのぞかせる商売をはじめたものがいたが、これは大当りだった。退屈した年寄りたちが、順ぐりに、わずかのニッケル貨をはらっては、子供や孫たちの生活を眺《なが》めて時間をつぶすのだった。

しかし、この望遠鏡も、何年かの後には、やはり海に沈んで錆《さ》びついてしまった。

——それで、連中はどうなったんだ？　あの、立入禁止の中の連中は……？

——やはりその中で暮らしつづけていましたよ。

——無事にかね？

——ええ、無事でした。しかし、銛銃をもってまわっていた監視人は、もうアクア・ラングをつけていません。水棲人の監視人にとって変わってしまったからです。水棲人は彼等を、過去の人類として大事に保存しようと決めたのです。

——そんなことで、いいんですか、友安さんは？

──さよう……まあ、そのころには、いずれ私も死んでしまっているでしょうからなあ……

やがて、水棲人間たちは、自分の政府をもった。国際的にも、彼等の政府は承認された。そればかりか、諸外国でも彼等にみならって、水棲人への道に踏み切るものが多かった。

しかし彼等にも、一つだけ、悩みごとがあった。それは、何万人かに一人の割であらわれる、妙な病気のことである。どうやら、悪い遺伝らしかった。もしかすると、あの第一代目のイリリがもっていた、外分泌腺《がいぶんぴっせん》の遺伝かもしれない。当局は、地上病と名づけて、みつけしだい手術することにした。

37

「それみなさい！」私は意地悪く、勝誇ったように言ってやった。

「なんですか？」

「こんどは、やつらが、地上に悩まされる番だ！」

返事は返ってこなかった。まわりの、まるで臨終の床に立ち合うような敬虔《けいけん》な表情が、見なくても手にとるように読みとれる。気負いたっていた和田までが、いまは愛憎を超越したといわんばかりの顔で、唇《くちびる》をすぼめていることだろう。——まったくの話、今さら意地をはってみても、はじまりそうにない……

「気が遠くなるくらい、遠いな……」

後ろで誰かが呟《つぶや》いた。山本氏らしかった。本当に遠い……未来はまるで、太古のように遥《はる》かなのだ……急に胸がふるえて、はきだしていた息が逆流し、喉《のど》の奥で壊《こわ》れた笛のような音をたてた。

どうやら、材料は出そろったらしい。さて、どうしたものだろう。未来を承認したようなふりをして、この場はのがれ、機会をみてすっかり外部に公表してやるか……もし、正義というものに、なんらかの道徳的価値があるものだとすれば、当然そうすべきだろう。さもなければ、いさぎよく自分が未来の敵であることを認め、すすんで死に応ずるか……もし名誉というものに、なんらかの道徳的価値があるならば、そうすべきかもしれない。そして、未来を信じないのなら前者を、信じるのなら後者を……

私は迷っていた、と言っては正確を欠くかもしれない。正しくは、迷うべきだと、自分に言いきかせていただけのことかもしれない。多分、最後まで、なんの決心もつかぬまま、ぼろ屑《くず》のように殺されてしまうにちがいないのだ。一番いけないのは、自分自身が信じられなくなってしまったことだった。自分がぼろ屑にふさわしい、無価値なものに見えてきたことだった。やはり、機械は、すべてを正確に見とおしていたのかもしれない……

自問自答のつもりだったのが、つい言葉になって、

「しかし、機械を、そんなに絶対視してもいいのかな？」

「相変らず、そんなふうに、お考えなんですね？」頼木の声には、驚きと同情とがいりまじっている。

「そういうが、君、誤差というものがあるじゃないか。それも、未来が遠くなればなるほど、誤差もひどくなるはずだ……いや、誤差だけならまだいい……これが、機械の単なる空想ではないと、誰に保証ができるだろう？分らないところは、変形したり、省略したりして、いかにもありそうな結果を、自分でひねり出さなかったともかぎらない……たとえばこの機械は、目が三つある人間が出てきたら、自動的にそれを二つに修正する能力を持っているんだからね……」

「予言どおりです。先生がいつかは、機械の予言能力をまでも疑うようになるだろうと……」あとは、咳《せき》こんだふりをして、言葉をにごしてしまう。

「誰も、疑うなんて言ってやしない。疑わないことと、絶対視することとは、また別問題だろう？……私はただ、もっとほかの未来が……」

「ほかの未来？」

「だって、君たちはまるで水棲人の恩人みたいな顔をしているが、その未来の魚人間たちが、はたして思惑どおりに、心から諸君に感謝してくれるものかどうか……むしろ、死ぬほどのうらみを受けることになるんじゃないのかな……」

「豚に、豚みたいだと言っても、おこったりはしませんよ……」

ふいに、全身がけだるく、しびれるような感覚におそわれて、私は口ごもった。星をみながら、じっと宇宙の無限を考えたりしていると、ふと涙があふれそうになったりする、あれと同じ感覚である。絶望でもなければ、感傷でもない、いわば思考の有限性と肉体の無力感との、共鳴作用のようなものだった。

「しかし……」と私は、手さぐりで、出てきた言葉をあてずっぽうに口にする。「私の子供は、どうなっただろう？」

「御無事です」と、和田がしんみりした調子で、遠くから答えた。「私たちの、先生に対する、せいいっぱいのプレゼントでした」

38

つづけて、機械は、こんな話をした――

一人の少年がいた。少年は、海底油田の見習工だった。あるとき、油田所属の電波塔――プラスチック船で海上に浮んでいる――の修理の手伝いをしながら、なにかのはずみで、空中服(水棲人《すいせいじん》が空気中で仕事をするための、新鮮な海水をたえず鰓《えら》に送る装置をもった作業衣)をつけずに、海面におどり出るということがあって以来、その不思議な感覚を忘れられなくなってしまった。しかしこういうことは、健康管理のうえからも厳禁されていたことだ。見つかれば罰をうけなければならない。少年は誰にも言わず、こっそり自分だけの秘密にしておかなければならなかった。

だが、風が皮膚から何かをうばっていく、あの不安な感じが忘れられず、さそわれるように、街をはなれて、遠くに泳ぎだすことが多くなった。行く先は、きまって、昔陸地だったといわれる、高台だった。そういう場所では、潮が満《み》ち干《ひき》する時刻、とくべつ流れの早い水の帯や渦ができて、海底の泥がまきあがり、縞《しま》になったり、動く岩の形になったり、靄《もや》の壁になったりする。少年はそれを見て、地上の雲のことを想像した。むろん今だって、空には雲があるし、理科の時間には、フィルムで実物を見せてもらったこともある。だが、現在の雲は単調だ。昔、まだ大きな陸地が地球を覆《おお》っていた時代、その複雑な地形は、雲の形にも無数の変化をあたえたものだという。空一面に、そんな、夢のような物のかたちが浮んでいるなんて、昔の地上人たちは、一体どんな気持でそれを見ていたのだろう?

むろん少年にとって、地上人そのものはべつに珍らしいものではなかった。博物館の空気室に行けば、いつでも自由に見ることができる。昔のままだったといわれる、家具調度の中で、重力という鎖をひきずりながら、ぎくしゃくした身のこなしで、床にはいつくばっている、みるからに生気のない動物。肺臓という空気ボンベをしょいこんでいるために、いかつく張った、不調和な上半身。ただ普通の姿勢を保つためだけに、椅子《いす》などという、奇妙な道具をつかわなければならない、不自由な生物……とうてい夢などとは縁がありそうもない。芸術科の時間にも、昔の地上芸術が、自分たちのとくらべて、いかに不自由で粗野なものであったかを教わった。

たとえば、音楽……定義によれば、振動の芸術……すなわち、波長のちがう水の振動で全身の皮膚を包みこむことである。しかし、陸上人の場合は、これが空気の振動だけで構成されていた。空気の振動は、鼓膜という、ちっぽけな特殊器官でだけしか、とらえることができない。しぜん、その音楽も、変化のすくない単調なものであったという……

博物館の陸棲人《りくせいじん》を見ていれば、そんな気持もしないではない。だが、そう思うだけで、それが実際どんなものであったかは、想像してみることもできないのだ。もしかすると、そこには、水中から類推するのとはまるでちがった、特別な世界があったのではなかろうか？　変化しやすい、軽い空気……万物の形をとって乱舞する天の雲……空想にあふれ、万事に現実が欠乏した世界……

その荒れはてた、苦難にみちた大地の上で、自分たちの祖先が、傷つきながらも、いかに勇敢に闘いぬいたかは、歴史の本にも書いてあることだ。おくれた認識のうえに立ちながらも、彼等はフロンティア・スピリットというものをもっていた。その保守的な心情にもかかわらず、ついには、自分自身の肉体にメスを入れ、水棲人に変身する勇気さえもち合わせていたのである。動機がどうであれ、今日のわれわれをあらしめた、彼等の勇気にだけは、感謝と敬意をはらわねばなるまい。

だが、あの博物館の陸棲人から、そんな勇気や大胆さなどを、感じることが出来るだろうか？　教師たちは、彼等の下等さを、社会への主体的参加を失ったための退化だという。そうかもしれないとは思うが、しかし、あの中にだって、自分たちには理解のできない、何かが無いとは、断言できないのではあるまいか。まして、フロンティア・スピリットのほかは何もなかったなどというのは。……と、そんなふうに、筋道立てて考えたわけではなかったが、あの風にふかれて以来、少年は、空気の壁の向うで行われていた、過去の世界にひきつけられ、とりつかれてしまっていたのである。地上時代の学問は、形態的には、かなりのところまで究《きわ》められていた。小学校の教科書でさえ、地上時代のために、かなりのページをさいている。しかしその内面生活に関しては、感覚上のギャップがあるかぎり、やはり類推を一歩も出るものではなかった。とくに、地上病の悪影響——それは要するに先天的な神経病の一種にすぎないはずだったが、まだ水中時代の歴史が浅く、社会の運営に試行錯誤的な部分が残っているためか、思想的な伝染力をもっていたのである——の懸念《けねん》もあって、その部分の研究はあまり奨励されていなかった。そのタブーをおかすという誘惑が、よけいに少年の気持を強くそそっていたということもあるのだろう。

仕事がはねてから、こっそり遠出するのが、いつしか日課のようになっていた。ガラスの切子《きりこ》を裏から見るような、にぶく輝く波を背に青い光の底にひろがる海底牧場の上を、あるいは無数のブイに支えられた大気観測所のわきを、あるいは火山のようにたえまなく気泡を吹上げている工場のその泡をくぐり、寮の門限がゆるすかぎりのところまで、地上人の生活の跡を求めて、水中スクーターを走らせるのだった。

しかし、その限られた時間内では、まだ海面上に頭を出すほどの台地にまではたどりつけなかった。その範囲内には、すでに陸地は無かったのである。

ある日少年は、音楽の教師をつかまえて、思いきって聞いてみた。陸の音楽は、実は耳だけで聞く音の芸術などではなく、やはり皮膚で感じとれる、風のようなものではなかったのだろうか？　教師は強く首をふって否定した。

——風は、単なる空気の移動であって、振動ではないからね。

——でも、風にのって歌が流れてくるという表現があるじゃありませんか。

——水は音楽をはこぶが、水は音楽ではない……空気に、工業用原料以上の意味をあたえるのは、いけない神秘主義の影響だよ。

だが彼は、たしかに風に工業用原料以上のものを聞いたのだ。教師の言うことにだって、間違いはありうる。少年は、風が音楽であるかないか、もう一度自分で、たしかめてみなければならないと決心した。

しばらくして、三日つづきの連休があった。その休みを利用して、友人と一緒に遺跡めぐりの遊覧船に乗りこんだ。この高速船は、わずか半日足らずで、昔『東京』と言われた巨大な陸上人の遺跡まで搬《はこ》んで行ってくれる。設備のととのったキャンプもあるし、珍らしい記念品の売店もあるし、また世界的に有名な、陸棲動物の動物園まであって、なかなか面白い遊び場になっている。とりわけ、幾つもの小さな箱が重なりあった、いかつい廃墟《はいきょ》の、迷路のような通路や隙間《すきま》を、小魚どもを追いちらしながら探検してあるくのは、軽い興奮さえさそうスリルに満ちた遊びである。また、街の上から見下ろすと、網目のようにひろがった、道路という不思議なものもある。歩行のための、屋根のないトンネルとでも言えばいいのだろうか。地上人は、地面から離れることが出来ず、平面しか利用できなかったので、そんな仕掛も必要だったのだろう。なんという無駄な空間の浪費……一見ユーモラスではあるが、考えてみると、なかなか感動をさそう風景でもある。先人たちの、地面という壁との苦闘の跡……重力から、すこしでも身をかるくするための努力と工夫《くふう》……そこでは、空気を入れたプラスチックの小箱でさえ、上から下に落ちたのだ……地面の分割、奪いあい……そのあいだを、人々は細い両足で地面をおしやりながら、体をはこび移動させた……乾燥、風、水さえ雨とよばれるばらばらの粒になって、上から下に降った、空虚な空間……

だが、少年には、そんな物珍らしさに熱中したりする余裕はなかった。鑑賞や好奇心は、無邪気な友人たちにまかせ、彼は計画どおり、一人でこっそり、さらに奥地に向って泳いで行ったのである。ここから西北の方角に、まる一日も泳ぎつづければ、地理で習った、あの陸の名残《なご》りにたどりつけるはずだ。しだいに陽《ひ》がかたむき、波は一日のうちで、一番美しく輝きだすころだったが、あたりの風景は進むにつれて、ますます単調に黒ずんでくる。新しく海に加えられたこの地帯には、まだ死の影が、ものかげにひそみただよっているようであった。

振向くと、遺跡『東京』の上に、望遠函《ぼうえんかん》の照明が、発光魚のように浮かんで見えている。急に恐ろしくなって、引返そうかと思ったが、気持に反して、足は反対の方角に水を蹴《け》っているのだった。

少年は、泳ぎに泳いだ。しだいにはげしくなる起伏、暗礁《あんしょう》と深い谷間……棘《とげ》のようにつっ立っている、陸上植物の死骸《しがい》……それから、丘のてっぺんにかたまっているかすかな白斑《はくはん》……せまってくる海に追いつめられ、よりそって死んでいった陸棲動物たちの骨なのだろうか……

少年は一と晩泳ぎつづけた。途中で三度休み、用意してきた甘いジェリーと、捕えた魚の肉で元気をつけた。だが、スクーターなしでは、十五分と泳いだことのなかった少年は、もう手足の感覚がなくなるほど疲れはてていた。それでも、泳ぎつづけ、やっと夜が明けるころに、地面がせり上って海面を切っている、目的の陸地にたどりつくことができたのである。陸地といっても、海面からわずかに頭を出した、周囲半キロ足らずの小島にしかすぎなかったが……

最後の力をふりしぼって、這《は》い上った。想像の中では、風の音楽をたしかめるために、地面の上にすっくと立上るはずだったのだが、実際に這い上ってみると、世界のすべての重さという重さを、自分の体が一挙に吸い取ってしまったように、ずしりと重く、そのまま地面にへばりついたきり、身動きも出来ないのだった。一本の指を持上げるだけでも、やっとの有様である。おまけに、レスリング競技で、反則の鰓《えら》おさえをやられた時のような息苦しさ。いずれ空中にだって、酸素はあるのだからと、たかをくっていたのだが……

しかし、待望の風は吹いていた。とりわけ風が眼を洗い、それにこたえるように、何かが内側からにじみだしてくる。彼は満足した。どうやら、それが涙であり、地上病だったらしいと気づいたが……もう動く気はしなかった。

そして間もなく、息絶えた。

さらに、何十昼夜かが繰返され、海はその小島をも飲込んだ。死んだ少年は、波に浮んで、どこまでも流されつづけた。

――ときに、おれの指は、持ち上げられるだろうか？……と、私は考えた。いや、多分、だめだろう。あの、陸にはい上った水棲人の少年のように、私の指も、すでに鉛のように重い。

遠くで微《かす》かに、電車の警笛が鳴った。地響きをたて、トラックが走りすぎた。誰かが小さく咳ばらいした。それから、風がでたのか、二、三度、窓枠《まどわく》が震動しガラスが鳴った。

やがて、ドアの外を、例の暗殺の名人のゴム底の靴音が、吸いつくような音をたてながら近づいてくる。それでも、まだ私には信じることが出来ないのだ……人間はただ、存在するというだけで、もう義務を負わせられるべきものなのか？……そうかもしれないとも思う、親子喧嘩《げんか》で裁くのはいつも子供のほうにきまっている……たぶん、意図の如何《いかん》にかかわらず、つくった者が、つくりだされた者に裁かれるというのが、現実の法則なのであろう……

ドアの向うで、足音がとまる。

あとがき

未来が、肯定的なものであるか、否定的なものであるか、という議論はむかしからあった。また、肯定的な世界のイメージや、否定的な世界のイメージを、未来のかたちをとって表現した文学作品も多かった。

しかしぼくは、そのいずれもとらなかった。はたして現在に、未来の価値を判断する資格があるかどうか、すこぶる疑問だったからである。なんらかの未来を、否定する資格がないばかりか、肯定する資格もないと思ったからである。

真の未来は、おそらく、その価値判断をこえた、断絶の向うに、「もの」のように現われるのだと思う。たとえば室町時代の人間が、とつぜん生きかえって今日を見た場合、彼は現代を地獄だと思うだろうか、極楽だと思うだろうか？　どう思おうと、はっきりしていることは、彼にはもはやどんな判断の資格も欠けているということだ。この場合、判断し裁いているのは、彼ではなくて、むしろこの現在なのである。

だからぼくも、未来を裁く対象としてではなく、逆に現在を裁くものとして、とらえなければならないと考えたわけである。それは、ユートピアでもなければ、地獄でもなく、またどんな好奇心の対象にもなりえない。要するに一箇の未来社会にほかなるまい。そして、それがもし、現在よりもはるかに高度に発展し進化した社会であるにしても、日常性という現在の微視的連続感に埋没している眼には、単に苦悩をひきおこすものにしかすぎないだろう。

未来は、日常的連続感へ、有罪の宣告をする。この問題は、今日のような転形期にあっては、とくに重要テーマだと思い、ぼくは現在の中に闖入《ちんにゅう》してきた未来の姿を、裁くものとしてとらえてみることにした。日常の連続感は、未来を見た瞬間に、死なければならないのである。未来を了解するためには、現実に生きるだけでは不充分なのだ。日常性というこのもっとも平凡な秩序にこそ、もっとも大きな罪があることを、はっきり自覚しなければならないのである。

おそらく、残酷な未来、というものがあるのではない。未来は、それが未来だということで、すでに本来的に残酷なのである。その残酷さの責任は、未来にあるのではなく、むしろ断絶を肯《が》んじようとしない現在の側にあるのだろう。この小説は、約九カ月にわたって雑誌「世界」に連載したものだが、そのあいだじゅう、ぼく自身その断絶の残酷さに苦しめられつづけた。そして、その残酷さから、完全にのがれることは、不可能なのだと知った。

　この小説から希望を読みとるか、絶望を読みとるかは、むろん読者の自由である。しかしいずれにしても、未来の残酷さとの対決はさけられまい。この試練をさけては、たとえ未来に希望をもつ思想に立つにしても、その希望は単なる願望の域を出るものではないのだ。希望にしても、絶望にしても、ぼくらの周囲には、あまりに日常的連続感の枠内《わくない》での主観的判断が氾濫《はんらん》しすぎているのではあるまいか。

　この小説は、一つの日常的連続感の、死でおわる。だがそれはなんらの納得も、またなんらの解決をも、もたらしはしない。あなたは、むらがる疑問に、おしつつまれてしまうことだろう。ぼく自身、いまだに分らないことが沢山ある。たとえば助手の頼木の立場は、正確にいって、どういうことなのか？　単なる資本家の代理人にすぎないのか……それとも、予言機械を通して出される水棲人《すいせいじん》社会からの指令で動いている革命家なのか……あるいはその中間に立って、悪をなさんと欲して善をなす資本家を、あやつっているつもりの改良主義者なのか……書いているあいだじゅう、疑いつづけ、いまだに晴れない疑いの一つなのである。

　だが、読者に、未来の残酷さとの対決をせまり、苦悩と緊張をよびさまし、内部の対話を誘発することが出来れば、それでこの小説の目的は一応はたされたのだ。

さて、本から目をあげれば、そこにあなたの現実がひろがっている……勝見博士の言葉をかりれば、この世で一番おそろしいものは、もっとも身近なものの中にあらわれる、異常なものの発見らしいのである。

一九五九年六月

安部公房

解説

磯田光一

『第四間氷期』の提起している問題とは何であろうか。

小林秀雄氏の『考えるヒント』に収められた「常識」という文章のなかに、〃電子頭脳〃を用いて将棋をやったら、その勝敗はどうなるかという興味ぶかい話が出ている。

まず〃電子頭脳〃を使わず、普通の人間どうしが将棋をやるばあい、盤のマス目が縦三つだけのもので〃歩《ふ》〃だけを使って勝負をすれば、先手が必ず負けることは証明できる。次に縦四つのマス目をもつ将棋盤で同じ勝負をすれば、先手が必勝になる。それなら普通の将棋のばあいでも、駒《こま》の動きの組合せが有限であるかぎり、無限の可能性を読む能力のある神様が、二人で将棋をやったとしたらどうなるか。このばあい神様の代りにコンピューターを使っても、いっこうにさしつかえないはずである。しかし、そういう勝負を仮定してみても、数学的に明らかになることは、(1)先手必勝、

⑵先手必敗、⑶千日手（つまり同じ手の繰返しで勝負が永久につかない）、という三つの結果以外は起りえない。だから神様を二人仮定しても意味がない。小林秀雄氏は中谷宇吉郎氏からそういう科学的結論をきき、「結論が常識に一致」して「安心した」という。そして、

常識の働きが貴《とうと》いのは、刻々に新たに、微妙に動く対象に即してまるで行動するように考えているところにある。そういう形の考え方のとどく射程は、ほんの私達の私生活の私事を出ないように思われる。事が公になって、一とたび、社会を批判し、政治を論じ、文化を語るとなると、同じ人間の人相が一変し、忽《たちま》ち、計算機に酷似してくるのは、どうした事であろうか。

現代を〝観念〟過剰の時代、あるいはコンピューター的な思考の支配する時代と考えるなら、人間の内的持続を守るためには、小林秀雄氏のいう〝常識〟は貴重なものである。しかし現実社会をさまざまな観念が支配し、またコンピューター的思考が現実そのものと化しているとき、それを一概に拒否し続けることは、ある意味では現実回避という面をもたないこともない。また〝常識〟そのものが、時代の変貌《へんぼう》に応じて

大きく変化をこうむっていることも事実である。

安部公房氏の『第四間氷期』は、未来予測という観念が未来予測の機械を通じて異様にふくれあがり、そこに提示された未来のリアリティのために、現在の日常的な価値観念が相対化されるにいたる過程を描いた実験小説である。コンピューター的な機械は、それが開発されたときには人類に明るい希望をもたらすかのように見える。また機械は機械であるという理由によって、人間がデータを提供しないかぎり、推理・推論を行うことはできない。その点において機械は人間の手の延長、あるいは人間の頭脳の部分的な代行者以上のものではありえない。それは人間の与えた問題に一応の解答を提示することはできる。しかし問題そのものを提起する能力はないのである。そのかぎりにおいて、機械は機械の限界をこえることはありえない。

しかし機械による問題解決や未来予測が、いつしか未来創造の幻想を人間に与えはじめるとき、そこには微妙な変化があらわれる。つまり機械にたいする人間の態度が、おのずから屈折をうけるのである。

「……先生は、ただ機械の性能に執着しているだけで、予言内容には関心がないことを公然と認めたことになる」

「誰がそんなことを言った！」
「そうじゃないですか。先生が決心なさらないのは、信じられないからではなくて、信じたくないからです。けっきょくは予言機械の反対者の言い分を認めてしまったことになるんですよ。それでは先生は、未来の予知には耐えられないタイプの人間で、ここの責任者としても、不適格だということになってしまう……」
（本文一四六—一四七ページ、傍点・引用者）

この会話のニュアンスは、かなり複雑なものである。一方が機械を機械と見てその理論的な解明力の限界を自覚しているのに、他方（つまり作中の頼木）は、主人公を「未来の予知には耐えられないタイプの人間」として責めているからである。すなわち一方にとって〝手段〟にすぎないものが、他方の者にとっては〝手段以上のもの〟として意識され、彼はその〝手段以上のもの〟に何か新しい可能性を見ようとしているのである。

未来にたいするこういう二つの態度の対立は、いっそう巨視的に見れば、〝常識〟を感性的に身につけていて外界の変異に順応しきれない者と、逆に〝変化〟を〝創造〟と見る者との対立である。こういう形をとってあらわれる二つの論理の対立は、現代の卑近な実例でいうならば、急速な〝都市化〟による〝自然〟の消滅を非人間的なものとして否定する立場と、逆に〝都市化〟そのものの中になおも可能性を見る立場との対立でもある。あるいは、静かな田園風景と巨大なビルとのどちらを美しく感じるかという、現代人の美意識のあり方にも深く結びついている問題である。

そして人間の美意識ないしは感受性が、いわば人間の存在の条件にかかわるものなら、いったい人間にとって自己の感受性とは何なのであろうか。人間の性格や感受性は、一面においては先天的な遺伝によって規定され、他方、生後の生活環境や文化風土の影響によって決定される。とすれば、個人の感受性は、それが当人にとっては唯《ゆい》一《いつ》絶対のものであるにもかかわらず、客観的にはやはり相対的なものであるというほかはない。この小説を貫く二本の価値基軸は、いわば〝主観の絶対性〟の立場と、〝主観の可変性〟の立場といっていいものである。

この小説の後半部において大きな意味をもつ新しい生物の創出、とくに水棲《すいせい》人間の創出は、おそらくルイセンコの遺伝学に近い思考に依拠するものと思われる。ソヴィエト生物学の基盤を形づくったルイセンコは、周知のように、〝遺伝〟が〝環境〟によって変えられることを実証した。このような性格の世界像は、生活環境という後天的な要素が人間を変えうるだけでなく、先天的と思われているものもじつは可変であるという世界像である。

この小説の「間奏曲」の章に述べられているように、地球そのものに大きな変動が起って、陸地の生存が困難になると仮定すれば、地球の大半を占める海中で生存できる人間を作り出すほかはない。そうなれば、既成のいっさいの価値観は崩壊してしまい、生命そのものがその発生の過程から再検討され、人間はいまの人間以外のものになるほかはない。そういう世界には到底耐えられない、と私たちの〝常識〟は感じるかもしれない。伝統的な文化によって形成された人間の〝主観〟を絶対的と見るかぎり、そういう見方は避けがたい。しかし人間が水中に住むものに変ってしまったとしても、やはり生きていくことだけはできるのではないか。そういう水棲人間にも〝自意識〟があるなら、彼は彼なりに己《おの》れの世界像をもっているはずである。彼らはいま地上で生活している私たちとは異なる生活の体系をもつかもしれない。しかしそれもまた生活であることに変りはない。

「だが、水棲人《すいせいじん》をそんなふうに認めることは、自分を否定することじゃないか。地上の人間は、生きながら過去の遺物になってしまう」

「耐えなけりゃなりませんよ。その断絶に耐えることが、未来の立場に立つことです……」

「しかし、私が水棲人に対する裏切り者なら、君達は地上の人間に対する、裏切り者じゃないか！」（本文三〇七ページ）

「地上の人間」から見れば、未来予測機の語る「水棲人」は、異なる価値観の上に立つ奇異な存在でしかないであろう。しかし「水棲人」の立場を想定すれば、むしろ「地上の人間」の生活様式こそが、奇異なものに見えてくるであろう。結末部で水棲人の少年が、すでに過去の遺跡と化した東京を訪れる場面は、まことに面白い。また、習慣が〝第二の天性〟であるかぎり、水棲人の少年の肉体は、水面上の小さな島に出てみても、もはや陸地の生活にたいして適応することさえできない。彼は陸地の風の奏《かな》でる音楽を聞こうと願う。しかし水中の浮力に馴《な》らされた彼の生理は、陸地の重力にさえ耐えられない。彼は「一本の指を持上げるだけでも、やっとの有様」で、間もなく陸地の条件に耐えられずに死んでしまう。

しかしこれはたんなる空想的な物語であろうか。私にはこれが、きわめて現実的なものに見えてくる。たとえば農村の共同体の中で育てられた少年が大都市に出てくるとき、彼は新しい文明に多かれ少なかれ不適応を示すであろう。しかし彼が巨大なビルで何十年かの生活を送ったとすれば、そのビルこそがやがて彼の故郷になるであろう。人工的な環境もまた〝第二の自然〟である。そしてもし彼が老年を迎えたころ、そのビルが取壊《とりこわ》されたとしたら、彼はそのとき半生を過したビルをなつかしんで、涙を流すかもしれない。

文明の行きつく先にあらわれる未来は、天国であるのか地獄であるのか、作者はとくに結論を出してはいない。しかしAなる世界観から見て天国と見える世界も、Bなる世界観から見れば地獄に見えるかもしれないのである。問題は〝主観〟と〝外界〟との関わり方にある。人類が自然を加工しはじめたのが文明の始まりだったとすれば、〝技術〟は〝手〟の延長である。工業社会の害悪を説くのはいい。しかし人間の肉体が細菌にたいして抗体を作り、免疫《めんえき》の機能を獲得するように、人間の精神もまたそういう働きをもっているものである。未来を一概に楽観的に見るのは禁物である。しかし文明の未来を悲観的に見ただけでは問題の解決にはならない。そういう〝未来〟の逆説性を、見事に解きあかしているのがこの小説である。

なお『第四間氷期』は雑誌『世界』（昭33・7―34・3）に連載された。

（一九七〇年八月、文芸評論家）

安部公房著
他人の顔
ケロイド瘢痕を隠し、妻の愛を取り戻すために他人の顔をプラスチックの仮面に仕立てた男。――人間存在の不安を追究した異色長編。

安部公房著
壁
戦後文学賞・芥川賞受賞
突然、自分の名前を紛失した男。以来彼は他人との接触に支障を来し、人形やラクダに奇妙な友情を抱く。独特の寓意にみちた野心作。

安部公房著
飢餓同盟
不満と欲望が澱む、雪にとざされた小地方都市で、疎外されたよそ者たちが結成した〝飢餓同盟〟。彼らの野望とその崩壊を描く長編。

安部公房著
水中都市・デンドロカカリヤ
突然現れた父親と名のる男が奇怪な魚に生れ変り、何の変哲もなかった街が水中の世界に変ってゆく……。「水中都市」など初期作品集。

安部公房著
無関係な死・時の崖
自分の部屋に見ず知らずの死体を発見した男が、死体を消そうとして逆に死体に追いつめられてゆく「無関係な死」など、10編を収録。

安部公房著
R62号の発明・鉛の卵
生きたまま自分の《死体》を売ってロボットにされた技師の人間への復讐を描く「R62号の発明」など、思想的冒険にみちた作品12編。

安部公房著　人間そっくり

《こんにちは火星人》というラジオ番組の脚本家のところへあらわれた自称・火星人——彼はいったい何者か？　異色のＳＦ長編小説。

安部公房著　燃えつきた地図

失踪者を追跡しているうちに、次々と手がかりを失い、大都会の砂漠の中で次第に自分を見失ってゆく興信所員。都会人の孤独と不安。

安部公房著　砂の女

読売文学賞受賞

砂穴の底に埋もれていく一軒屋に故なく閉じ込められ、あらゆる方法で脱出を試みる男を描き、世界20数カ国語に翻訳紹介された名作。

安部公房著　箱男

ダンボール箱を頭からかぶり都市をさ迷うことで、自ら存在証明を放棄する箱男は、何を夢見るのか。謎とスリルにみちた長編。

安部公房著　密会

夏の朝、突然救急車が妻を連れ去った。妻を求めて辿り着いた病院の盗聴マイクが明かす絶望的な愛と快楽。現代の地獄を描く長編。

安部公房著　笑う月

思考の飛躍は、夢の周辺で行われる。快くも恐怖に満ちた夢を生け捕りにし、安部文学成立の秘密を垣間見せる夢のスナップ17編。

安部公房著
友達・棒になった男
平凡な男の部屋に闖入した奇妙な9人家族。どす黒い笑いの中から"他者"との関係を暴き出す「友達」など、代表的戯曲3編を収める。

安部公房著
方舟さくら丸
地下採石場跡の洞窟に、核シェルターの設備を造り上げた〈ぼく〉。核時代の方舟に乗れる者は、誰と誰なのか？　現代文学の金字塔。

安部公房著
カンガルー・ノート
突然〈かいわれ大根〉が脛に生えてきた男を載せて、自走ベッドが辿り着く先はいかなる場所か——。現代文学の巨星、最後の長編。

大岡昇平著
俘虜記
横光利一賞受賞

著者の太平洋戦争従軍体験に基づく連作小説。孤独に陥った人間のエゴイズムを凝視して、いわゆる戦争小説とは根本的に異なる作品。

大岡昇平著
武蔵野夫人
貞淑で古風な人妻道子と復員してきた従弟勉との間に芽生えた愛の悲劇——武蔵野を舞台にフランス心理小説の手法を試みた初期作品。

大岡昇平著
野火
読売文学賞受賞

野火の燃えひろがるフィリピンの原野をさまよう田村一等兵。極度の飢えと病魔と闘いながら生きのびた男の、異常な戦争体験を描く。

遠藤周作著
白い人・黄色い人
芥川賞受賞

ナチ拷問に焦点をあて、存在の根源に神を求める意志の必然性を探る「白い人」、神をもたない日本人の精神的悲惨を追う「黄色い人」。

遠藤周作著
海と毒薬
毎日出版文化賞・新潮社文学賞受賞

何が彼らをこのような残虐行為に駆りたてたのか? 終戦時の大学病院の生体解剖事件を小説化し、日本人の罪悪感を追求した問題作。

遠藤周作著
沈黙
谷崎潤一郎賞受賞

殉教を遂げるキリシタン信徒と棄教を迫られるポルトガル司祭。神の存在、背教の心理、東洋と西洋の思想的断絶等を追求した問題作。

遠藤周作著
イエスの生涯
国際ダグ・ハマーショルド賞受賞

青年大工イエスはなぜ十字架上で殺されなければならなかったのか——。あらゆる「イエス伝」をふまえて、その〈生〉の真実を刻む。

遠藤周作著
キリストの誕生
読売文学賞受賞

十字架上で無力に死んだイエスは死後〝救い主〟と呼ばれ始める……。残された人々の心の痕跡を探り、人間の魂の深奥のドラマを描く。

遠藤周作著
死海のほとり

信仰につまずき、キリストを棄てようとした男——彼は真実のイエスを求め、死海のほとりにその足跡を追う。愛と信仰の原点を探る。

井伏鱒二著

山椒魚《さんしょううお》

大きくなりすぎて岩屋の棲家から永久に外へ出られなくなった山椒魚の狼狽をユーモア漂う筆で描く処女作「山椒魚」など初期作品12編。

井伏鱒二著

駅前旅館

昭和30年代初頭。東京は上野駅前の旅館を舞台に、番頭たちの奇妙な生態や団体客が巻き起こす珍騒動を描いた傑作ユーモア小説。

井伏鱒二著

黒い雨

野間文芸賞受賞

一瞬の閃光に街は焼けくずれ、放射能の雨の中を人々はさまよい歩く……罪なき広島市民が負った原爆の悲劇の実相を精緻に描く名作。

井伏鱒二著

さざなみ軍記・ジョン万次郎漂流記

直木賞受賞

都を追われて瀬戸内海を転戦するなま若い平家の公達の胸中や、数奇な運命に翻弄される少年漁夫の行末等、著者会心の歴史名作集。

井伏鱒二著

荻窪風土記

時世の大きなうねりの中に、荻窪の風土と市井の変遷を捉え、土地っ子や文学仲間との交遊を綴る。半生の思いをこめた自伝的長編。

佐藤春夫著

田園の憂鬱

都会の喧噪から逃れ、草深い武蔵野に移り住んだ青年を絶間なく襲う幻覚、予感、焦躁、模索……青春と芸術の危機を語った不朽の名作。

井上靖著

猟銃・闘牛

芥川賞受賞

ひとりの男の十三年間にわたる不倫の恋を、妻・愛人・愛人の娘の三通の手紙によって浮彫りにした「猟銃」、芥川賞の「闘牛」等、3編。

井上靖著

敦（とんこう）煌

毎日芸術賞受賞

無数の宝典をその砂中に秘した辺境の要衝の町敦煌――西域に惹かれた一人の若者のあとを追いながら、中国の秘史を綴る歴史大作。

井上靖著

風林火山

知略縦横の軍師として信玄に仕える山本勘助が、秘かに慕う信玄の側室由布姫。風林火山の旗のもと、川中島の合戦は目前に迫る……。

井上靖著

天平の甍

芸術選奨受賞

天平の昔、荒れ狂う大海を越えて唐に留学した五人の若い僧――鑒真来朝を中心に歴史の大きなうねりに巻きこまれる人間を描く名作。

井上靖著

蒼き狼

全蒙古を統一し、ヨーロッパへの大遠征をも企てたアジアの英雄チンギスカン。闘争に明け暮れた彼のあくなき征服欲の秘密を探る。

井上靖著

孔子

野間文芸賞受賞

戦乱の春秋末期に生きた孔子の人間像を描く。現代にも通ずる「乱世を生きる知恵」を提示した著者最後の歴史長編。野間文芸賞受賞作。

新潮文庫最新刊

安部公房著
（霊媒の話より）題未定
―安部公房初期短編集―
19歳の処女作「（霊媒の話より）題未定」、全集未収録の「天使」など、世界の知性、安部公房の幕開けを鮮烈に伝える初期短編11編。

松本清張著
空白の意匠
―初期ミステリ傑作集(二)―
ある日の朝刊が、私の将来を打ち砕いた――。組織のなかで苦悩する管理職を描いた表題作をはじめ、清張ミステリ初期の傑作八編。

宮城谷昌光著
公孫龍 巻一 青龍篇
群雄割拠の中国戦国時代。王子の身分を捨て、「公孫龍」と名を変えた十八歳の青年の行く手に待つものは。波乱万丈の歴史小説開幕。

織田作之助著
放浪・雪の夜
―織田作之助傑作集―
織田作之助――大阪が生んだ不世出の物語作家。芥川賞候補作「俗臭」、幕末の寺田屋を描く名品「蛍」など、11編を厳選し収録する。

松下隆一著
羅城門に啼く
京都文学賞受賞
荒廃した平安の都で生きる若者が得た初めての愛。だがそれは慟哭の始まりだった。地べたに生きる人々の絶望と再生を描く傑作。

河端ジュン一著
可能性の怪物
―文豪とアルケミスト短編集―
織田作之助、久米正雄、宮沢賢治、夢野久作、そして北原白秋。文豪たちそれぞれの戦いを描く「文豪とアルケミスト」公式短編集。

新潮文庫最新刊

道尾秀介著

雷神

娘を守るため、幸人は凄惨な記憶を封印した故郷を訪れる。母の死、村の毒殺事件、父への疑惑。最終行まで驚愕させる神業ミステリ。

道尾秀介著

風神の手

遺影専門の写真館・鏡影館。母の撮影で訪れた歩実だが、母は一枚の写真に心を乱し……。幾多の嘘が奇跡に変わる超絶技巧ミステリ。

寺地はるな著

希望のゆくえ

突然失踪した弟、希望《のぞむ》。誰からも愛されていた彼には、隠された顔があった。自らの傷に戸惑う大人へ、優しくエールをおくる物語。

長江俊和著

出版禁止 ろろるの村滞在記

奈良県の廃村で起きた凄惨な未解決事件……。遺体は切断され木に打ち付けられていた。謎の手記が明かす、エグすぎる仕掛けとは！

花房観音著

果ての海

階段の下で息絶えた男。愛人だった女は、整形し、別人になって北陸へ逃げた――。「逃げる女」の生き様を描き切る傑作サスペンス！

松嶋智左著

巡査たちに敬礼を

現場で働く制服警官たちのリアルな苦悩と逆境からの成長、希望がここにある。6編からなる人間味に溢れた連作警察ミステリー。

第《だい》四《よん》間《かん》氷《ぴょう》期《き》

新潮文庫　あ-4-5

昭和四十五年十一月十日　発行
平成二十四年五月二十五日　四十二刷改版
令和六年三月十日　四十八刷

著者　安《あ》部《べ》公《こう》房《ぼう》

発行者　佐藤隆信

発行所　株式会社　新潮社

郵便番号　一六二―八七一一
東京都新宿区矢来町七一
電話　編集部(〇三)三二六六―五四四〇
　　　読者係(〇三)三二六六―五一一一
https://www.shinchosha.co.jp

価格はカバーに表示してあります。

乱丁・落丁本は、ご面倒ですが小社読者係宛ご送付ください。送料小社負担にてお取替えいたします。

印刷・株式会社光邦　製本・株式会社大進堂

ISBN978-4-10-112105-5　C0193